I0646818

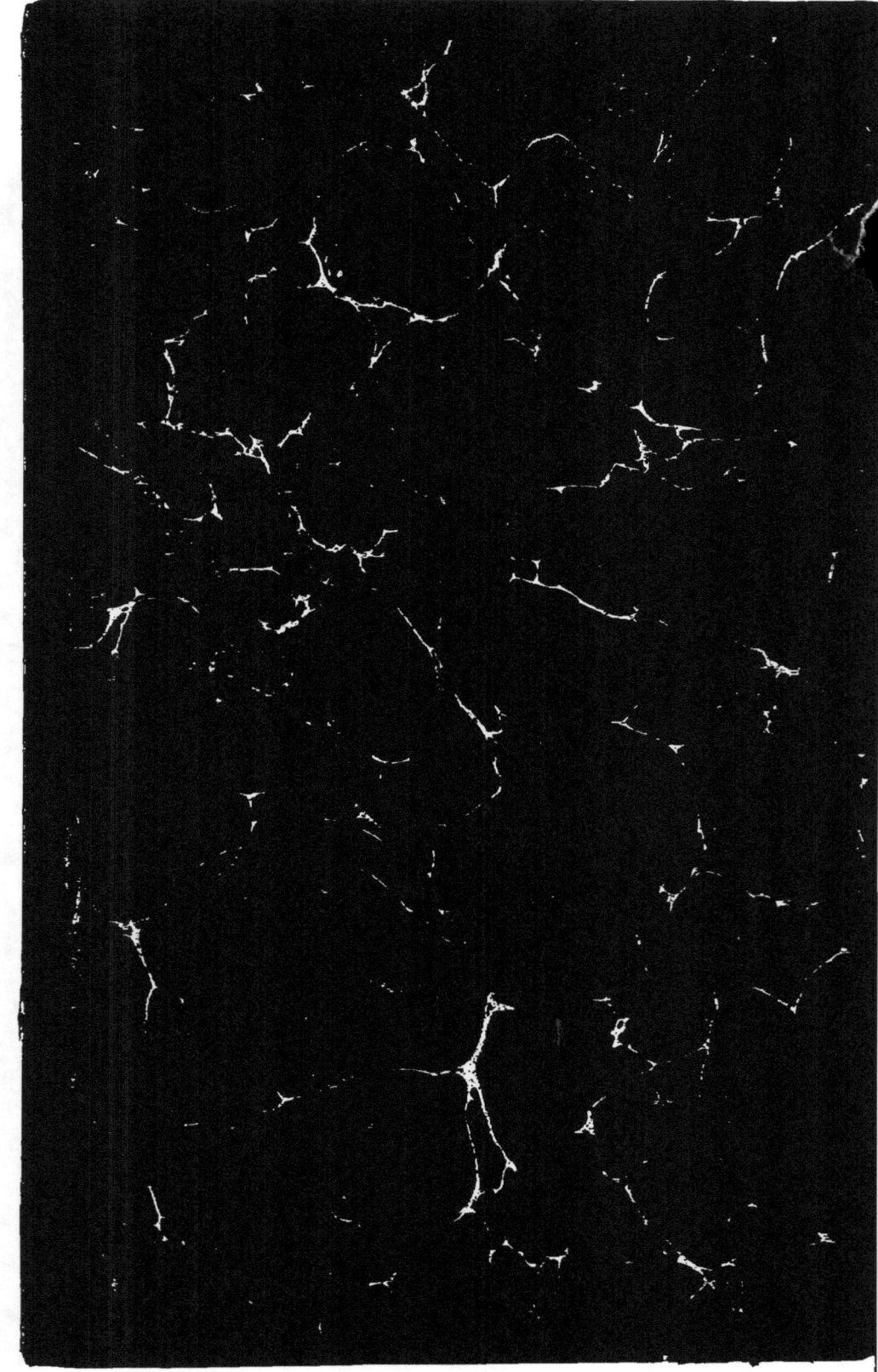

Z 2284
Jd5+d.

(c)

28402

TABLEAU
DE LA LITTÉRATURE
FRANÇAISE

DE L'IMPRIMERIE DE CRAPELET

RUE DE VAUGIRARD, 9

TABLEAU

DE LA

LITTÉRATURE

FRANÇAISE

AU DIX-HUITIÈME SIÈCLE

PAR M. DE BARANTE

PAIR DE FRANCE

OUVRAGE ADOPTÉ PAR L'UNIVERSITÉ

SEPTIÈME ÉDITION

SUIVIE DE DISCOURS PRONONCÉS A L'ACADÉMIE FRANÇAISE

« Dedi cor meum ut scirem prudentiam atque doc-
trinam erroresque et stultitiam ; et agnovi quod
in his esset labor et afflictio spiritus. »
Eccl.

PARIS

CHARPENTIER, LIBRAIRE-ÉDITEUR

17, RUE DE LILLE

1847

PRÉFACE [1].

L'Institut proposa, il y a bientôt vingt ans, pour sujet de prix, le *Tableau littéraire du dix-huitième siècle*. Son intention manifeste était qu'en dressant l'inventaire des titres de gloire de cette époque, les concurrents se bornassent à faire un ouvrage de critique. Ils n'avaient rien de plus à examiner que le goût littéraire du siècle qui venait de finir; il fallait le comparer, sous ce rapport, avec les temps antérieurs, et rechercher quelles formes nouvelles avaient adoptées les arts de la pensée. Vu de la sorte, le sujet restait encore vaste et intéressant. Le concours demeura ouvert pendant plusieurs années, et enfin le prix fut remporté par deux écrivains très distingués [2], qui, se renfermant dans les conditions du programme, surent pourtant faire entrevoir qu'ils en auraient volontiers agrandi le cadre. En effet, il dut leur en coûter de restreindre à la seule discussion littéraire l'examen

---

[1] Cette préface est celle de la troisième édition, qui a paru en 1822.

[2] M. Jay et M. Fabre.

1

d'un tel ensemble de témoignages sur la marche de l'esprit humain, au moment même où cette marche était devenue si rapide et si féconde en grands résultats. Sans doute ils se dirent ce qu'un illustre académicien disait une année après dans le sein de ce même Institut où il venait prendre sa place :

« Autre temps, autres mœurs. Héritiers d'une longue suite d'années paisibles, nos heureux devanciers ont pu se livrer à des discussions purement académiques qui prouvent encore moins leur talent que leur bonheur. Mais nous, restes infortunés d'un grand naufrage, nous n'avons plus ce qu'il faut pour goûter un calme aussi parfait. Nos idées ont pris un cours différent. L'homme a remplacé en nous l'académicien; et, dépouillant les lettres de ce qu'elles peuvent avoir de futile, nous ne les voyons plus qu'à travers nos puissants souvenirs et l'expérience de notre adversité. Quoi! après une révolution qui nous a fait parcourir en quelques années les événements de plusieurs siècles, on interdira à l'écrivain toute considération morale; on lui défendra d'examiner le côté sérieux des objets; il passera une vie frivole à s'occuper de chicanes grammaticales, de règles de goût, de petites sentences littéraires; il vieillira dans les langues de son berceau; il ne montrera pas sur la fin de ses jours un front sillonné par de longs travaux, par de graves pensées, et souvent par de mâles douleurs qui ajoutent à la grandeur de l'homme? Quels soins importants auront donc blanchis ses

» cheveux? les misérables peines de l'amour-propre
» et les jeux puérils de l'esprit (1). »

L'écrit dont nous donnons une édition nouvelle fut
composé d'abord pour le concours; mais l'auteur s'a-
percevant qu'il n'avait point le talent nécessaire pour
féconder un tel sujet, en se renfermant dans les limites du programme, se proposa un autre but : il
chercha à rattacher la littérature à tout l'ensemble de
la société. Ce point de vue lui sembla d'autant plus
indiqué, que jamais les lettres n'avaient, en apparence, joué un si grand rôle; que jamais on ne leur
avait imputé une action si puissante.

Sous un gouvernement absolu, où tous les corps de
l'Etat, toutes les classes de la nation se trouvaient privés de leur part légitime dans la conduite des affaires
publiques, les lettres étaient, par la force des choses,
devenues un organe de l'opinion, un élément de la
constitution politique. Faute d'institutions régulières,
la littérature en était une. De même sous l'empire d'un
clergé dominant, qui tremblait devant une controverse
auparavant si glorieuse et si salutaire pour l'Eglise, la
philosophie, n'ayant plus accès dans la·religion, était
devenue irréligieuse.

Ainsi les pouvoirs de la société, au lieu de puiser
dans leur communication, dans leur communauté avec
elle, une vie continue, une sève sans cesse renouvelée, avaient été chaque jour minés et détruits dans

____

(1) Discours de réception de M. de Chateaubriand.

leurs racines. Et comme une ruine épouvantable avait été la conséquence de la position injuste et déraisonnable où s'était mis un gouvernement que rien ne pouvait plus éclairer ni corroborer, la littérature avait été prise à partie comme le seul ennemi visible qui eût travaillé à sa perte. C'était faute d'appuis qu'était tombé l'édifice, et l'on accusait de sa chute le souffle qui l'avait renversé.

Il importait donc de montrer que la direction des esprits n'avait pas été une circonstance accidentelle qu'on pût spécialement blâmer ou déplorer, et qu'elle se rapportait à toute la constitution intérieure de la France. L'auteur de cet écrit ne sut voir dans les lettres qu'un *symptôme de la maladie générale*, un signe de l'état de dissolution; il essaya d'envisager cet aspect particulier d'une question si vaste.

Sans doute il eût été plus beau et plus instructif de s'établir franchement dans le centre de cette question, et de traiter l'histoire du gouvernement de la France pendant le dix-huitième siècle; c'était aller chercher le mal dans sa source. Si l'on avait eu, par suite de cette enquête, des coupables à accuser, c'eût été du moins les hommes qui, ayant disposé de l'autorité, avaient eu une conduite plus influente, et partant plus responsable. Si au contraire on s'était aperçu que ceux-là même avaient été à peu près sous le joug de la nécessité, alors il aurait bien fallu avoir aussi quelque indulgence pour les autres.

Mais, outre qu'une si haute entreprise eût exigé

plus de talent, d'expérience et de savoir, il y aurait eu alors quelque chose de blâmable à rechercher et à peindre les vices d'une époque qui avait été châtiée par un si terrible dénoûment. C'eût été insulter à des débris épars, à des ruines encore fumantes. D'ailleurs, dans les temps de discorde politique, les collections d'intérêts ou d'opinions prennent si bien corps, vivent si bien d'une vie presque individuelle, qu'on ne peut guère les juger sans les irriter, et que des réflexions générales sont parfois aussi offensantes que si elles se rapportaient à des noms propres. Aussi la puissance despotique, qui pour lors comprimait les partis et qui avait suspendu leur lutte, ne leur laissait-elle pas la faculté de la controverse politique. C'était un motif de plus pour que l'examen de la littérature du dix-huitième siècle fût devenu une question générale. Comme il était interdit de s'occuper ouvertement de politique, et d'examiner, même dans le passé, les intérêts et les droits de la nation, c'était sous le voile transparent de la polémique littéraire que les haines, les répugnances, les rancunes continuaient à se manifester. Les opinions et les intérêts qui se rattachaient à l'ordre ancien, les publicistes épris du pouvoir absolu, attaquaient cette littérature comme cause unique de la révolution : ils se dispensaient ainsi de verser aucun blâme sur l'ensemble d'une époque qu'ils regrettaient. Au contraire, les opinions et les intérêts qui se rapportaient à l'ordre nouveau, les publicistes qui voyaient le gage de la sécurité dans des institutions et des droits

1.

civiques, défendaient cette littérature de tout leur pouvoir.

Reporter la question où elle était réellement, et traiter du rôle politique de la littérature, était donc un acte de franchise; c'était appeler les choses par leur nom et se donner le droit d'être impartial. En montrant que les lettres avaient été conformes à l'état de la société, on pouvait, sans injustice, les envelopper dans un blâme qui ne les enveloppait plus seules et spécialement; en se dégageant d'un respect factice et superstitieux pour le régime qui avait conduit la France vers la révolution, en disant franchement ce qu'il avait d'inique et de frivole, on était autorisé à dire aussi qu'il avait été attaqué et renversé d'une manière tout aussi frivole et mille fois plus inique.

Tel est l'esprit dans lequel fut conçu cet ouvrage. L'auteur était alors jeune, trop jeune peut-être pour un pareil sujet. Cependant, en revoyant aujourd'hui ce qu'il écrivit dans un temps si différent de l'époque actuelle, il lui est permis sans doute d'éprouver quelque satisfaction de pouvoir le réimprimer absolument comme il était alors. Il lui semble surtout qu'il s'était fait peu d'illusion sur le caractère essentiellement passager et transitoire de la domination qui avait alors tant d'éclat et de prestige. Un homme, quelque profonde intelligence qu'il ait de l'esprit de son temps, quelque habileté qu'il déploie à s'en servir comme d'un instrument docile, n'a ni pouvoir ni mission pour le changer, pour le détourner de sa route. Quand

une nation a été si complétement dissoute et renouvelée, il n'appartient à personne de la reconstituer à son
gré et sous sa main. Quand dans l'univers entier l'ordre social ne peut s'établir que sur de nouveaux rapports des citoyens entre eux, que sur de nouvelles
idées relativement aux pouvoirs, il n'y a ni législa-
teur ni conquérant qui puisse se flatter de fonder tout
à coup ce qui ne peut être que l'ouvrage du temps, du
bon ordre sans violence et du calme sans oppression.
Le pouvoir absolu, qui s'était alors établi, n'était donc
rien de plus qu'un délai apporté au développement et
à la classification régulière des éléments actuels de la
société.

Quelles sont les formes, les institutions, les mœurs,
les idées qui sortiront de la fermentation actuelle et
qui composeront la constitution morale des peuples
civilisés? Telle était la question que l'auteur se faisait à lui-même en terminant son ouvrage. Il peut se
la faire encore aujourd'hui. Et, en effet, qui pourrait
s'attendre à la prompte solution de difficultés si gran
des? Qui pourrait espérer de voir le monde reprendre,
à un jour donné, une assiette nouvelle? Il ne s'agit
pas seulement de savoir si plus ou moins de droits seront accordés aux citoyens, si plus ou moins de garanties seront prises contre les excès ou l'incapacité
des gouvernants; il ne s'agit même pas de savoir si
les souvenirs et les affections que l'ancien régime a
laissés après lui auront une plus grande part au gouvernement que les souvenirs et les affections invaria-

blement attachés à l'état actuel des choses. Ce sont là,
il est vrai, des difficultés terribles qui peuvent encore
produire des convulsions nouvelles et reculer d'autant
le dénoûment. Mais il en est peut-être de plus fondamentales, qu'on ne peut s'empêcher de regarder d'un
œil d'effroi. Il semble qu'elles ne se soient jamais présentées, et que notre situation soit inouïe et inconnue
dans l'histoire des temps. Jamais, en effet, est-il arrivé que tous les pouvoirs, que toutes les prééminences
sociales, qui sont d'indispensables moyens pour établir l'ordre dans une nation, même lorsque cet ordre
est fondé sur la justice et la raison, se soient trouvés
tout à coup anéantis ou méconnus? Jamais est-il arrivé que leurs seuls titres pour se produire et se maintenir aient été le mérite réel, l'utilité, la force, l'influence; qu'ils aient eu à se frayer péniblement leur
route à travers tous les passions des hommes? Jamais
a-t-on vu le principe d'autorité dénué ainsi de toute
sanction préalable, dépouillé de tout préjugé, soumis
à un examen de tous les jours, contrôlé par chaque
intérêt privé, n'en imposant par aucun prestige? Dans
une telle disposition des esprits, le système des pouvoirs pourra-t-il triompher des mauvais penchants du
cœur humain; vaincre l'envie, qui ne sait jamais
avouer aucune supériorité; imposer silence à l'intérêt
personnel; fournir emploi à l'activité, aliment à l'i-
magination; rassurer les méfiances; convaincre l'i-
gnorance aussi bien que les lumières, et les masses
populaires en même temps que l'élite des citoyens?

En un mot, la société dissoute peut-elle, en connaissance de cause, se recomposer? Renferme-t-elle en elle-même les germes d'un ordre solide, et peuvent-ils y être fécondés, y croître et y jeter des racines?

Il y a quelques années qu'on pouvait se dire tristement : Est-ce donc le despotisme qui sera le moyen de solution? Est-ce lui qui, après nous avoir domptés par la force, après avoir réduit et subjugué les imaginations, brisera les volontés, énervera les sentiments et les réduira à l'intérêt personnel? Les nations sont-elles destinées à ne trouver que dans leur dégradation un calme toujours incertain et précaire? L'ordre ne sera-t-il rien de plus que l'apathie des peuples qui se laisseront, spectateurs muets, pousser comme un vil troupeau d'un pouvoir à l'autre? Et parce que les révolutions se passeront dans l'enceinte d'un palais ou dans le camp des soldats, cesseront-elles d'être des calamités? car à cela se bornent toujours les promesses et les espérances des hommes qui n'ont d'autre principe politique que d'exclure les citoyens de toute intervention directe dans la gestion de leurs affaires.

Les succès et les prospérités du gouvernement impérial pouvaient donner cette crainte, mais moins encore que l'état de la France, la lassitude des esprits et le goût superstitieux de l'égalité, si favorable au pouvoir absolu. Le fondement principal du despotisme était surtout cette sécurité avec laquelle tout ce qu'avait créé la révolution se reposait sur une domination née dans son sein, et se trouvait ainsi lié avec elle par l'intérêt privé, et non point par l'intérêt général.

La Restauration est venue rendre une meilleure espérance aux hommes qui ont peu de foi dans les bienfaits du pouvoir absolu. Alors s'est présentée une combinaison nouvelle. D'une part, en voyant reparaître les races royales qui, par leur nom, semblent les représentants de tout l'ordre ancien de la société, et en s'apercevant qu'en même temps aucun de ses débris ne pouvait reprendre la vie; qu'il n'y avait nul moyen de les réunir, de les replacer en leur ancienne situation; que si les mœurs, les idées, le train général demeurent les mêmes, beaucoup d'illusions se sont dissipées, beaucoup de folles espérances se sont évanouies; on a commencé à se faire quelque idée de la force des choses, et à ne plus regarder la révolution comme un accident, comme le fait de tels ou tels individus. D'autre part, tous les intérêts et les vanités qui avaient leurs garanties dans l'existence de la domination nouvelle, qui étaient ainsi involontairement complices d'une autorité absolue, ont eu un indispensable besoin de justice, ont dû vivre dans les méfiances et les précautions, ont imploré la liberté, au lieu de vivre en communauté avec le pouvoir.

Cette situation nous a conduits aux essais que nous faisons depuis huit ans, d'un gouvernement de délibération et de publicité; et jusqu'ici ses formes et son mécanisme ne nous ont point mal réussi. Malgré des vacillations plus fatigantes pour les esprits prévoyants

que pour les masses populaires, la France a pu jouir
d'un assez grand calme et d'une prospérité croissante. Mais pourtant il nous faut dire, avec un doute
moins pénible, il est vrai, que sous le gouvernement
précédent, que rien, en tout ceci, ne donne l'idée de
la fixité ni de l'avenir. C'est que les formes d'un gouvernement sont peu de chose, si elles ne sont pas l'expression des mœurs, des persuasions, des croyances
d'un peuple. Il faut une âme à tous ces ressorts matériels, et l'âme n'est pas encore venue animer notre
nouvelle machine politique. Que les esprits éclairés,
qu'une certaine élite de la nation se livrent à l'examen et ne se rendent qu'à une conviction raisonnée ;
que cet emploi de l'activité ne soit interdit à personne,
cela se conçoit ; mais il faut pourtant qu'une sorte de
monnaie courante d'opinions, d'habitudes, d'affections, ait été frappée, et soit reçue de confiance dans
tout le pays. Il faut qu'il y ait des autorités et des
prééminences investies de quelque force morale, et
qui n'aient pas à faire vérifier chaque matin la réalité de leurs pouvoirs.

Nous sommes bien loin encore de cette restauration
morale, et peut-être la génération actuelle n'est-elle
pas destinée à la voir accomplie, surtout si de nouveaux troubles viennent encore bouleverser les opinions. En ce moment, malgré tant de bruit et de
véhémence, elles sont énervées par le doute, bien
qu'elles essaient de se le cacher à elles-mêmes sous
la violence des paroles. Chacun n'est pas très sûr

d'avoir raison au fond de sa colère. On s'est si souvent trompé sur les choses et sur les hommes, qu'on veut bien soutenir son opinion, mais *jusqu'au feu exclusivement*, comme dit Montaigne. C'est à cette circonstance que nous devons le repos dont nous sommes quelquefois surpris de jouir.

La littérature vient encore ici témoigner de l'état des esprits. Elle attend qu'une impulsion nouvelle lui soit donnée. Elle cherche les routes qu'elle doit parcourir. Elle n'a plus pour guide que les règles immuables de l'esprit humain; toutes les observances de détail ont perdu leur crédit, et il n'en reviendra d'autres que lorsque d'autres habitudes les auront créées.

C'est cette façon d'envisager les événements et leurs résultats qui fut, dans le temps, reprochée à l'auteur. Elle fut taxée de fatalisme. Il ne peut accepter cette imputation. Tout son fatalisme consiste à rechercher de son mieux la liaison des effets avec leurs causes, et des détails avec l'ensemble. De cet examen a dû résulter l'idée que, lorsque les communications sont devenues faciles, rapides et vastes entre les hommes, l'influence des causes isolées est moindre, et que les causes générales sont plus à considérer. De là aussi les individus sont moins importants, et leur action est plus inaperçue. On en peut donc conclure qu'il ne dépend point de la volonté ou de la conduite de quelques hommes d'*exercer une influence vive et décidée* (1) sur leur nation et sur leur temps. S'ils sont

(1) Voyez à la fin l'article de Mme de Staël.

à la fois puissants et habiles, il leur reste encore une noble tâche. L'intelligence du temps présent, la connaissance de son esprit et de ses tendances, a toujours constitué et constitue plus que jamais le génie de la politique. Au lieu de la faire servir, comme nous l'avons vu, à mettre en mouvement toute une génération, à outrer son activité, à enivrer son imagination, à lui donner le désir d'acquérir plus que celui de conserver, il faudrait démêler les penchants calmes et raisonnables, les vœux modérés, les principes salutaires de notre époque, les protéger, leur donner force et confiance. En un mot, régler et maintenir, voilà tout ce qui est possible : alors les habitudes se formeront, les pouvoir sauront s'établir et durer ; les opinions deviendront sincères et constantes.

En effet, la nature humaine n'est jamais déshéritée, en aucun temps, des facultés qui lui ont été données pour la justice, la vérité, la religion, l'humanité ; il ne s'agit que de les cultiver, et de ne pas exciter les passions qui leur sont contraires. C'est à quoi travaillent, tout de leur mieux, les hommes qui attribuent exclusivement l'exercice des vertus sociales à de certaines formes, à un certain langage, à de certains souvenirs, à telle ou telle association d'individus. Ils font ainsi des noms les plus respectables une arme offensive, un moyen d'insulte, un instrument employé pour des intérêts personnels.

L'impartialité qu'on a reprochée à l'auteur n'est donc point si coupable. Quoi ! a-t-on dit, peut-on être impartial entre le bien et le mal (1), entre le juste et l'injuste? Mais quels sont les partis qui ont l'insolente et absurde prétention de posséder en propre et exclusivement le bien et le juste, et qui ne veulent pas même qu'on examine jusqu'à quel point ils ont tort ou raison? Quelles sont ces autorités qui croient vaincre l'esprit de révolte, en lui annonçant d'avance qu'il doit accorder obéissance, sans conserver aucun moyen d'obtenir justice? N'est-ce pas là précisément ce qui a produit les grandes séditions du dix-huitième siècle? N'est-ce pas là ce qui a tout remis en problème? Vouloir faire du présent ou un avenir qu'on a rêvé ou un passé qu'on regrette, c'est retarder le moment où il se calmera, où il se fera des mœurs et une morale.

C'est donc une œuvre salutaire que d'essayer de faire voir aux uns qu'on ne dispose pas facilement d'un peuple; que souvent on croit le conduire vers un but, lorsque soi-même on est seulement entraîné par la progression des opinions; que, par exemple, les philosophes du dix-huitième siècle, loin de mériter ou tant de blâme ou tant de gloire qu'on veut leur en distribuer, n'ont fait qu'obéir au mouvement commun, sans

---

(1) C'est ce que M. le comte Garat disait à l'Institut, en 1809, en parlant de cet *Examen de la Littérature du dix-huitième siècle.* C'est ce que, douze ans après, dans le même Institut, répétait, dans les mêmes paroles et en caressant les opinions opposées, M. Roger, à propos de l'*Histoire de Cromwell,* de M. Villemain.

prévoir, sans même désirer aucun résultat positif ; et en même temps de montrer aux autres que l'édifice, objet de leurs regrets, est tombé à peu près de lui-même, qu'il a été sapé et ébranlé à la fois par toutes les opinions et par toutes les influences, par celles même qui semblaient les plus contradictoires ; et qu'il n'y a rien de vivant ni de solide à tirer de ces débris dispersés. Ce n'est point par une coupable indifférence, par une résignation apathique qu'il faut dire : *Ce qui est, est ;* c'est par la conviction profonde qu'il vaut mieux travailler à améliorer une situation par le repos et le bon ordre, que de tenter vainement, et à tout hasard, d'en changer les bases et les principes.

DE LA

LITTÉRATURE FRANÇAISE

PENDANT LE DIX-HUITIÈME SIÈCLE.

La fin du dix-huitième siècle et les premières années du
siècle suivant ont été signalées par des événements si importants que tout l'ensemble des affaires humaines en a été
changé et renouvelé. La religion, les gouvernements, la
distribution des royaumes, ont subi, non pas de simples
modifications, mais des révolutions complètes. Les idées
des hommes sur la politique, sur la morale, sur toutes les
choses enfin où s'exercent leurs facultés, ont aussi pris une
autre direction. L'histoire ne pourrait peut-être pas montrer un pareil exemple d'un changement aussi vaste, aussi
complet et en même temps aussi rapide dans la face du
monde.

C'était un sujet bien digne d'exercer la curiosité, que de
rechercher les causes de cette terrible convulsion dont notre nation a d'abord été agitée, et qu'ensuite elle a propa-
gée. Le plus souvent, les mouvemens qui bouleversent les
empires peuvent être attribués à des influences directes et
positives, aux dissensions des peuples, aux conquêtes d'un
prince, au talent d'un général, au poids insupportable d'une
tyrannie, à la violation d'un traité. Mais en France le
dix-huitième siècle n'avait pas été fécond en événements.

2.

Parmi les hommes qui avaient possédé l'autorité, aucun n'avait montré un de ces grands caractères qui changent le sort des royaumes. Enfin le siècle, jusqu'à ses dernières années, s'était écoulé d'un cours assez tranquille, sans déchirements, sans mouvements extraordinaires. C'était surtout par la marche des opinions humaines et par les productions de l'esprit qu'il avait été remarquable. Les contemporains eux-mêmes s'étaient fort enorgueillis de ce développement de l'esprit humain, et en avaient fait le principal caractère de l'époque où ils vivaient.

Aussi c'est contre les opinions françaises du dix-huitième siècle, et surtout contre les écrits où elles sont déposées, que l'accusation a été portée. Parmi les accusateurs, quelques-uns, se laissant emporter par un esprit d'exagération et d'animosité, sont tombés, ce nous semble, dans une erreur remarquable. Isolant ce dix-huitième siècle de tous les autres siècles, ils le regardent comme une époque maudite, où un génie malfaisant a inspiré aux écrivains des opinions qu'ils ont répandues parmi le peuple. On dirait, à les entendre, que sans les livres de ces écrivains tout serait encore dans le même état que dans le dix-septième siècle. Comme si un siècle pouvait transmettre à son successeur l'héritage de l'esprit humain tel qu'il l'a reçu de son devancier. Mais il n'en est pas ainsi. Les opinions ont une marche nécessaire. De la réunion des hommes en nation, de leur communication habituelle naît une certaine progression de sentiments, d'idées, de raisonnements que rien ne peut suspendre. C'est ce qu'on nomme la marche de la civilisation. Elle amène des époques tantôt paisibles et vertueuses, tantôt criminelles et agitées, quelquefois la gloire, d'autres fois l'opprobre; et, suivant que la Providence nous a jetés dans un temps ou dans un autre, nous recueillons le bonheur ou le malheur attaché à l'époque où nous vivons. Nos goûts, nos opinions, nos impressions habituelles en dépendent en grande partie. Nulle chose ne peut soustraire la société à cette variation progressive. Dans cette histoire des opinions humaines, toutes les circonstances sont enchaînées de manière qu'il est impossible de dire laquelle pouvait ne pas résulter nécessairement de la précédente. Ainsi, lorsqu'on a une fois commencé à blâmer l'état où se trouvaient les esprits des hommes à un certain moment, le blâme, remontant de proche en proche, de l'effet à la cause, ne peut jamais s'arrêter.

Il semble donc que l'esprit humain soit soumis en quelque sorte à l'empire de la nécessité ; qu'il soit irrévocablement destiné à parcourir une route déterminée et à accomplir une révolution prescrite, ainsi que font les astres.

Le cours de cet astre amène de temps à autre des époques critiques pour les nations. Pendant quelque temps cette marche des idées humaines, d'abord lente et insensible, puis accélérée et rapide, ne change rien au bonheur des peuples ; les lettres brillent, les sciences avancent à grands pas, les arts se perfectionnent, les lumières se répandent ; puis arrive un moment où les opinions généralement adoptées, où la disposition de tous les esprits se trouvent discordantes avec les institutions actuelles. Alors éclatent les terribles révolutions, alors les gouvernements s'écroulent ; les religions s'ébranlent, les mœurs se perdent : un long désordre, une agitation prolongée travaillent cruellement les peuples. Enfin la tempête s'apaise et le calme se rétablit. Le besoin du repos rend les esprits plus dociles ; ils perdent la certitude et la vanité qu'ils attachaient à leurs opinions. Les circonstances indomptables brisent la force des caractères. De nouvelles habitudes se forment, d'après l'ordre nouveau qui s'établit, et les fils retrouvent quelquefois une époque tranquille après avoir vu finir les malheurs de leurs pères. Puis recommence cette triste progression, qui peut amener les idées à redevenir un jour opposées aux institutions, et produire par là de nouvelles catastrophes. C'est ainsi que la civilisation, par des alternatives plus ou moins rapprochées, plus ou moins funestes, de repos et d'agitation, conduit les nations à leur décrépitude.

Nous avons été témoins d'une de ces crises fatales ; elle a éclaté sous nos yeux, dans notre pays, qu'elle a accablé de malheurs longs et cruels. Quand la tranquillité s'est trouvée rétablie, chacun, dans son chagrin, a cherché la cause des maux passés. L'esprit de parti, reste des habitudes de faction, est venu se mêler dans cet examen ; l'aigreur et les hostilités personnelles, fruits ordinaires de la controverse, ont pris la place du raisonnement. On a souffert, on trouve que haïr est une consolation. Les uns, fiers de ce que d'autres s'étaient trompés, oubliant avec légèreté ou avec impudence leurs propres erreurs, ont voulu envelopper dans une vaste proscription tout ce qui tenait au dix-huitième siècle ; les autres, engagés par d'anciennes habitudes, et se trouvant compris dans cette accusation, se sont attachés à défendre un temps qui était le leur. De cette sorte, la question, de grande et générale qu'elle pouvait être, est devenue un combat interminable d'arguments personnels. Le dix-huitième siècle n'a été qu'un prétexte à la querelle. Les premiers, en l'attaquant, n'ont songé qu'à porter des coups à leurs adversaires ; ceux-ci, de leur côté, se sont crus obligés de parer des atteintes dirigées contre eux individuellement.

Peut-être ceux qui n'ont pu prendre aucune part aux

événements passés, qui sont venus trop tard pour embrasser un parti, et qui n'ont été pour rien dans ces discordes mal éteintes, pourraient-ils avoir plus d'impartialité. Ce sentiment les ferait remonter à des causes plus générales. Le siècle leur paraîtrait comme un vaste drame dont le dénoûment était inévitable, de même que le commencement et la marche étaient nécessaires. Ils suivraient le cours des opinions pendant cette époque, chercheraient le point de départ, marqueraient les divers degrés qui ont été parcourus, et le terme qui a été atteint. La littérature ne serait, à leurs yeux, ni une conjuration entreprise en commun par tous les écrivains pour renverser l'ordre établi, ni un noble concert pour le bonheur de l'espèce humaine; ils la considéreraient comme l'expression de la société, ainsi que l'ont définie d'excellents esprits. Appliquant cette idée au dix-huitième siècle, ils la développeraient dans tous ses détails; ils essaieraient de faire voir que les lettres, au lieu de disposer, comme quelques-uns le disent, des opinions et des mœurs d'un peuple, en sont bien plutôt le résultat; qu'elles en dépendent immédiatement, et qu'on ne peut changer la forme ou l'esprit d'un gouvernement, 'les habitudes de la société, en un mot les relations des hommes entre eux, sans que, peu après, la littérature n'éprouve un changement correspondant. Ils montreraient comment se forment les opinions du public, comment les écrivains les adoptent et les développent, et comment la direction dans laquelle marchent ces écrivains leur est donnée par le siècle. C'est un courant sur lequel ils naviguent; leurs mouvements en accélèrent la rapidité, mais lui doivent la première impulsion. Telle est l'idée qu'ils pourraient se former de l'influence des hommes de lettres.

Ainsi, au lieu de juger les écrits du dix-huitième siècle

comme des actions dignes de blâme et d'éloge, ils y ver-
raient seulement des symptômes de la maladie générale.
Ils éviteraient d'être accusateurs ou apologistes, pour tâcher
d'être historiens. Toutefois, craignant de tomber dans une
coupable indifférence, il faudrait qu'ils ne pardonnassent
point à la perversité et à la mauvaise foi. Ils chercheraient
à découvrir le caractère et l'intention de l'écrivain, et ne
le jugeraient pas uniquement d'après les opinions qu'il a
professées, puisque toutes peuvent se trouver funestes ou
innocentes suivant les circonstances. Ils n'imputeraient pas
le mal à celui qui a cherché le bien dans la sincérité de
son cœur ; et s'ils reprochaient aux philosophes irréligieux
d'avoir attribué la Saint-Barthélemy à la religion, ils ne
tomberaient pas dans la même faute en chargeant la philosophie des massacres de Septembre.

En essayant de suivre cette marche, nous sommes dans
l'obligation de remonter plus haut que le dix-huitième
siècle, et de parler rapidement des temps qui l'ont précédé,
et auxquels il se rattache non pas seulement par le cours
des ans, mais aussi par celui de l'esprit humain.

Depuis le seizième siècle, où de longues révolutions
avaient enfanté de grandes et nouvelles choses, une certaine fermentation avait succédé aux mouvements des peuples. Les lumières se répandaient, les matériaux de l'antiquité étaient mis en évidence par les érudits pour servir
d'exemple au génie : des religions se combattaient; cette
lutte avait fini par rendre l'observation de leurs lois plus
éclairée et plus régulière, mais elle avait jeté dans quelques esprits des doutes sur les dogmes. Cependant les lettres et les sciences étaient pour bien peu encore dans l'existence des empires. Les passions et les intérêts des princes
et des grands, le gouvernement des souverains, tels étaient

les principes de changement et de révolution. Les hommes lettrés vivaient dans la solitude et dans l'inaction du cabinet. Leur esprit n'habitait pas le monde réel et ne quittait guère, soit les siècles passés, soit les régions élevées de la philosophie métaphysique. Rien dans leurs travaux n'était usuel ni applicable. Les événements du jour leur importaient peu, et n'étaient point de leur ressort. Ils communiquaient entre eux et avec le public par leurs livres seulement. Cette réunion continuelle des hommes oisifs mettant en commun leurs idées, qui est une des circonstances importantes de nos mœurs, n'était pas dans les mœurs de ce temps-là. Les opinions des écrivains ne pouvaient avoir ni ensemble ni influence dans l'Etat. Les personnes que leur position appelait à exercer quelque action politique n'avaient pas, en général, au milieu de leur vie active, le loisir d'accueillir des lumières et de s'adonner à la réflexion. Si dans l'Église ou la magistrature quelques hommes s'occupaient également des lettres et des affaires, leur conduite ne se ressentait pas de cette double direction. La littérature ayant alors peu de cours dans le monde, n'étant point un objet de communication habituelle, elle ennoblissait leurs loisirs, mais n'influait pas sur eux beaucoup plus que sur le reste de la nation. Tel fut le caractère des lettres jusqu'au moment de la domination du cardinal de Richelieu; elles étendaient successivement leur domaine, s'introduisaient peu à peu dans la langue vulgaire, occupaient chaque jour quelques esprits de plus, mais restaient étrangères aux affaires des peuples, à leurs mœurs, et même à leurs opinions.

Aussitôt après la mort de Richelieu, on voulut secouer le joug. Un changement quelconque inspire plus de courage. D'ailleurs le successeur du ministre n'avait pas hérité de son indomptable caractère. Mais comme ce n'était pas contre la royauté qu'on s'était accoutumé à murmurer, l'existence du trône ne fut nullement attaquée. On ne songea qu'à renverser le ministre. Dès que la révolte arrivait au pied du trône, elle s'inclinait avec respect et se retirait. Tel fut le caractère de cette sédition qui recommençait sans cesse et tournait sur elle-même, parce que les séditieux, s'étant imposé une borne respectable, ne pouvaient aller en avant. Il y eut cela de particulier que la Fronde, n'opérant aucun bouleversement, attaquant tout sans rien renverser, laissa chaque homme et chaque classe à sa place. C'est ce qui contribua à terminer promptement et complétement cette espèce de révolution. Personne n'avait à déchoir, aucune vanité n'avait à souffrir. Il n'y avait pas, comme on l'a vu depuis, une barrière insurmontable entre le passé et l'avenir.

Cependant un tel état de désordre et d'indiscipline devait nécessairement avoir laissé des traces dans les esprits, et devait leur avoir appris à ne plus respecter ce qui avait été autrefois l'objet de leur vénération. On avait chansonné une reine et un cardinal; un coadjuteur de Paris avait compromis son caractère ecclésiastique de mille manières; les princes avaient bafoué le Parlement; un petit-fils de Henri IV avait été livré à la risée publique. Ce n'est pas impunément qu'on offre un pareil spectacle au peuple : quoiqu'il ne fût alors ni très-éclairé ni très-réfléchissant, on l'avait tellement mêlé à toutes ces choses, qu'elles avaient dû le frapper. Ce n'était cependant pas la première fois que le peuple avait été appelé comme auxiliaire dans les troubles de la France; mais jusqu'alors on lui avait demandé sa force et non pas son opinion; plus d'une fois il avait attaqué les grands de l'État ou les ministres;

souvént même il avait montré plus de haine et de fureur
contre eux, mais il n'avait pas cessé de les craindre et de
les respecter. Lorsque les factions de la Fronde prirent
naissance, les princes, les grands, la noblesse, les magistrats, avaient tous perdu leur force et leur dignité sous le
joug de fer du cardinal de Richelieu; quand tour à tour ils
sollicitèrent le secours du peuple, ce fut comme égaux qu'ils
l'implorèrent. Il apprit par là à ne révérer que la seule autorité royale. De ce moment il n'y eut plus de respect
pour aucune chose, pour aucune institution, pour aucune
personne; tout était déchu de pouvoir et de considération;
il ne restait plus que le trône, qui semblait plus élevé,
parce qu'il n'était plus enveloppé de ses remparts. Pendant
un siècle et demi, on s'est ensuite accoutumé peu à peu à
ne plus respecter le trône.

Ces influences de la Fronde ne s'exercèrent pas tout de
suite sur les derniers rangs de la société. Elle n'était point
encore formée de manière à donner un cours rapide à ses
opinions : elles ne se manifestèrent d'abord que dans la
classe oisive et aisée de la capitale.

Mais bientôt commença à régner un roi comme il le
fallait pour faire disparaître les apparences du désordre.
De la dignité et de la grâce; de la gravité et de la politesse; un esprit éminemment despotique, mais par instinct,
sans violence et sans perversité; ne concevant pas qu'on
pût lui résister, mais ne voulant en général que des choses
convenables et justes : tel fut le caractère d'un souverain
qui devait exercer une si grande influence sur la nation, et
dont le règne devait être signalé par un changement presque total dans le caractère français. Ce ne fut pourtant pas
sans quelque peine qu'il parvint à façonner la cour et la
France suivant ses désirs. Les grands seigneurs conservè-

rent quelque temps un ton d'indépendance et de légèreté, héritage dégénéré du caractère franc et téméraire de leurs ancêtres. Des exils et des bienfaits firent disparaître cet esprit d'opposition, qui ne s'appliquait plus qu'à de petites intrigues. Le Parlement fut contraint de ne plus se regarder comme le défenseur des droits de la nation. La cour fut transportée hors de Paris, devenu odieux par ses révoltes. Les courtisans ne furent plus détournés de l'obéissance et de l'admiration par la société des hommes qui, n'approchant pas du monarque, n'étaient pas subjugués par le même prestige. Enfin l'œuvre du cardinal de Richelieu fut consommée. Le système de gouvernement qu'il avait établi par la violence se trouva dorénavant conforme aux nouvelles mœurs de la nation.

Voyons maintenant si nous n'apercevrons pas que les lettres aient aussi changé de caractère pendant ces variations du gouvernement et de la politique. Il semble que, dans les ouvrages publiés durant la première partie du dix-septième siècle, sous le règne du cardinal de Richelieu, on peut reconnaître une physionomie plus grave et plus forte. Les écrivains n'étaient pas rebelles à l'autorité, ne prétendaient aucunement à l'indépendance ; mais quand on se borne à obéir au pouvoir sans chercher à lui plaire, l'esprit conserve la plus grande part de sa liberté. La vie des littérateurs était studieuse et solitaire. Leur imagination s'allumait par le spectacle des grands événements dont ils étaient témoins. Quelquefois on recherchait le secours de leur plume, et le fruit de leurs veilles allait se mêler aux intérêts du monde.

De ces circonstances résultent cette hardiesse dans les maximes, cette indépendance dans les idées, ce jugement audacieux de toutes choses, qu'on remarque dans Corneille, dans Mézeray, dans Balzac, dans Saint-Réal, dans Lamothe-Levayer. Un peu après, et plus particulièrement pendant les troubles de la Fronde, on voit une foule d'écrits d'un autre caractère qui devait aussi bientôt disparaître. La légéreté, la familiarité, la gaîté, souvent profondes, de Charleval, de Saint-Évremont, d'Hamilton, son élève (quoiqu'il ait écrit plus tard), dépendent aussi des circonstances de cette époque. Le cardinal de Retz sut de même conserver dans ses Mémoires le style du héros de la Fronde. Pascal, qui alors commença à briller, se ressent aussi de ces influences. Plus tard, lorsque le grand Arnaud vivait dans l'exil, son ami n'aurait pu empreindre les *Provinciales* de ce caractère de force et d'indépendance qui se montre également dans la plaisanterie et dans le sarcasme sérieux. Molière, qui avait vécu dans la société de plusieurs de ces hommes, en garda quelque chose de mâle dans son talent, de profond dans ses observations et de plaisant dans sa manière. Racine, plus jeune, mais qui avait fréquenté les derniers restes de cette école, en montre des traces dans ses premiers ouvrages; et sans doute *Britannicus*, méconnu par une cour et un public déjà changés, est un résultat de cette première direction. Il prit une autre route, et heureusement son génie a semblé n'y rien perdre.

Le besoin du repos et de l'ordre, la reconnaissance pour celui à qui on les devait, le spectacle nouveau d'une cour qui avait soumis et même séduit la nation, tournèrent les esprits d'un autre côté. Tous se firent une gloire de contribuer à la gloire du monarque. Tout fut destiné à lui complaire. Le talent, à cette époque, avait assez de force intérieure pour que cette destination ne lui ôtât que peu de chose de sa chaleur et de son originalité. L'arbre dont la végétation est vigoureuse ne s'élève pas moins haut, pour avoir subi quelque contrainte.

Mais il faut le reconnaître : tout ce qui a fait la gloire de Louis XIV, ministres, généraux, écrivains, tous avaient reçu la naissance et l'éducation à une époque où son gouvernement n'avait pas encore pris son assiette. Leur génie fut pour ainsi dire trempé dans un temps où les âmes avaient plus de vigueur et de liberté. Quoi qu'il en soit, cette première génération d'hommes une fois épuisée, elle ne se renouvela pas. L'influence de Louis XIV ne fit rien naître de semblable autour de lui. Son éclat commença à se ternir quand il eut perdu ce noble cortége. L'obéissance continua à être la même, le souverain fut toujours entouré de toutes les apparences du respect ; mais l'admiration et l'enthousiasme n'y étaient plus. Au commencement de son règne, il avait ébloui tout ce qui l'entourait, et les sentiments qu'il inspirait à ses courtisans s'étaient répandus dans toute la France. Sur la fin, sa cour, qui le voyait de près, se départit la première de cette adoration. Comment, en effet, de jeunes princes et de jeunes seigneurs pouvaient-ils conserver intérieurement quelque vénération pour un roi qui exigeait la régularité des mœurs, tandis qu'à la face de son royaume il faisait, au mépris des lois les plus révérées, élever et reconnaître comme ses enfants les fruits d'un double adultère ; qui croyait constater son amour et son respect pour la religion en chassant les protestants et persécutant les derniers restes de Port-Royal ; qui ne rougissait point enfin de porter publiquement le joug d'une femme dont l'esprit et le caractère convenaient pour gouverner un couvent, mais non pas pour régir un empire ? Quoique ces contradictions fussent pour ainsi dire cachées sous une représentation imposante, quoique les malheurs qui furent le fruit de toutes ces fautes fussent supportés avec la plus noble résignation, on conçoit cependant que la nouvelle génération, qui n'avait pas assisté au spectacle de la gloire et de la prospérité du vieux monarque, qui ainsi n'était pas subjuguée par la puissance des souvenirs, ne devait plus être fière du joug, comme l'avaient été ses pères. Devant les regards du roi, à son majestueux aspect, nul n'osait enfreindre les règles qu'il avait prescrites; mais, dans son propre palais, ses enfants, leurs favoris, leurs contemporains, se livraient à des désordres qu'on dérobait aisément aux yeux affaiblis de l'auguste vieillard. La religion et les mœurs devenaient peu à peu un objet de ridicule; on s'accoutumait à les considérer comme de vaines lois, en les voyant se prêter chaque jour aux fantaisies du souverain, qui pourtant s'imaginait les observer, et voulait que les autres s'y conformassent strictement.

Cependant la vie oisive de la cour, la conversation des femmes, avaient détruit ce caractère de gravité que les Français avaient eu jadis, et les avaient amenés à une frivolité qui s'est encore accrue depuis. Le spectacle du désordre n'inspirait pas ces haines vigoureuses que doivent ressentir les âmes honnêtes. Il répandit une certaine indifférence pour les principes; un esprit de doute sur des opinions que les hommes avaient jusqu'alors respectées; une habitude de se jouer de tout; un cynisme déhonté, qui, après avoir couvé longtemps pendant la vieillesse de Louis XIV et avoir affligé ses derniers regards, finirent par s'asseoir sur le trône dans la personne de Philippe d'Orléans.

Toutefois il y avait encore à la cour des hommes d'un rang élevé qui reconnaissaient les erreurs du roi, et sa-

vaient les juger, sans perdre les sentiments de respect et
d'obéissance. Fénelon vivait au milieu de cette société, et
y répandait ses vertueux sentiments. Là, on ne prenait
pas occasion de décrier la morale et la religion, parce que
ceux qui les professaient ne savaient pas s'y conformer. En
observant les fautes et les faiblesses du monde qui l'envi-
ronnait, en voyant comment les passions et les penchants
triomphent des meilleures intentions, Fénelon apprit à
professer une vertu douce et tolérante. Il s'aperçut aussi
que ceux qui obéissaient à la morale et à la religion par
une crainte et une soumission aveugles ne savaient pas en
faire un digne usage, et il chercha à leur donner un pouvoir qui eût sa source dans l'amour, les lumières et la persuasion. Il pensa que, puisque les rois étaient sujets à l'erreur, et que cette erreur faisait le malheur des peuples, les
lois devaient servir de bornes au pouvoir royal. Il fut dis-
gracié et presque persécuté. Son élève, qui, on aime à le
croire, eût fait le bonheur de la France, fût durant sa vie
mal accueilli de son aïeul. Le roi voyait en lui une critique
vivante de sa conduite; en même temps il était un objet
de ridicule pour cette jeunesse de la cour, qui voulait blâmer les fautes du souverain, mais pour autoriser un désordre plus grand.

Fénelon n'est pourtant pas le dernier qui ait fait entendre les paroles de la religion et de la philosophie, de la
vertu et de la douceur heureusement associées pour le bonheur et l'instruction des hommes. Il se trouva immédiatement après lui un prélat éloquent et respectable, qui
donna aux préceptes de raison et de liberté l'autorité de la
parole de Dieu, et qui leur imposa pour bornes la religion
et la soumission aux lois. Tel fut le caractère de la suave
éloquence de Massillon. Bossuet avait fait retentir dans la

chaire toutes les maximes qui établissent le pouvoir absolu des rois et des ministres de la religion. Il avait eu en mépris les opinions et les volontés des hommes, et il avait voulu les soumettre entièrement au joug. Massillon, qui ne vivait pas comme Bossuet sous un gouvernement noble et imposant, sur lequel on pût s'en reposer pour la gloire de la nation, ne fut pas inspiré de la même manière. En exhortant les citoyens à l'obéissance, il rappela sans cesse au prince qu'il fallait la mériter en respectant les droits de la nation. Il fit entendre la vérité à un jeune roi qui profita bien mal de ses hautes leçons, et dont la conduite accrut par la suite un sentiment qui commençait dès lors à se montrer ouvertement, le mépris de l'autorité.

Son éloquence participa du caractère de ses opinions. Elle ne fut pas, comme celle de Bossuet, puissante par la hauteur et l'énergie, par une sorte d'âpreté et de terreur qui subjuguent et terrassent les esprits. Massillon ne s'empare point de la persuasion par autorité et de vive force. La marche de ses pensées est plus graduée; il les développe, amène par degrés le lecteur à les partager; s'animant peu à peu d'une sainte chaleur, il remplit les cœurs, et par une route différente produit aussi tous les nobles effets de l'éloquence. On doit encore observer qu'il usa de la langue d'une autre manière. Bossuet, versé profondément dans les lettres saintes, plein d'une érudition que la controverse avait rendue nécessaire, Bossuet transporta dans ses discours le langage de l'Écriture, les formes simples et audacieuses des locutions orientales; et la langue céda à la force de sa pensée. Massillon se conforma davantage au génie plus timide qu'avait pris notre langue. On avait déjà beaucoup écrit. On était habitué à des formes de style consacrées par de grands succès; il n'était plus pos-

sible de disposer aussi librement du langage et de lui
donner un caractère individuel et original.

La vieillesse de Louis XIV et la première époque du
dix-huitième siècle laissent encore remarquer quelques
hommes qui, par leur caractère et la couleur de leurs écrits,
appartiennent plutôt au temps où ils commencèrent leur
carrière qu'à celui qui la vit finir.

Parmi eux, on doit nommer l'abbé Fleury, qui fut successivement associé à Bossuet et à Fénelon dans l'éducation
des princes, et qui mérita l'estime et la protection de l'un
comme de l'autre des deux illustres adversaires : tous les
partis, d'un commun accord, lui ont donné le surnom du
judicieux Fleury. L'*Histoire ecclésiastique* est un travail
immense, où l'on trouve plus que de l'érudition. Elle est
écrite avec précaution, mais avec critique et bonne foi. Les
nombreuses questions métaphysiques qui font partie du
sujet sont expliquées avec clarté et profondeur. Le tableau
des événements du monde qui se rapportent à la religion
est tracé simplement et à grands traits. Dans les discours
qui accompagnent cette histoire, l'auteur a su mettre une
impartialité qui n'est point de l'indifférence. Dans son livre
sur le choix et la méthode des études, il a montré un sens
droit et juste, un amour vif et éclairé de l'antiquité, sans
pédanterie ni affectation.

Rollin, qui vécut loin du monde, tout entier aux devoirs de son état, sut les retracer avec simplicité. Il chercha à inspirer à la jeunesse le goût de toutes les choses
honnêtes, en même temps que l'amour des lettres. Il
écrivit l'histoire avec simplicité, sans la dessécher ni
la dénaturer. Il ne la travailla pas de manière à en
faire la démonstration d'un système, comme on l'a vu depuis.

Plus illustre qu'eux, d'Aguesseau, citoyen plein de constance et de vertu au milieu de la corruption universelle, ne céda jamais ni aux séductions du vice ni aux abus de l'autorité; il occupa ses loisirs par l'étude des lettres et des sciences, et donna un des derniers exemples de la conduite que pouvait tenir un magistrat dans la monarchie française, en suivant les traces qu'avaient laissées dans cette carrière tant de vertueux prédécesseurs. On retrouve dans son style, plein de gravité et de douceur, tout le caractère de sa vie. Il cultiva les sciences exactes et la littérature étrangère. Ainsi il suivit un des premiers le genre d'études qui allait s'unir peu de temps après à des opinions nouvelles; mais sa piété et son attachement aux devoirs sévères de la magistrature le tinrent écarté de l'esprit qui commençait à régner dans les lettres, comme de la dépravation des mœurs.

Après avoir parlé de ceux qui demeurèrent pour ainsi dire étrangers à ce qui les entourait, nous allons entrer, pour n'en plus sortir, dans cette littérature qui reçut si puissamment l'influence des mœurs, et qui en prit tout le caractère.

La cour de Louis XIV était déjà changée; elle avait déjà adopté un esprit et des principes nouveaux, quand les lettres marchaient encore dans la direction que lui avaient précédemment imprimée les illustres auteurs qui s'évanouissaient l'un après l'autre. Campistron et les imitateurs de Racine se traînaient servilement sur les traces de leur modèle, avec plus ou moins de succès, sans donner à leurs productions une couleur particulière. Au lieu d'approfondir les sentiments et de les chercher dans leur propre inspiration, ils s'attachaient à copier les formes du style de leur maître.

La comédie avait gardé plus de vigueur et de gaîté. Les caractères, les ridicules, la physionomie des divers états de la société, avaient conservé encore quelque chose de saillant, qui depuis s'est effacé. Regnard et Dancourt représentaient avec une grande verve de plaisanterie et d'esprit, parfois même avec profondeur, les mœurs corrompues de leur temps. Lesage, leur rival dans la comédie, appliquait aussi le même genre de talent au roman, qui prenait ainsi entre ses mains un caractère tout nouveau. Il n'appartenait qu'à un auteur de l'école de Molière de produire *Gil Blas*, qui n'est en effet qu'une comédie de forme différente. C'est la peinture du cœur humain, sous l'aspect du vice et du ridicule ; mais Lesage, comme Molière, savait approfondir l'homme sans le disséquer. Rien dans ses ouvrages ne montre l'analyse ; il est un des derniers qui aient su peindre au lieu de décrire. Plus tard, on s'est imaginé qu'on était plus profond parce qu'on étalait tout le travail de l'observation, et que l'imagination avait perdu le pouvoir de reproduire la nature vivante.

Ajoutons que les comiques de cette époque sont curieux à consulter, comme monument historique et comme témoins authentiques des mœurs du temps. Ils montrent qu'il n'y avait pas un long chemin à faire pour passer de la fin du règne de Louis XIV à la régence du duc d'Orléans. Ce fut presqu'une transition insensible pour l'esprit de la nation ; mais la différence fut grande et fatale entre les deux gouvernements.

Quelques historiens se reportent à ce moment. Daniel falsifiait, au profit de l'autorité royale, les annales de la nation, et détruisait tout le charme que les narrateurs contemporains avaient répandu sur les nobles souvenirs de l'ancienne France. Quarante ans avant, Mézeray, dans sa négligence naïve, avait bien mieux conservé l'esprit et le caractère national. Vertot, quoique peu exact, dénué de force et de simplicité, réussissait mieux que Daniel, et savait du moins intéresser.

Cependant au dehors de la France étaient plusieurs écrivains animés d'un esprit particulier. C'étaient les réformés, exilés par la révocation de l'édit de Nantes. Ils se vengeaient chaque jour de la persécution qu'ils avaient injustement éprouvée, en calomniant le roi et la religion catholique. Leurs écrits, en pénétrant en France, trouvaient des esprits disposés au mécontentement, aigris par les malheurs de la guerre, et accroissaient le mépris de l'autorité des lois.

Parmi ces réfugiés brillait un homme dont les productions vivront longtemps, tandis que leurs libelles obscurs ont été presque aussitôt oubliés. C'était Bayle, le plus hardi et le plus froid douteur de tous les philosophes. D'ordinaire, les écrivains se servent du doute pour détruire ce qui existe, afin d'y substituer leur opinion. C'est une arme qu'ils emploient pour conquérir. Chez Bayle, le doute est un but, et non pas un moyen. C'est un équilibre parfait entre toutes les opinions. Rien ne fait pencher la balance. L'esprit de parti, les préjugés, l'influence de l'éloquence, les séductions de l'imagination, rien ne touche Bayle, rien ne peut le déterminer. Toutes les opinions lui semblent probables; quand il en trouve de mal défendues, il s'en empare, et vient à leur appui pour qu'elles ne perdent pas leur cause. Chose étrange! il semble se complaire dans une telle incertitude; son âme n'est point oppressée et déchirée par cette ignorance des questions qui importent le plus à l'homme. Il les aborde, et se réjouit de ne les pouvoir résoudre. Ce qui a fait le supplice épouvantable de tant de grands esprits, de tant d'âmes élevées, est une sorte de jeu pour lui.

On a attribué à la philosophie de Bayle une dangereuse influence; au premier abord, cet équilibre entre les opinions peut séduire, il est vrai, quelques esprits qui croient y voir de la supériorité. Mais le doute de Bayle est un doute savant, et il raille bien plus ceux qui rejettent légèrement et sans examen que ceux qui croient avec soumission. Jadis le savoir conduisait quelques hommes à douter; depuis, l'ignorance et la frivolité ont ouvert un plus large chemin. Ce ne sont pas des ouvrages comme ceux de Bayle qui égarent le vulgaire : c'est peut-être plus tard qu'ils sont devenus funestes; cette érudition immense qui les compose en a fait un vaste arsenal, où l'incrédulité est venue facilement emprunter des armes; on y trouva aussi le triste exemple de cette raillerie continuelle qui s'en va flétrissant toutes les opinions, tous les mouvements élevés de l'âme, qui considère comme désordre ou comme folie tout ce qui ne se rapporte pas à son froid raisonnement. La plaisanterie de Bayle est, il est vrai, presque toujours lourde et vulgaire; elle amuse quelquefois, précisément parce qu'elle est imperturbable, et qu'elle se mêle singulièrement avec la pédanterie d'un critique; mais il s'est rencontré depuis des hommes qui ont su donner de la légèreté et de la grâce aux railleries de Bayle, les arranger pour l'usage de la frivolité, et leur procurer un cours universel.

Lorsque, pendant quelques années, la littérature eut suivi les traces du siècle de Louis XIV, sans avoir produit rien de marquant ni d'original, quelques hommes de talent montrèrent qu'il n'appartient qu'à la médiocrité d'imiter servilement, et que pour acquérir une réputation durable, s'il faut suivre des guides, il est plus essentiel encore de se livrer à sa propre impulsion.

Un tragique nouveau parut sur la scène, et s'y fit remarquer surtout par un caractère nouveau et particulier. Crébillon, étranger aux modèles de l'antiquité, ayant peu médité sur l'histoire, dépourvu de grandes et profondes pensées, écrivain sans correction et sans harmonie, sut parfois donner aux passions une expression forte et sombre qui frappe et étonne l'esprit sans émouvoir le fond du cœur. Il s'écarta entièrement de cet art où triomphait Racine, de cet art de s'emparer entièrement du cœur, en arrivant par des nuances successives, et toujours pleines de vérité, aux mouvements les plus passionnés; de conduire ainsi, par une route continue, le spectateur à partager la situation et les sentiments des personnages. Les imitateurs de Racine, croyant suivre la même marche que lui, avaient délayé la passion dans un vain parlage; et, s'imaginant préparer les impressions tragiques, ils les avaient affaiblies. Crébillon, qui vécut dans la solitude, qui avait passé sa jeunesse loin de Paris, s'éleva au-dessus d'eux, par cela seul qu'il se livra à son propre génie, et qu'il en sut donner la couleur à ses ouvrages. Mais ce génie, que d'heureuses circonstances préservèrent de tomber dans une fade imitation, est loin de pouvoir être égalé à celui des grands tragiques de la scène française. Lorsque les tragédies de Crébillon parurent, elles ne furent pas autrement jugées; quelques-unes obtinrent un grand succès, mais ce ne fut que long-temps après qu'on essaya de porter leur auteur au premier rang, pour l'opposer à un écrivain qui s'y était placé. Cette renommée factice s'est écroulée depuis; et, malgré la constante haine contre Voltaire, que deux ou trois générations de critiques se sont

soigneusement léguée, Crébillon n'a pu se soutenir à côté
de celui dont on a voulu le faire le rival.

A peu près à la même époque parut un homme dont la
réputation, acquise à meilleur titre, s'est aussi conservée
plus grande. Il avait manqué à la gloire littéraire du siècle
de Louis XIV un poëte lyrique, qui complétât cette réunion d'hommes célèbres, chacun dans un genre distinct.
Malherbe n'avait pas eu, comme Corneille, l'avantage de
trouver un successeur. La carrière lyrique offrait même
d'assez grandes difficultés pour qu'on n'espérât pas d'y obtenir un succès complet. Sans parler des obstacles que peut
présenter la langue, sous le rapport de la syntaxe et de
l'harmonie, il faut observer que la poésie joue parmi nous
un tout autre rôle que chez les anciens. Elle faisait une
partie essentielle de leurs mœurs et presque de leur langage; elle exprimait des sentiments habituels; elle s'occupait d'usages journaliers; elle représentait les faits, tels
qu'on les croyait; les lieux, tels qu'on les avait sous les
yeux; elle adorait les dieux que célébrait le culte public;
en un mot, elle était pleine de réalité, et n'était point un
langage de convention. Pour nous, la poésie, et nous di-
rions même presque toute la littérature, n'est pas sortie de
notre propre fonds. Si elle n'avait pas reçu d'importations
étrangères et antiques, si elle était restée la fille de nos
vieux fabliaux, de nos romans de chevalerie, de nos anciens mystères, de nos gothiques superstitions, elle eût
peut-être végété longtemps dans l'enfance, mais elle eût
gardé un caractère national et vrai, une liaison intime avec
nos mœurs, notre religion, nos annales, qui lui aurait
donné un effet immédiat et plus complet. Il n'en a pas été
ainsi. Vers le seizième siècle, nos écrivains, au lieu de per-
fectionner les lettres gauloises, se portèrent pour héritiers

de la Grèce et de Rome. Ils adoptèrent des dieux qui n'é-
taient pas les nôtres, des mœurs qui nous étaient étrangères, et répudièrent tous les souvenirs français pour se transporter dans les souvenirs de l'antiquité. On commença à
copier ou à travestir les modèles antiques, et à repousser
les impressions et les inspirations de la vie habituelle. Les
vers, jadis charme des palais et des vieux châteaux; les
vers, que nos rois et nos chevaliers, gens sans lettres et sans
études, traçaient de la pointe de leur épée, pour exprimer,
sans art et sans difficulté, leurs amours et leurs chagrins,
devinrent le patrimoine exclusif des doctes qui connaissaient bien Horace et Pindare, mais qui oubliaient la nature.

Cette imitation des anciens eut d'abord un caractère pédantesque et entièrement hors de la vérité; peu à peu il se
forma une sorte de mélange. Les circonstances réelles mo-
difièrent les emprunts qu'on faisait à la littérature ancienne,
et il résulta de cette double action une direction moyenne
dans laquelle on a toujours marché depuis. Mais malgré
la longue habitude, et quoique l'éducation nous ait presque identifiés avec ce système, la poésie a toujours conservé
quelque chose d'apprêté et d'éloigné de nos mœurs. C'est
toujours par une sorte de convention tacite que nous nous
transportons dans son domaine. C'est ce qui nous laisse si
loin des anciens, et surtout des Grecs, qui sont toujours
dans la réalité, qui peignent ce qu'ils sentent, décrivent ce
qu'ils voient; qui ne se croient pas dans l'obligation d'exa-
gérer leurs impressions et d'enfler leur langage.

C'est spécialement dans la poésie lyrique que ce vice peut
se faire sentir. Là, le poëte est entièrement livré à lui-
même; il faut qu'il nous dise ses propres sensations, ses
sentiments, les peintures que s'est tracées son imagination.

Nous avons bien voulu nous prêter à entendre Achille et
Agamemnon parler un langage qui n'est pas le nôtre; mais
l'homme de nos jours qui se transportera à Rome ou dans
la Grèce pour décrire ce qu'il éprouve, arrivera difficilement à nous toucher. Son enthousiasme court grand risque
d'être factice, et de ne pas nous émouvoir. Voilà pourquoi
les belles odes de Rousseau, et en général les morceaux les
plus distingués de notre poésie lyrique, sont des poésies
sacrées qui ont pris leur source dans notre religion, ou
bien encore des odes destinées à raconter des impressions
personnelles de douleur, d'amour, de volupté; toutes ces
odes allégoriques où les dieux du paganisme arrivent pour
célébrer des événements contemporains, ou pour se mêler
aux circonstances de notre vie, peuvent bien être des déclamations ingénieuses, mais ce n'est pas la vraie poésie, celle
qui va à l'âme.

Rousseau a apporté dans presque toutes ses odes une
grande verve et une sorte d'harmonie pompeuse, que seul
il a su donner à notre langue. Mais il est quelquefois
guindé, et son enthousiasme ne part pas toujours du fond
du cœur; défaut qu'il est peut-être impossible d'éviter complétement dans la poésie lyrique française.

Rousseau, bien qu'il ait paraphrasé les psaumes, bien
que des hommes qui se sont donnés pour religieux l'aient
pris pour un de leurs patrons, porte le caractère d'un écrivain déjà éloigné de l'école sévère du siècle de Louis XIV.
En effet, que doit-on penser d'un homme qui exerce à la
fois son talent dans des poésies sacrées et dans des épigrammes obscènes? Offrir une pareille contradiction, n'est-
ce pas nous faire voir qu'on n'avait plus à craindre, comme
auparavant, le blâme des hommes graves dont l'opinion
était autrefois respectée?

Chaulieu, qui a chanté la volupté, mais qui n'a pas, comme Rousseau, prostitué la poésie dans la sale débauche, contribuera mieux encore à montrer l'influence que les mœurs avaient déjà exercée sur les lettres. Cette société du Temple, dont il a chanté les plaisirs avec tant de grâce et d'abandon, était l'héritière de la société des Tournelles. La gaîté des amis de Ninon avait passé, en prenant un caractère plus licencieux, chez les courtisans du grand-prieur de Vendôme. On sait assez quelles habitudes ce prince et son frère apportaient dans les camps, quelles opinions ils y professaient, sans être retenus par le respect de leur rang. On peut conclure de là combien plus ils devaient mépriser toute bienséance, lorsqu'ils se retrouvaient dans leur voluptueuse retraite, au milieu de leurs familiers. Peu de choses devaient être respectées dans une telle société; et le poëte a dû, pour plaire au prince qui l'admettait à son amitié, parler avec complaisance des plaisirs, avec légèreté de tout ce qui peut leur donner un frein.

C'est ici le lieu de nommer un homme qui paraît unir ensemble les deux époques. Fontenelle naquit assez tôt pour que les belles années du règne fameux brillassent sous ses yeux, et vécut assez longtemps pour voir les plus beaux titres de gloire du dix-huitième siècle. Neveu de Corneille, il s'essaya d'abord sur la scène tragique. Il en fut repoussé par des revers, et sa chute lui attira des épigrammes de Racine. Le zèle pour la gloire de son oncle, et le ressentiment personnel, engagèrent Fontenelle dans un parti opposé aux hommes qui régnaient alors souverainement sur les lettres. Il proposa des principes de goût différents des leurs. Mais la douceur de son caractère, et l'amour du repos, qu'il préféra toujours aux jouissances de la vanité, l'empêchèrent d'embrasser aucune opinion avec chaleur. Dans les que-

4.

relles sur les anciens et les modernes, il pencha du côté des adversaires de l'antiquité, mais combattit sans passion. Telle fut toujours sa conduite. Il eut le rare bon sens de n'attacher ni assez d'importance ni assez de certitude à ses idées pour vouloir les faire adopter aux autres ; aucun parti ne put le recruter. Quand il eut des doutes sur la religion, il sut les renfermer dans cette juste mesure de réserve et de critique qui distingue l'*Histoire des Oracles*. Les habitudes de sa jeunesse l'avaient imbu des systèmes de la physique cartésienne ; il lui conserva son affection, mais sans vouloir la défendre ni attaquer la nouvelle école de savants avec laquelle il vécut en paix. La tiédeur de son âme se fait sentir dans son talent, remarquable surtout par la finesse ingénieuse et par l'impartialité. Il n'eut ni verve ni imagination comme poëte, et point d'invention comme savant. Il apporta un peu de sécheresse et d'affectation dans les lettres, et donna quelquefois aux sciences un coloris trop frivole.

Tel que nous venons de le dépeindre, on voit qu'il eut trop de réflexion et de jugement pour se laisser entièrement entraîner au courant de son siècle, et trop de prudence pour s'y opposer. Il réunit toujours à la réserve et à la gravité qu'il avait acquises dans les premiers temps de sa vie, la tolérance un peu différente que professaient ses derniers contemporains.

Parmi les écrivains qui illustrèrent le commencement de son siècle, on ne doit pas oublier de placer Lamothe, dont les opinions, la conduite et le caractère ont quelque rapport de ressemblance avec Fontenelle. Poëte froid et faux dans la poésie lyrique, quelquefois gracieux dans l'ode anacréontique, fabuliste sans naïveté, mais parfois ingénieux, il fut plus heureux dans la carrière dramatique.

Après avoir choisi un sujet heureux, il le disposa avec tant
d'art, il sut amener des situations tellement touchantes,
qu'il cacha l'impuissance où il était de les développer avec
sentiment et profondeur. Lamothe se fit, dans son temps,
plus remarquer encore comme critique que comme auteur,
et l'on doit rappeler l'espèce de mérite qu'il montra dans
la discussion sur les anciens et les modernes. La cause que
Perrault avait soutenue sans savoir et sans esprit, contre
Racine et Boileau, fut embrassée par Lamothe. Dans cette
querelle, il parut d'autant plus subtil qu'il était moins éru-
dit. Il se révolta contre l'admiration des beautés qui n'é-
taient point à son usage; il voulut détrôner la poésie, où il
n'avait pas pu atteindre. Mais il apporta dans cette dis-
pute de la bonne foi et de la décence, et il sut rendre son
opinion aussi probable qu'il était nécessaire pour la soutenir avec quelque honneur. Ainsi les doctrines littéraires
commençaient aussi à s'ébranler et à devenir matière de
doute.

Tel est le tableau que présentent, à ce qu'il nous semble, la fin du dix-septième siècle et le commencement du
dix-huitième. L'autorité avait perdu sa considération et
une partie de sa puissance; la religion avait cessé d'être un
frein universel; le doute avait commencé à détruire les persuasions; les lumières, l'habitude de réfléchir, s'étaient généralement répandues : les jugements sur toutes choses
étaient conséquemment devenus plus faciles à porter, mais
ils avaient dû perdre aussi la gravité et la retenue; chaque
homme avait appris à attacher plus d'importance à sa personne, à son opinion, et à se moins soucier des idées reçues. Quelques écrivains que nous avons nommés illustrent
cette époque. Les uns avaient gardé dans leur talent et
dans leur conduite quelque chose du caractère des précé-

dentes années ; d'autres s'étaient entièrement livrés à l'influence de la mode. Mais la littérature n'avait pas encore pris une direction bien déterminée ; il ne s'était point encore trouvé d'hommes assez forts pour imprimer un mouvement décisif. D'ailleurs, quand les mœurs et l'esprit d'une nation sont encore dans un état de crise et de changement, les écrivains ne peuvent pas offrir un ensemble d'opinions, de principes et de but. Les hommes qui brillaient au commencement du siècle avaient d'abord vécu dans un autre temps ; il fallait, pour connaître les fruits de cette époque, voir paraître ses véritables enfants, ceux à qui elle avait donné la naissance et l'éducation.

Cependant, au milieu des palmes des écoles et des succès précoces de la jeunesse, croissait un homme destiné à recueillir la plus grande part de la gloire de ce siècle, à en porter toute l'empreinte, à en être pour ainsi dire le représentant, au point qu'il s'en est peu fallu qu'il ne lui ait imposé son nom. Sans doute, la nature avait doué Voltaire des plus étonnantes facultés ; sans doute, une telle puissance d'esprit n'a pas été entièrement le résultat de l'éducation et des circonstances ; cependant ne serait-il pas possible de montrer que l'emploi de ce talent fut constamment dirigé par les opinions du temps, et que le besoin de réussir et de plaire, premier mobile de presque tous les écrivains, a guidé Voltaire dans tous les moments de sa vie ? Mais aussi personne ne fut plus que lui susceptible de céder à de telles impressions ; son génie présente, à ce qu'il nous semble, ce singulier phénomène d'un homme le plus souvent dépourvu de cette faculté de l'esprit qu'on nomme réflexion, et en même temps doué au plus haut degré de la faculté de sentir et de s'exprimer avec une merveilleuse vivacité. Telle est sans doute la cause de ses succès et de ses erreurs. Cette manière d'envisager tout sous un seul point de vue, et de céder à la sensation actuelle que produit un objet, sans songer à celles qu'il peut donner dans d'autres circonstances, a multiplié les contradictions de Voltaire, l'a écarté souvent de la justice et de la raison, a nui au plan de ses ouvrages, à leur parfait ensemble. Mais un abandon entier à son impression, une continuelle impétuosité de sentiment, une irritabilité si délicate et si vive, ont produit ce pathétique, cet entraînement irrésistible, cette verve d'éloquence ou de plaisanterie, cette grâce continuelle qui découle d'une facilité sans bornes. Et quand la raison et la vérité viennent à être revêtues de ces brillants dehors, elles acquièrent alors le charme le plus séduisant ; il semble qu'elles naissent sans effort, toutes brillantes d'une lumière directe et naturelle, et leur interprète laisse loin derrière lui tous ceux qui les recherchent péniblement par le jugement, la comparaison et l'expérience.

Si les premiers succès de Voltaire eussent été moins éclatants, s'ils ne l'avaient revêtu tout à coup d'une gloire qui le fit rechercher par les hommes que distinguaient le rang et la richesse, il eût sans doute conservé plus de modestie et de réserve. Le caractère de ses premiers écrits fait voir qu'il n'apportait pas dans le monde un génie très-indépendant. On aperçoit bien dans quelques-uns cette légèreté de principes, cette frivolité appliquée à tout, que ses contemporains avaient à un si haut point ; cependant on doit y remarquer quelque chose de soumis et même de courtisan pour toutes les espèces d'autorité. Mais quand le jeune auteur, enivré des applaudissements du théâtre, et plus encore de la flatteuse familiarité de quelques grands seigneurs, vit qu'il s'était imposé des bornes inutiles, et que plus il se jouerait de tout, plus il parviendrait à plaire à ceux dont il se flattait d'être l'ami, alors il perdit peu à peu la réserve qu'il avait d'abord gardée, et s'enhardit à parler de toutes choses avec irrévérence. Telle est l'espèce de progression que présentent surtout ses poésies fugitives, chefs-d'œuvre de grâce et de badinage, qui offrent sans cesse le contraste séduisant et dangereux de choses graves traitées avec un ton de frivolité et en même temps avec une apparence de justesse et de raison.

Cependant les succès de Voltaire allaient toujours s'accumulant, son importance croissait sans cesse, et tout l'encourageait à répandre dans ses écrits cet esprit qui réussissait si bien auprès du public, qui l'applaudissait. A diverses fois, l'autorité voulut arrêter cette impulsion, qui chaque jour prenait plus de force. On voyait que, dans ses ouvrages, tout commençait à tendre au même but, ou, pour parler plus exactement, à marcher dans le même sens. Il fut emprisonné, exilé, menacé; mais ces espèces de persécutions ne pouvaient avoir d'effet. Celui qui viole les mœurs publiques, qui attaque ce que tout le monde respecte, peut bien être puni avec l'approbation universelle; mais celui qui énonce des opinions généralement répandues, ou du moins vers lesquelles chacun commence à pencher, celui-là trouve de toutes parts des appuis qui le défendent. Ceux qui ont la puissance entre les mains pensent souvent comme lui, tout en voulant le punir, et toujours quelques-uns d'entre eux le protégent. C'est ainsi qu'on voit Voltaire seulement exaspéré par des exils, par la condamnation de ses livres, et devenant successivement, non pas seulement une puissance, mais une puissance qu'on avait rendue hostile en même temps qu'on avait augmenté son influence. Ses voyages hors de France, l'accueil qu'il reçut des étrangers, lui donnèrent de l'humeur contre sa patrie; il fut le premier qui professa dans ses écrits l'admiration pour l'Angleterre. Convenons qu'il était difficile en effet que le spectacle d'une nation où le gouvernement était à la fois libre et stable, où régnaient ensemble l'amour de la patrie et l'esprit de liberté, sans nuire à la morale et à la tranquillité publiques, ne fût pas un sujet de regret pour un Français qui voyait dans son pays un peuple frondeur, sans esprit public, et un gouvernement sans considération, prétendant à tous les droits du despotisme sans pouvoir réprimer la licence. Pour Voltaire et quelques-uns de ceux qui l'ont suivi, louer l'Angleterre n'était que plaindre ou blâmer la France. Ils connaissaient mal et n'avaient vu que superficiellement la nation anglaise; ils ignoraient les causes d'où résultait son bonheur. Le plus souvent ils admiraient ce qui méritait peu d'être envié. La vanter était un cadre pour faire la satire des Français. Il fallait une triste expérience pour montrer que de tels avantages ne peuvent pas se conquérir par l'imitation, et que la prospérité des peuples ne peut naître que de leur propre sol. Ce n'est pas une marchandise que l'on puisse importer de l'étranger. Au reste, l'admiration pour l'Angleterre, avant de se montrer dans les livres de Voltaire, avait déjà été professée hautement par le régent et ses amis. Dans les maîtres du pouvoir, elle avait plus d'inconvénients que sous la plume d'un auteur.

Plus Voltaire avançait dans la carrière, plus il s'y voyait entouré de renommée et d'hommages. Bientôt les souverains devinrent ses amis, et presque ses flatteurs. La haine et l'envie, en se révoltant contre ses triomphes, excitèrent en lui des sentiments de colère. Cette opposition continuelle donna plus de vivacité encore à son caractère, et lui

fit perdre souvent la modération, la pudeur et le goût.
Telle fut sa vie; telle fut la marche qui le conduisit à cette
longue vieillesse qu'il aurait pu rendre si honorable lorsque, entouré d'une gloire immense, il régnait despotiquement sur les lettres, qui elles-mêmes avaient pris le premier rang sur tous les objets où se portent la curiosité et
l'attention des hommes. Il est triste que Voltaire n'ait pas
senti combien il pouvait ennoblir et illustrer une pareille
position, en profitant des avantages qu'elle lui offrait, et
en suivant la conduite qu'elle semblait lui prescrire. On
s'afflige que, se laissant entraîner au torrent d'un siècle
dégradé, il se soit plongé dans un cynisme qui peut encore
s'excuser dans la licence de la jeunesse, mais qui forme un
contraste révoltant avec des cheveux blancs, symbole de
sagesse et de pureté. Quel spectacle plus triste qu'un vieillard insultant la Divinité au moment où elle va le rappeler, et repoussant le respect de la jeunesse en partageant
ses égarements!

Au lieu de ce tableau, l'imagination aime à s'en tracer
un autre, et à se représenter Voltaire tel qu'il aurait dû
être. Qu'on se figure un vieillard dont l'esprit avait embrassé tant de choses, et presque toujours avec succès,
jouissant tranquillement de toute sa renommée; revenu
des idées imprudentes de sa jeunesse; rappelant une nouvelle génération au bon goût et au sentiment de l'ordre et
des convenances, dont il avait vu les derniers restes; maître
d'une grande fortune acquise sans cupidité, et consacrée
par des bienfaits; environné des hommages de l'Europe,
dont l'élite venait visiter sa retraite : voilà le rôle que Voltaire aurait pu jouer. Il lui était tellement indiqué par sa
situation, que souvent on s'imagine qu'il s'y est conformé.

Souvent, au milieu de la scandaleuse ivresse où sem--

blaient le plonger la vanité et le désir d'influer sur son siècle, il eut des retours de raison. Il voulut résister en quelques choses à l'impulsion qu'il avait partagée et rendue plus active. Dans ses derniers ouvrages, à travers cette variation continuelle d'opinions et de systèmes, de ces assertions toujours absolues et qui se contredisent sans cesse, on retrouve parfois des réflexions profondément sensées, une juste appréciation du misérable esprit qui régnait autour de lui. C'est alors qu'on regrette qu'il ait eu cette mobilité continuelle, ce défaut de réflexion, et surtout cet amour immense des louanges et de la mode. Lui seul, armé de toutes les puissances de son esprit, pouvait retarder un peu le cours des opinions menaçantes qui s'accumulaient de tous côtés, et qui, combattues avec faiblesse ou mauvaise foi, acquéraient encore plus de force par cette résistance impuissante.

Après avoir examiné la conduite et le caractère général de Voltaire, il convient de parler plus particulièrement de ses ouvrages. Leur mérite a été cent fois agité et remis en problème. Presque toujours accueillis avec enthousiasme par le public, ils ont rencontré en même temps des détracteurs obstinés, et l'esprit de parti a sans cesse présidé au jugement qui en était porté. Un demi-siècle s'est écoulé, et la réputation de Voltaire est encore, comme le cadavre de Patrocle, disputée entre deux partis animés l'un contre l'autre. Un tel combat suffirait pour perpétuer la gloire de ce nom. Des hommes se sont illustrés pour l'avoir défendu; d'autres n'ont eu de célébrité que pour s'être attachés sans relâche à l'attaquer. Dans ce conflit si longuement prolongé, la renommée de Voltaire n'a pas sans doute conservé tout l'éclat dont elle a brillé. Ce n'est plus cet enthousiasme national, cette admiration égale à celle

qu'inspirent les héros et les bienfaiteurs de l'humanité ; ce
n'est plus ce triomphe qui lui fut décerné à son dernier
our, comme il descendait dans la tombe. Un jugement
plus froid et plus mesuré a affaibli ces vives manifesta-
tions. Mais il y a quelque chose d'absurde et de ridicule
dans les efforts de ceux qui travaillent à ternir entièrement
la gloire de Voltaire. Un assez long espace de temps s'est
écoulé pour qu'on puisse regarder le jugement de la postérité comme prononcé.

C'est d'abord comme poëte tragique que Voltaire se présente à nos yeux, accoutumés à placer les compositions
dramatiques au premier rang de la littérature. Dans les
premiers ouvrages de sa jeunesse, il montra, comme dans
sa conduite, de l'obéissance aux idées reçues et aux exemples donnés précédemment. Dans *OEdipe,* on voit un jeune
auteur pénétré des beautés de Racine et de Corneille, et
soumetttant son génie à les suivre. Dans *Mariamne,* le
soin extrême à imiter la poésie de Racine est encore plus
marqué. Ce qui doit étonner, c'est de voir ces imitations
pleines de mouvement et de vérité, et offrant toutefois une
exacte similitude. Ce travail ne fut pas récompensé par le
succès. Après *OEdipe,* où il avait été soutenu par Sophocle, Voltaire ne put obtenir de triomphe complet. Rien ne
l'encouragea à suivre les vestiges de ses prédécesseurs.
L'impatience de son génie, dont la nature était de marcher
sans que rien ne l'arrêtât, finit par l'engager à se livrer
entièrement à lui-même, et à s'abandonner au libre cours
des pensées dont il était plein. Alors parut *Zaïre,* avec
ses défauts tant reprochés, et ses beautés qui les font oublier. C'est là que Voltaire a imprimé le caractère de son
talent tragique. Ce n'est point la perfection des vers de
Racine et leur mélodieuse douceur ; ce n'est pas ce soin

ce scrupule dans la contexture de l'intrigue, ces grada-
tions infinies du sentiment; ce n'est pas non plus la haute
imagination et la simplicité de Corneille. Et pourtant il
est en Voltaire quelque chose qui ne se trouve pas dans les
autres, et qu'on y pourrait regretter. Il a une certaine
chaleur rapide de la passion, un abandon entier, une verve
de sentiment qui entraîne et qui émeut, une grâce qui
charme et qui subjugue. On voit que des vers tels que les
siens ont dû être produits par l'homme de l'imagination la
plus ardente; si quelque chose peut donner l'idée d'un auteur en proie à tout l'enivrement de la passion et de la poésie, c'est un ouvrage tel que *Zaïre*. Il est impossible,
même en l'examinant avec réflexion, de ne pas être frappé
de ce caractère de force, de facilité et de grâce qui distingue la muse tragique de Voltaire.

D'autres chefs-d'œuvre succédèrent à *Zaïre*, tous avec
le même genre de beautés et de défauts. On doit remarquer cependant que Voltaire, étant devenu plus qu'un
poëte, voulut donner à ses tragédies un but plus élevé que
de plaire et d'émouvoir. Il acquit la prétention d'instruire
son siècle par l'influence de ses ouvrages dramatiques, et
de les faire marcher dans le même sens que tous ses autres
ouvrages. Rien ne nuit tant à l'imagination que de lui
donner un but, de la soumettre à un système. Elle en con-
tracte de la froideur et de l'affectation. Aussi ce fut la source
d'un défaut que les critiques remarquent, non sans raison.
Voltaire dut à cette erreur le ton déclamatoire et empha-
tique qui vient parfois refroidir les plus vives situations,
détruire la vérité du caractère, effacer les couleurs locales.
De là ces maximes générales qu'on avait bien voulu ne pas
reprocher à Corneille, aussi coupable à cet égard que Voltaire. Au reste, il a laissé un monument plus complet et

plus inattaquable de son talent tragique : *Mérope* peut se
présenter à la critique sans la craindre; et si les détails
ont moins de charme que ceux de *Zaïre*, l'ensemble ne
mérite pas les mêmes reproches.

C'est comme poëte épique que Voltaire a le plus déchu
de sa renommée. En vain il s'était flatté de donner une
épopée à la France. Ce n'est pas dans le temps où il vivait,
ce n'est pas avec son caractère qu'on produit un tel ouvrage. Il faut, pour la poésie épique, la vive et libre imagination des premiers âges; il faut que les lumières n'aient
point encore affaibli la force des croyances, l'exaltation
des sentiments, la variété et la vigueur des caractères; l'é-
popée ne peut être chantée qu'à des peuples simples et
pour ainsi dire enfants, sensibles aux charmes des longs
récits, amoureux des merveilles, ignorants des explications
et des critiques. C'est alors que le poëme épique peut être
empreint de couleurs primitives et revêtu de formes gran-
dioses. Ce sont de telles circonstances qui produisent Homère et le Tasse. Avec un caractère grave et mélancolique,
des sentiments vrais et purs, le souvenir de l'infortune
nourri dans une vie solitaire, on a pu rendre l'épopée aussi
touchante que d'autres l'avaient rendue grande, et rache-
ter l'admiration par l'intérêt. Mais si Virgile avait fui l'influence de la cour d'Auguste, Voltaire fut, au contraire,
loin d'éviter l'influence de la cour du régent. Il fit un
poëme épique avec le même degré d'inspiration qui l'aurait porté à composer une longue épître en vers; il crut
que l'épopée consistait dans de certaines formes conve-
nues, dans un merveilleux prescrit; il remplit ces forma-
lités, et pensa avoir accompli ce grand ouvrage. Il ne vit
pas que ce n'est point un songe, un récit, des divinités
qui constituent le poëme épique, mais bien une imagina-

tion élevée, solennelle, et surtout simple et vraie, quelque
forme qu'elle prenne. L'*Iliade* ne ressemble en rien à l'*O-*
dyssée par la disposition des parties; ces poëmes n'ont de
commun que le caractère épique. Cependant on ne peut
nier que la *Henriade* n'offre de grandes beautés; la poésie
n'en est pas épique, mais elle est quelquefois élevée et pathétique.

On ne conteste guère l'attrait des poésies fugitives de
Voltaire. Un de leurs principaux mérites, qui augmente
surtout leur intérêt, c'est qu'elles servent à faire connaître
les sentiments et les pensées du poëte. On aime à voir la
poésie prêter son charme à des impressions réelles; pour
tant d'autres, elle n'est qu'un vain arrangement de mots!
On suit ainsi le cours des sentiments de Voltaire, depuis
son enfance jusqu'aux derniers jours de sa vie : toujours
il leur donna les vers pour interprètes. Tantôt sa muse a
chanté les amours légères et voluptueuses de sa jeunesse,
les charmes d'une vie facile et épicurienne, les plaisirs de
l'amitié, les succès de l'amour-propre; après, elle s'est
entretenue avec les sciences, et les a animées de son feu;
plus tard, elle est entrée en commerce avec les rois, et a
prêté à la flatterie le masque de la familiarité; puis elle
s'est plu à peindre les douceurs de la retraite et de la liberté, le déclin de l'âge, la fin des amours; enfin, quand
elle a été confidente de la vieillesse, elle a exprimé cette
incertitude continuelle d'opinions, cette variation de principes, cette triste légèreté sur tout ce qui importe le plus
à l'homme, et cette inquiétude de caractère que l'âge
n'avait pu calmer. Mais du moins les poésies de ses derniers temps sont le plus souvent sans déshonneur pour
leur auteur, tandis que tous les pamphlets obscurs, les
facéties en prose, les brochures clandestines, que ses

amis lui demandaient, et qu'il leur envoyait avec tant de complaisance , sont en général indignes d'un honnête homme.

Nous placerons parmi ces écrits un poëme qu'on s'est plu longtemps à regarder comme un des plus grands titres que Voltaire ait eus à la gloire, ce qui prouve qu'il s'était conformé au goût du temps, en parodiant les temps héroïques de sa patrie, et en salissant par un mélange de grossières obscénités les peintures les plus gracieuses de la volupté et les saillies les plus vives de l'esprit. Maintenant c'est tout au plus si une foule de détails agréables obtiennent grâce pour un pareil ouvrage. Quant à son ensemble, bien qu'on y puisse remarquer une imagination plus poétique que dans *la Henriade*, l'auteur est resté aussi loin d'Arioste que d'Homère. La gaîté, comme le sublime, demande une sorte de naïveté et de bonne foi. Elle ne ressemble pas au persiflage et à la raillerie.

Voltaire, historien, a souffert aussi des attaques portées à sa renommée. De ce côté , il offrait des endroits faibles; ce n'était pas avec cette vivacité d'opinion et ce manque d'examen qu'on pouvait espérer de le voir atteindre à la gravité du caractère de l'historien. Cependant son premier essai fut heureux et mérite le succès qu'il a obtenu. Il eut le bonheur de choisir pour son héros le plus romanesque et le plus aventureux des souverains. La réflexion avait peu de prise sur la vie du roi de Suède; elle en eût même détruit l'intérêt. Il fallait de la rapidité dans le récit, et des couleurs éclatantes. La connaissance profonde et la juste appréciation des hommes étaient peu nécessaires quand il s'agissait d'un prince qui s'était montré tout en dehors. Il n'y avait pas de grandes conceptions à juger, de motifs secrets à démêler; Charles XII était tout entier dans les faits. Il n'y avait qu'à peindre, et c'était un des talents de Voltaire.

Tracer le tableau du règne de Louis XIV était une entreprise tout autrement difficile. Malgré tout son éclat, cette histoire est loin de présenter le même intérêt que l'histoire du roi de Suède. Elle a moins d'unité, elle est plus compliquée, elle embrasse plus de personnages, plus de causes, plus d'objets. Les faits n'y sont pas le résultat immédiat des passions et des caractères Elle est moins dramatique, et parle moins à l'imagination. On pourrait dire que, plus une nation se civilise, plus ses mœurs et son histoire perdent ses formes saillantes et pittoresques des anciens temps, qui font le charme des récits. Le devoir de l'historien devient aussi plus difficile à remplir. On lui demande de l'impartialité, et on lui reproche de manquer de chaleur et d'intérêt. On exige des détails sur le commerce, les arts, l'esprit du gouvernement, et l'on se plaint de voir les considérations philosophiques étouffer la narration des faits. On prescrit l'érudition, et l'on blâme l'écrivain quand il disserte. Jadis les historiens n'avaient pas toutes ces entraves. Ils écrivaient avec tous leurs préjugés, ils conservaient leur physionomie individuelle, sans rechercher une froide impartialité qui se montre plus dans les formes qu'en réalité; ils racontaient les victoires de leur patrie, sans s'inquiéter de faire connaître l'histoire des vaincus; ils n'abdiquaient ni leurs opinions ni leurs sentiments. Xénophon, au milieu d'Athènes, ne cachait point son admiration pour Lacédémone; Tacite se livrait à sa vertueuse haine contre les tyrans. Chacun se donnait franchement pour ce qu'il était, sauf à être blâmé ou approuvé; c'était au lecteur à juger la force du témoignage de l'historien et la confiance qu'il lui devait donner. Dans les his-

toires, comme dans tous les genres de littérature, on n'a
de talent qu'en peignant ses propres impressions. Tant
qu'on ne concevra pas l'histoire moderne d'une manière
analogue à l'histoire des Grecs et des Romains, il faudra
renoncer à exciter le même intérêt. Les chroniques, les
Mémoires, les biographies, pourront seuls donner des sensations de même nature, et agir sur sur notre imagination.
Du moins on y retrouvera quelque chose de dramatique qui
frappera et attachera notre esprit.

C'est Voltaire qui donna les premiers exemples mar-
quants de cette nouvelle méthode d'écrire l'histoire. Il
voulut en faire non plus un tableau, mais une suite de
recherches destinées à instruire la mémoire et à occuper
la raison. Après lui, les historiens anglais, en imitant
cette manière d'écrire, ont surpassé leur modèle en érudition, en philosophie, en impartialité; car la bonne foi et
l'impartialité deviennent plus nécessaires dans ce genre
d'histoire; et même en admettant qu'il soit le meilleur,
Voltaire mériterait encore bien des critiques. Le peu de
profondeur de ses réflexions, la connaissance incomplète
des caractères, un style qui plaît, mais qui n'appelle point
à penser : tels sont les reproches qui lui ont été faits; on
pourrait en ajouter de plus graves. Voltaire, dans le règne
de Louis XIV, n'a vu que l'éclat dont il a brillé par les
victoires, par les lettres, par les arts. Il n'a pas songé à
examiner le caractère du gouvernement et de l'administration de ce monarque; l'influence qu'il a eue sur le caractère de la nation, et les suites qui en sont résultées. Il n'a
pas remarqué que peut-être aucune époque de l'histoire de
France n'était plus importante par le changement des
mœurs, des relations sociales et de l'ancien esprit de notre
constitution. C'est au coloris brillant de Voltaire que nous

devons cette admiration sans réserve pour le règne de
Louis XIV. Il nous a fait oublier qu'un roi a d'autres devoirs que d'acquérir de la renommée pour son empire ; il
nous a fait oublier que la France avait une gloire plus antique et plus solennelle que celle de ce siècle d'élégance.
Plus que tout autre, il a voulu représenter les temps qui
avaient précédé cette époque comme obscurcis par la barbarie. Pour lui, pour sa génération et pour celles qui l'ont
suivie, notre nation ne méritait quelque intérêt qu'à dater
du dix-septième siècle. Qu'importait à ses yeux la beauté
de nos anciennes mœurs, le caractère noble et paternel de
quelques-uns de nos rois ; les droits de la nation reconnus,
et défendus quand ils n'étaient pas respectés ; la franchise
dans les discours et la force dans les caractères ! Tout cela
attirait son attention moins que la langue rendue correcte
et la poésie devenue régulière. Ces avantages si précieux
dans l'esprit d'un littérateur l'empêchaient de remarquer
que l'autorité royale venait de renverser tout l'ancien ordre
de choses, d'abolir toutes les traditions, et de jeter une
funeste incertitude sur les principes de notre droit public.

Ce n'était pas ainsi qu'on jugeait Louis XIV dans les
années qui suivirent sa mort ; on avait été éclairé sur ses
torts par les désastres qui en provinrent. L'on en gardait
un ressentiment profond et même exagéré. Voltaire fut un
des premiers qui contribua à affaiblir les préventions, en
partie injustes, qu'on avait conçues contre ce monarque.
La mémoire d'un roi plus grand et plus chéri lui a plus
d'obligations encore, et l'amour patriotique des Français
pour Henri IV fut renouvelé par les louanges que lui a
prodiguées Voltaire. Aucun ouvrage du règne de Louis XIV
n'offre l'admiration, ni même le souvenir du bon roi ; peut-
être eût-il été déplacé de le vanter alors.

La plupart des reproches qui ont été faits à l'*Histoire du siècle de Louis XIV* peuvent s'appliquer aussi à l'*Essai sur les Mœurs des Nations*. Mais cet ouvrage mérite en outre un blâme plus grave; on y retrouve toutes les traces de cet esprit de secte adopté par Voltaire dans les derniers temps de sa vie. Sa haine de la religion le jette fréquemment dans la mauvaise foi et le mauvais goût. Cependant ce livre est commode et instructif, le style en est agréable et naturel, les faits bien disposés, les détails donnés dans une juste mesure, les réflexions quelquefois légères, mais souvent sensées; le tableau de quelques époques, les portraits de plusieurs grands hommes sont tracés avec une force et une vivacité remarquables : peu d'histoires modernes sont plus utiles et plus faciles à lire.

Il nous reste à parler de l'esprit qu'il apporta dans la philosophie, c'est-à-dire dans les opinions relatives à la religion, à la morale et à la politique. On lui a attribué un projet formel de renverser ces trois bases de l'honneur et de la félicité des peuples. Mais qui voudrait trouver dans Voltaire un système de philosophie, des principes liés, un centre d'opinions, serait fort embarrassé. Rien n'est moins conforme à l'idée grave qu'on se fait d'un philosophe que le genre d'esprit et de talent de Voltaire. Qu'il ait eu le projet de plaire à son siècle, d'exercer sur lui de l'influence, de se venger de ses ennemis, de former un parti qui pût le louer et le défendre, nous le croyons sans peine. Il vécut dans un temps où les mœurs étaient perdues, du moins dans les classes supérieures de la société, et il ne respecta pas la morale. L'envie et la haine employèrent contre lui les armes de la religion, lorsqu'elle n'était plus respectée même par ses propres défenseurs : il ne la considéra que comme un moyen de persécution. Son pays avait un gouvernement sans force, sans considération, et qui ne faisait rien pour les obtenir : il eut un esprit d'indépendance et d'opposition. Voilà quelle fut la vraie source de ses opinions. Nous concevons comment il les a eues, sans pour cela les excuser. Il les énonça continuellement, sans songer aux résultats funestes qu'elles pourraient avoir. Toutefois il fut loin de montrer dans ses erreurs cette certitude invariable et cet orgueil outrecuidant de quelques-uns des écrivains de la même époque.

Lui-même, dans un de ses romans, nous a donné une juste idée de sa philosophie. Babouc, chargé d'examiner les mœurs et les institutions de Persépolis, reconnaît tous les vices avec sagacité, se moque de tous les ridicules, attaque tout avec une liberté frondeuse. Mais lorsque ensuite il songe que de son jugement définitif peut résulter la ruine de Persépolis, il trouve dans chaque chose des avantages qu'il n'avait pas d'abord aperçus, et se refuse à la destruction de la ville. Tel fut Voltaire. Il voulait qu'il lui fût permis de juger légèrement et de railler toutes choses, mais un renversement était loin de sa pensée ; il avait un sens trop droit, un dégoût trop grand du vulgaire et de la populace, pour former un pareil vœu. Malheureusement, quand une nation en est arrivée à philosopher comme Babouc, elle ne sait pas, comme lui, s'arrêter et balancer son jugement ; ce n'est que par une déplorable expérience qu'elle s'aperçoit, mais trop tard, qu'il n'aurait pas fallu détruire Persépolis.

Montesquieu, le plus illustre des contemporains de Voltaire, et qui marcha son égal parmi ceux qui ont contribué à la gloire du siècle ; Montesquieu, malgré la gravité de son caractère et la régularité de sa vie, nous offrira de même des traces remarquables du temps où il a vécu.

C'est surtout dans les *Lettres Persanes,* ouvrage de sa
jeunesse, que peut se voir cette témérité d'examen, ce
penchant au paradoxe, ces jugements sur les mœurs, les
lois, les institutions, ce libertinage d'opinions, si l'on peut
parler ainsi, qui attestent à la fois la vivacité, la puissance
et l'imprudence de l'esprit. La religion n'y est pas ménagée davantage. Sous le voile transparent de plaisanteries
lancées contre la religion musulmane, et même par des
attaques plus directes, Montesquieu cherche à dévouer au
ridicule la marche des raisonnements théologiques en général, et la croyance de toute espèce de dogme. On peut
même dire que la raillerie de Montesquieu a plus d'amertume que celle de Voltaire, et pourrait produire plus d'effet, car elle dirige bien plus ses attaques contre le fond des
choses. Mais quand on apporte une sage réflexion dans la
lecture de cet ouvrage, quand on sait ne pas attacher aux
opinions légères qu'il renferme plus d'importance que n'en
attachait l'auteur lui-même, on peut, tout en le désap-
prouvant quelquefois, y prendre un vif intérêt. On y remarque, à travers tant de jugements hasardés, les traces
d'une raison noble et élevée, l'amour constant du juste et
de l'honnête; et l'on se persuade que celui qui sut écrire
cette fable des Troglodytes, digne de la philosophie simple
et éloquente de l'antiquité, était loin d'avoir aucun sentiment ni aucun but coupable.

Après cet ouvrage, tout contribua à modifier le caractère de Montesquieu, et à rendre ses opinions plus complètes et plus sérieuses. Il n'était pas un simple écrivain;
sa vie entière ne devait pas être consacrée aux succès littéraires : il avait un état plein de gravité, il fallait qu'il res-
pectât les exemples que lui avaient donnés ses pères; il
fallait qu'il méritât l'estime d'une classe d'hommes dans

laquelle il était placé, et chez qui les lumières ne faisaient qu'accroître les vertus. Le président de Montesquieu n'avait point cette indépendance que recherchent tant les hommes de lettres, et qui nuit peut-être à leur talent et à leur caractère. Il était retenu dans des liens de famille et de corporation qui lui imposaient des devoirs. Il ne vivait pas loin des affaires, et n'habitait pas ce monde théorique où les écrivains ne trouvent rien de positif qui puisse les ramener à la raison et au vrai quand ils viennent à s'en écarter.

Montesquieu s'éloigna de Paris, et alla passer la plus grande partie de son temps loin d'une société dont l'influence empêchait de se livrer à l'étude et à la modération, et qui enseignait à substituer l'exagération à la force d'un esprit profondément convaincu. Il s'écarta de cette carrière de succès journaliers, de cette vie d'amour-propre qui fait attacher tant d'importance aux flatteries et aux critiques, et qui donne à la culture des lettres, à cette noble et pure occupation de l'âme, l'esprit étroit d'une profession occupée sans cesse de la prospérité de son commerce.

Il se consacra tout entier à étudier en philosophe les lois qu'il connaissait déjà comme magistrat. Il voulut rechercher comment les lois positives dépendent des mœurs des peuples, de la forme du gouvernement, des circonstances physiques du pays, des événements historiques, enfin de tout ce qui forme l'ensemble de chaque nation : ce fut le travail de sa vie. C'est ainsi qu'il a élevé le monument qui peut-être honorera le plus et son siècle et son pays. Ce n'est pas cette haute éloquence de Bossuet planant au-dessus des empires, jetant un regard d'aigle sur leurs révolutions et sur leurs débris, se plaçant comme spectateur au-dessus de la nature humaine pour chercher les voies de la Providence. Il n'y a rien là qui soit directement applicable au bien des hommes et à la police des sociétés. On y apprend à dédaigner, par une sublime exaltation, les plus vastes événements de ce monde, pour ne songer qu'à un autre avenir. Mais un autre genre d'honneur est dû à celui qui offre des leçons praticables, et qui trouve le point précis où les principes des choses se rattachent à la fois aux détails positifs de la politique et à la connaissance générale et élevée des hommes, de leurs vertus, de leurs vices, de leurs diverses tendances. C'est là le caractère du livre de Montesquieu. On se plaît à voir une âme supérieure animant par la grandeur de ses vues la méditation des règles textuelles qui nous gouvernent. On éprouve tout le charme de cette chaleur qui règne dans la région idéale de la philosophie; en même temps un esprit applicable se montre toujours à travers l'éclat des idées générales ou des peintures éloquentes.

Aucun livre ne présente plus de conseils utiles pour le gouvernement et l'administration des nations européennes, et surtout de la France. Montesquieu ne s'est pas perdu dans de vaines théories; il s'est pénétré de la connaissance de l'histoire, il a démêlé le caractère de ses concitoyens dans ses rapports avec leur constitution, il a voyagé pour comparer les divers gouvernemens modernes et rechercher les traces de leur commune origine. Qu'il ait attribué trop de pouvoir au climat et au sol, qu'il n'ait pas assez expressément dit que le principe assigné par lui à chaque forme de constitution doit exister, mais ne se trouve jamais dans sa perfection, de sorte que le type de ces trois formes ne se saurait rencontrer sans mélange; qu'il ait négligé des restrictions, qu'on supplée aisément en réfléchissant avec bonne foi; qu'il se soit complu quelquefois dans un langage brillant, et qui semble peu digne de lui et de son sujet, ce sont là des reproches sans importance. Mais cette passion pour la justice, cette haine éclairée du despotisme qui ne se répand point en vagues déclamations, qui démêle avec sagacité tout ce qui peut y entraîner les peuples, qui en démontre toutes les infamies et toutes les absurdités, tantôt avec la raison du juge, tantôt avec le sentiment qui s'indigne, voilà ce qui anime d'un bout à l'autre l'*Esprit des Lois*, et ce qui lui assure à jamais l'amour et l'admiration des gens de bien.

L'on doit ajouter que tous ces nobles sentimens sont accompagnés d'une continuelle modération, et que, dans un moment où l'on commençait à ne plus connaître de mesure, Montesquieu ne provoque à la révolte contre aucune autorité. Il a enseigné le respect des lois et de la justice plus spécialement encore que l'amour de la liberté. Il savait bien qu'il est glorieux d'en jouir quand on la possède, mais qu'on ne peut jamais être assuré de la conquérir ; il savait bien qu'un gouvernement établi, par cela même qu'il subsiste depuis longtemps, est toujours dans une sorte d'harmonie avec les mœurs de la nation, et que, quand il est détruit, on doit prévoir des calamités certaines, sans pouvoir compter avec probabilité sur aucune amélioration. Même le despotisme, qu'il détestait, il n'exhorte point à le renverser ; il le voit comme une dégradation de la nature humaine ; il la déplore et la méprise d'autant plus qu'elle résulte d'un avilissement général des esprits, qui n'ont plus la conscience de leur honte ni de leur malheur. Pour les en tirer, on essaierait vainement de changer l'ordre des choses. Les souffrances seraient en pure perte, elles ne pourraient faire renaître la force ni l'honneur. Le despotisme n'est pas même la punition des nations abâ-

tardies ; elles méritent et subissent le châtiment sans le
sentir.

Cependant, malgré la gravité et l'élévation de la vie et
des travaux de Montesquieu, il conserva toujours une part
du caractère qu'il avait montré dans les *Lettres Persanes ;*
en effet, on aurait eu du regret s'il l'avait en entier étouffé.
Bien que sa renommée repose sur des titres sérieux et solides, il fut toujours aussi remarquable par la richesse de son
imagination que par la profondeur de ses méditations. Ses
livres nous montrent un génie vif et animé que peuvent à
peine dompter l'étude et la réflexion. Dès qu'une idée peut
prendre la forme d'une image, dès qu'un tableau peut résulter de l'exposition de quelques faits, Montesquieu se
laisse entraîner à les présenter sous cet aspect. Son esprit
avait un penchant invincible vers les pensées brillantes et
poétiques, tandis que ses occupations étaient consacrées à
des matières de morale, de politique et de gouvernement.
Tous les ouvrages de Montesquieu offrent des traces de
cette double direction. En écrivant les *Lettres Persanes*, il
avait su mêler une peinture animée des mœurs orientales
et un intérêt romanesque dans un livre qui avait en apparence un tout autre but ; dans le *Temple de Gnide*, au milieu du tableau des voluptés, on s'étonne de retrouver le
philosophe dessinant à grands traits le caractère des peuples. Aussi le talent de Montesquieu ne s'est-il peut-être
jamais montré plus grand que lorsque, dans deux écrits
bien peu étendus, dans les dialogues de Sylla et de Lysi-
maque, il a pu allier heureusement les deux caractères de
son esprit. L'imagination poétique a rarement produit
quelque chose de plus noble. Ce sont deux belles conceptions dramatiques, animées d'une éloquence grave,
pénétrante et sublime. Le génie de Corneille s'en fût

honoré, et elles font souvenir de quelques dialogues de Platon.

L'époque à laquelle écrivait Montesquieu a donné aussi une couleur particulière à ses opinions sur la politique. Il vivait au milieu d'un temps d'ordre et de tranquillité; il était loin des révolutions et de tous ces mouvements où l'esprit des peuples et des hommes prend un nouveau caractère, et se révèle tout à coup d'une manière imprévue. Il ne pouvait connaître combien d'éléments impurs se cachent quelquefois sous la grandeur apparente des événements historiques, combien de calamités publiques et privées sont voilées par l'éclat et l'intérêt dont l'histoire brille aux yeux de la postérité. Beaucoup d'objets se sont présentés à lui sous un point de vue idéal, ont excité son admiration, et maintenant nous paraissent sous un tout autre aspect.

Le présent nous a appris à comprendre bien des choses que nous ne pouvions pas démêler dans le passé. L'histoire devient plus triste et plus terrible pour ceux qui peuvent, en la lisant, la comparer aux grands événements dont ils sont témoins. Que de gouvernements, que de constitutions nous avions admirés et considérés comme des modèles, qu'il nous faut maintenant regarder d'un autre œil! Que d'hommes nous apparaissaient revêtus de gloire et d'éclat, dont à présent les vertus et le mérite ont été détruits ou diminués, quand nous avons vu quelles circonstances pouvaient conduire à la renommée! Que d'événements reculés dans les siècles nous semblaient solennels et imposants, et se présentent maintenant comme de vaines comédies dont la postérité a perdu le secret!

C'est ainsi qu'en admirant la suite et l'ensemble du livre *de la Grandeur et de la Décadence des Romains*, nous

6.

avons le malheur de ne pouvoir plus entrer complétement dans ce système de vertu et de prudence que l'imagination de Montesquieu a cru voir présider, de siècle en siècle, aux destins et à la gloire des maîtres du monde ; soit qu'en l'adoptant nous craignions de nous voir trop inférieurs à ce tableau héroïque, soit que le spectacle de notre âge nous rende sincèrement incrédules. Tel est l'effet des circonstances sur les opinions. Montesquieu vivait dans un temps paisible, et, ne voyant pas les vices fermenter autour de lui, il regarde les succès comme la récompense nécessaire et naturelle des vertus et de l'honneur ; Machiavel, au milieu des combats cruels de la politique italienne, ne voit de grand que l'habileté et la force de caractère, quels que soient leur direction et leur but.

De même notre âme, attristée par les révolutions, trouve surtout conformes à ses sentiments les auteurs qui ont vécu au milieu des déchirements et des malheurs des peuples. Eux seuls nous paraissent vrais et profonds. Le mépris des hommes, le doute sur leurs vertus, le défaut d'espérance pour l'avenir, les réflexions d'où rien ne peut sortir de consolant, voilà ce que nous retrouvons avec un triste plaisir dans les historiens et les philosophes. Nous nous consolons en imaginant que le passé n'a été ni plus heureux ni plus digne de l'être.

Il y a quelque chose de plus noble et peut-être d'aussi vrai à ne pas désespérer de l'homme ni des nations, à leur tracer une route pour la vertu et le bonheur, à leur donner une impulsion franche et entière, et à écarter cette coupable indifférence qui ne peut rien produire que de mauvais. Si Montesquieu eût vécu de nos jours, peut-être ses ouvrages auraient-ils semblé plus profonds dans la triste connaissance des mauvaises parties du cœur humain ; mais ils n'eussent point offert ce bel ensemble, cette constance de principes, qui lui donnent une marche brillante et persuasive.

Du reste, si l'on veut voir les pas que la philosophie avait faits depuis cinquante ans, on peut rapprocher l'*Esprit des Lois* du *Traité des Lois* que Domat avait mis à la tête de son livre. Alors on pourra distinguer combien l'esprit d'examen avait pris d'étendue ; comment les questions étaient traitées sous un point de vue général ; comment la religion, respectée par Montesquieu, était pourtant jugée par lui, tandis que Domat l'avait seulement adorée, et en avait fait tout découler, au lieu de la considérer comme accessoire. Si un homme grave et réfléchi, doué de vertu et de prudence, s'éloignait à ce point d'un homme du siècle précédent qui s'occupait du même sujet et qui se trouvait dans une position analogue, qu'on juge de la progression plus rapide qu'avaient dû suivre les esprits légers et inconsidérés.

Nous avons suivi jusqu'à la fin de leur carrière ces deux grands écrivains, en exposant tout d'un temps le tableau de leur caractère et de leurs ouvrages, sans nous interrompre pour donner attention aux auteurs qu'on distinguait au-dessous d'eux. Revenant maintenant sur nos pas, nou allons examiner quel aspect offrait dans son ensemble la littérature au moment où Voltaire et Montesquieu y occupaient le rang suprême.

C'est déjà une chose à remarquer que le nombre des écrivains : quand les lettres commencent à naître chez un peuple, *il n'est pas de degré du médiocre au pire*, et Despréaux le disait avec raison. Les routes ne sont pas encore tracées ; il appartient au génie seul de les découvrir ; il s'en empare exclusivement. Les hommes médiocres n'ont point

appris à suivre ces traces ; ils veulent aussi se frayer un
chemin, et ils s'égarent sans cesse. Mais lorsqu'un succès constant a servi d'exemple, les esprits d'un ordre inférieur s'empressent d'imiter, et peuvent encore par là recueillir quelque réputation. Ils n'atteignent pas jusqu'à
ces hautes gloires qui brillent à travers les siècles ; ils ne
peuvent s'accocier à ces génies puissants qui survivent à la
nation qui les a produits, à la langue qu'ils ont parlée ;
mais du moins leur nom n'est pas ignoré de leurs contemporains, et leur succès se prolonge parmi quelques-unes des
générations suivantes.

Ce qui peut rendre ce moment encore plus digne d'attention, c'est qu'il est la transition entre deux époques diverses. On y voit croître et se développer rapidement le
germe de tout ce qui va donner bientôt un aspect nouveau
à l'esprit humain. Le siècle n'a pas encore pris son caractère distinctif ; mais tout s'apprête pour ce changement.
Deux hommes de génie seulement, chacun dans son genre,
marchent dans des routes nouvelles, et montrent dans leurs
écrits un esprit différent de tout ce qui les avait précédés.

Le siècle de Louis XIV, en établissant une littérature
qui était devenue classique, avait formé le goût de la nation. Il était devenu plus facile d'écrire, les lettres se répandaient chaque jour davantage ; conséquemment, elles
recevaient de plus en plus l'influence de la société, et la
société reconnaissait de plus en plus la domination des lettres. Déjà se formaient ces réunions où l'on s'honorait de
rassembler les écrivains, où l'on cherchait l'art d'exciter
leur esprit pour en jouir à chaque moment, où l'on exal-
tait leur amour-propre par une continuelle flatterie, où ils
s'habituaient à substituer les aperçus rapides, les expressions fines et fugitives de la conversation, aux opinions

mûries et discutées intérieurement par la réflexion et le travail; où ils se créaient, par le charme de leur esprit, un rang et un pouvoir facilement acquis et imprudemment exercé. Ainsi la littérature, qui jadis était une chose à part, une région étrangère aux affaires du monde, un sanctuaire interdit au vulgaire et à la frivolité, où l'esprit allait chercher le travail et la distraction, va se mêler à l'ensemble de la nation, devenir une partie des mœurs, dépendre de leur caractère, qu'elle modifiera à son tour.

Les sciences exactes et naturelles commençaient à se montrer avec éclat et à honorer la France; elles attiraient l'attention du public, et s'illustraient par des entreprises formées sous les auspices du souverain. Les découvertes de Newton, les méthodes de Leibnitz étaient admises et répandues; elles excitaient une noble émulation.

La littérature étrangère se faisait jour aussi. Voltaire en avait donné le goût, et chaque jour voyait éclore de nouvelles traductions. Les voyages établissaient aussi entre les nations une communication plus intime et plus complète qu'autrefois; l'Europe devenait comme une grande nation, dont aucune province n'est étrangère à l'autre.

On commençait à s'occuper des questions de politique et d'économie publique.

Dans la poésie, l'école du siècle de Louis XIV avait conservé plus d'autorité; Voltaire n'avait pas encore acquis cette renommée qui le plaça quelques années après sur le trône des lettres. Les poëtes ses contemporains étaient loin de ratifier les jugements du public. Sans cesse ils opposaient à Voltaire la génération précédente : ils le plaçaient loin au-dessous de Corneille, de Racine, de Despréaux, de Rousseau. La critique, en l'attaquant, ne semblait pas encore une révolte contre un pouvoir établi; c'était une

discussion sur des succès que quelques-uns croyaient pas-
sagers. Ainsi voltaire ne servait pas encore de modèle ; ce
n'était pas lui qu'on imitait.

Louis Racine, dépourvu de verve, inhabile à exciter un
intérêt soutenu, demeurait, plus que tout autre, fidèle au
siècle que son père avait honoré ; ses vers étaient élégants
et soignés ; il écrivait avec conscience et sincérité : il ignorait le charlatanisme de la conduite et du style ; et quand
le respect pour la religion s'évanouissait chaque jour, il en
faisait le sujet de ses chants.

Le Franc de Pompignan essayait de succéder à Rousseau ; et malgré l'anathème de ridicule dont un vers de
Voltaire a frappé ses poésies sacrées, on y peut découvrir,
sinon une ode entièrement belle, du moins un très-grand
nombre de strophes remarquables.

Sur la scène tragique, Voltaire n'avait pas de rival : peu
d'années ont fait disparaître presque tous les essais qui furent tentés pour s'associer à ses triomphes. Les uns s'efforçaient à imiter la correction de Racine, et à produire
l'intérêt plus par le développement des sentiments que par
le mouvement des situations ; d'autres voulaient retrouver
la manière de Corneille, et s'attachaient plus à chercher la
grandeur que la vérité ; on obtint aussi des succès en con-
certant habilement une intrigue compliquée, féconde en
révolutions subites. Quelques auteurs, prenant déjà exemple sur Voltaire, s'essayaient à tracer une action rapide
et variée, où les passions pussent se livrer à toute leur
fougue et à toute leur chaleur. Ainsi la tragédie, bien que
plusieurs talents du second ordre s'y exerçassent avec honneur, n'avait pas une couleur bien déterminée.

La comédie fut aussi cultivée avec succès par quelques
auteurs de ce moment, et même avec un succès plus du-

rable ; mais elle avait tout-à-fait changé de caractère. Ce n'était plus la peinture naïve et profonde du cœur humain, où Molière avait excellé, où Dancourt et Le Sage l'avaient imité. Un certain langage de convention s'était emparé de la comédie. Les caractères, les mœurs, les incidents mêmes n'étaient plus pris dans la nature. Trop heureux quand la peinture d'un ridicule du moment pouvait avoir quelque vérité ! et encore il était rare qu'on sût offrir le tableau fidèle, même de cette légère écorce. On recherchait soigneusement des situations gaies ou intéressantes, dont on calculait les effets, sans songer que tout est situation pour celui qui connaît bien le cœur et les caractères. On concertait des plans, des contrastes, pour plaire au spectateur et pour le séduire. On avait vu disparaître ce talent comique qui révèle la nature comme par instinct, au lieu de s'inquiéter des moyens que l'art peut fournir pour produire de l'effet.

Tels sont les défauts de cette nouvelle école de comédie. Mais, après avoir remarqué que la comédie n'était plus la même que du temps de Molière, qu'elle formait une tout autre espèce de composition littéraire, nous dirons que, ce genre une fois admis, le talent peut aussi s'y montrer avec distinction. Les auteurs ont perdu la vérité des personnages ; mais il leur reste la vérité de leurs propres sentiments, de leur imagination. Il suffit qu'ils fassent partager aux spectateurs le mouvement qui les a inspirés, pour obtenir et mériter des succès. Quelle que soit la forme qu'on donne à une inspiration réelle, on est sûr de réussir.

Ainsi le rôle du métromane est assurément conçu d'une manière idéale, et n'est pas une représentation de la nature ; mais il est écrit avec une verve et une vérité de sentiments qui entraînent. Nous ne songeons pas si les poëtes sont ainsi faits : ce dont nous sommes assurés, c'est que l'âme de Piron était puissamment et véritablement émue quand il faisait parler le métromane ; et la nôtre partage sur-le-champ cette émotion.

Destouches, sans avoir aussi bien réussi, a su, par deux ou trois comédies, s'assurer une réputation durable. Un style pur et facile, des situations attachantes, maintiendront longtemps au théâtre le *Glorieux* et le *Philosophe marié*, où se trouvent cependant des caractères complétement hors de nature.

Lachaussée, contre lequel s'élèvent quelques préjugés, montra peut-être un talent plus original. Les ridicules, les travers, les vices, n'ont pas été de son ressort; quand il a essayé de les peindre, il a employé des couleurs fausses. Mais les sentiments délicats, la douce et vraie sensibilité, les mouvements généreux lui inspirent une sorte de chaleur, sans déclamation, sans affectation, qui parvient à émouvoir dans ce genre, le seul où il ait réussi : il est loin de Térence et de sa touchante simplicité, mais pourtant il le rappelle quelquefois.

Un rang plus distingué est réservé à Gresset, et il le mérite à plus d'un titre. L'auteur de *Ververt*, quand il ne serait pas placé au-dessus des poëtes comiques ses contemporains, serait encore assuré de ne pas être oublié. On peut reprocher à la comédie du *Méchant* d'avoir trop peu d'action, de manquer d'intérêt et de développements; peut-être Gresset aurait-il pu mettre plus de profondeur dans la conception du caractère principal. Peut-être aurait-il dû montrer à quel esprit de vanité et d'émulation les vices de Cléon doivent leur origine, et comment, parmi une certaine classe d'hommes, n'avoir ni bonté ni vertu a pu devenir l'objet d'une lutte d'amour-propre. Gresset a semblé croire que cette absence de tout sentiment honnête et sympathique pouvait être une jouissance personnelle et solitaire. La gaîté que Gresset a voulu donner au méchant n'est point dans la nature. Faire le mal n'est un plaisir que lorsque la société vous en récompense; et cela se passe assez souvent ainsi pour que Gresset eût pu essayer de le représenter. Ces défauts sont bien compensés par l'élégance et la facilité de la versification, par l'imitation vraie et spirituelle du ton de conversation qui régnait alors dans le monde.

Le petit poëme et les poésies de Gresset ont moins d'attrait que les ouvrages légers de Voltaire. Les douces et innocentes plaisanteries contre les nonnes ou les pédants font malheureusement moins d'effet que celles qui attaquent des objets plus relevés et moins importants. Gresset n'offre guère que des idées communes, mais sa position dans le monde faisait que ces idées étaient pour lui neuves et piquantes. Aussi ses vers, loin de paraître communs, ont-ils le charme du naturel et de la grâce.

Pour achever ce tableau des principaux auteurs comiques, nous devons parler de Marivaux, dont les ouvrages ont un caractère singulier. Observateur minutieux du genre humain, il s'était fait une étude particulière de reconnaître les plus petits motifs de nos sentiments et de nos déterminations. C'était là son talent, et l'on ne peut disconvenir de la vérité de ses observations; mais il ne faut pas se laisser abuser par ce genre de mérite, et l'on doit remarquer qu'en en faisant parade, on en diminue l'effet. Marivaux ne nous donne pas le résultat de son observation, mais l'acte même de l'observation. Les paroles de chaque personnage sont toujours arrangées de façon à montrer que la théorie de son cœur était bien connue de l'auteur. Une

7

scène de Molière est une représentation de la nature; une
scène de Marivaux est un commentaire sur la nature. Avec
une telle manière de procéder, il ne reste plus que peu de
place pour l'action et pour le sentiment. L'auteur a attaché tant d'importance à expliquer les causes, que le résultat demeure sans effet. De là vient aussi que les comédies
de Marivaux se ressemblent toutes, au point qu'on peut à
peine distinguer l'une de l'autre; c'est toujours un passage
insensible d'un sentiment à un autre, décrit dans ses
nuances successives. Il en résulte un défaut de plus, c'est
qu'un développement fait ainsi lentement, et pas à pas,
ne peut s'accorder avec la mesure de temps et d'événements
contenus dans une comédie; et cette progression si bien
ménagée conduit justement à ce qu'elle voulait éviter, à
l'invraisemblance.

Le cours plus lent et plus gradué d'un roman se prête
mieux à ce genre de composition. En renonçant aux effets
que produisent les mouvements rapides et passionnés, en
se bornant à peindre des sentiments doux dont l'analyse
fait sentir le charme, en donnant assez peu de rapidité aux
événements pour décrire leurs plus petits résultats, Marivaux est arrivé à faire un roman plein d'agrément, et qui
a même de l'intérêt.

Dans cette branche de la littérature, à laquelle tant d'é-
crivains se sont adonnés pendant le dix-huitième siècle,
nous n'oublierons pas l'abbé Prévost. La situation où a
vécu cet auteur a nui à ses ouvrages. S'il n'eût pas été
obligé de faire de sa plume féconde un moyen continuel de
subsistance, il eût laissé sans doute une plus grande réputation. Dans tout ce qu'il a écrit on trouve de l'intérêt et
du charme. Il a une manière simple de raconter. Rien,
dans ses compositions ni dans son style, ne semble tendre

à l'effet. Il dit les événements sans y joindre de réflexions. Il peint les situations, sans en paraître lui-même ému. Mais comme il a de la simplicité dans le récit, le lecteur est touché comme si la chose même se passait devant ses yeux. En général, il s'est peu attaché à approfondir les sentiments. Une seule fois il s'est livré à ce genre; et, sans sortir de la manière qui lui était propre, il a été éminemment touchant. Il s'est contenté, dans *Manon Lescaut*, d'être l'historien des passions, comme il avait été celui des aventures dans ses autres romans; mais il a été si vrai, qu'il a su se passer de l'éloquence pour peindre les mouvements du cœur; il lui a suffi de les raconter. En tout, le caractère des écrits de l'abbé Prévost semble un peu appartenir à un autre temps que le sien. Dire naïvement ce qu'on a vu ou cru voir, réfléchir peu, ne pas développer le sentiment et ne l'affecter jamais, ainsi faisaient les narrateurs des vieux temps. La vie de Prévost offre aussi quelque chose d'étranger aux mœurs de ses contemporains. A la vérité, il s'est dégagé des liens et des devoirs de la société; il a secoué le joug que lui imposait son état; il a vécu dans le désordre, mais du moins il n'a pas érigé en système des principes qui le justifiassent. Il n'a pas professé sa conduite. Il a erré, mais il n'a pas mis d'importance à ce que les autres l'imitassent. A cette époque, un tel caractère commençait à être rare. On en était déjà venu à se justifier de ses fautes en prouvant qu'elles étaient des vertus.

Nous allons entrer dans la seconde époque du siècle, qui le caractérise particulièrement. Alors ce ne fut plus seulement les hommes supérieurs qui se livrèrent hardiment à leurs idées, les écrivains d'un ordre inférieur marchèrent aussi dans les mêmes voies. La littérature entière prit le même caractère, et les opinions nouvelles se répandirent dans tous les écrits. Il est curieux de suivre cet essor des lettres et de la philosophie, par lequel elles semblent usurper un empire universel. Nous essaierons de voir comment ces opinions, en s'emparant de la littérature, trouvèrent moyen par là de subjuguer la France et d'éblouir l'Europe entière; comment elles usèrent imprudemment de cette domination, et comment, sans y tendre précisément, elles concoururent, avec la marche des mœurs, des institutions et du gouvernement, vers une révolution terrible.

Il se peut que le ministère du cardinal de Fleury ait contribué en quelque chose à arrêter un instant ce mouvement. Ce vieillard eut assez d'habileté pour finir ses jours tranquillement au sein du pouvoir, mais pas assez de force ni de clairvoyance pour donner plus de durée aux effets de son gouvernement. Il sembla ne s'inquiéter que de terminer doucement et sans contrariétés sa longue carrière. Sa pensée fut imprévoyante, comme l'est souvent celle de l'extrême vieillesse. Lorsqu'en refusant une grâce à l'abbé de Bernis, le cardinal lui dit : *Vous ne l'obtiendrez pas tant que je vivrai*, le jeune homme répondit : *J'attendrai*; et peu d'années après il gouverna la France. Il semble qu'il en ait été de même pour l'influence des opinions nouvelles. Elle fut suspendue pendant la vie du ministre; quand il ne fut plus, elles exercèrent un empire absolu.

Avant de nous entretenir des hommes que l'on désigne plus particulièrement sous le nom de philosophes du dix-huitième siècle, nous allons nommer un écrivain qui doit en être séparé. Vauvenargues ne fut point étranger aux influences de son temps; cependant l'étude particulière qu'il fit des auteurs du siècle précédent, l'admiration qu'ils lui inspirèrent, l'écarta de la route de ses contemporains; il ne tomba pas comme eux dans ce dédain frivole pour leurs prédécesseurs, et par là fut préservé de bien des erreurs. Ce fut à l'école de Pascal qu'il apprit à sonder le cœur humain, à l'école de Fénelon qu'il apprit à l'encourager et à le secourir.

On éprouve un sentiment bien doux à voir un moraliste dépouillé de cette tristesse, de cette dureté, de ce mépris de l'homme, qui suivent presque toujours l'étude qu'on en fait. L'homme est condamné à un double et contradictoire supplice: lui, qui est si vain vis-à-vis des autres, porte en soi, et pour son tourment, un sentiment profond d'humilité que nourrissent la réflexion et l'examen de soi-même. Il ne sait pas se révolter quand on le calomnie, et lorsqu'on lui présente avec quelque force des opinions qui dégradent sa nature, il les adopte avec une sorte d'empressement : car elles sont conformes à des impressions qu'il a mille fois éprouvées. Quand on vit sous les lois d'une religion, ce sentiment du mépris de soi, qui pervertit les uns et attriste les autres, ce sentiment rend meilleur et plus heureux. Sil détruit les affections terrestres, il donne plus de force à cet amour qui se porte vers les choses divines. Ainsi Pascal et Bossuet, malgré leur dédain pour la créature humaine, ne dessèchent point, ne découragent point l'âme; du moins sur les blessures qu'ils lui font ils versent un céleste baume qui les adoucit : mais détruire la religion et défaire les vertus de l'homme, c'est une étude triste et perverse.

Vauvenargues n'avait pas cette ferme persuasion, ce besoin pressant de la religion qui inspirait le génie des philosophes chrétiens. Mais son âme, qui ne pouvait se passer de sentiments nobles et élevés, ne s'attachait pas à flétrir ceux que l'homme peut éprouver indépendamment d'une croyance positive : au contraire, il les a développés avec une sorte de prédilection; il a espéré du cœur humain, et sa morale tend à lui donner de la dignité. Nous lui devons mieux que de l'admiration, il mérite notre reconnaissance. N'oublions pas que Vauvenargues a su, dans quelques morceaux de critique, montrer un goût aussi pur que sa morale; le premier il a su apprécier complétement Racine. On remarque que c'est un disciple de Voltaire, nourri de ses conversations journalières, qui a rendu cette justice à Racine.

Le caractère des hommes qui se livraient aux lettres et aux sciences avait bien changé. Jadis répandus en petit nombre dans l'Europe entière, écrivant dans une langue inconnue au vulgaire, vivant dans un temps où n'existait pas ce qu'on a appelé depuis la société et la conversation, ils étaient renfermés dans la science; le monde et les autres hommes ne les touchaient guère, et leur étaient peu connus. De là venait cet amour sans bornes pour la science qu'on cultivait, cette complaisance franche et entière dans les connaissances qu'on avait acquises, ce dédain pour le suffrage du monde, cette bonne foi qui s'exposait au ridicule sans s'en apercevoir, enfin tout ce qui composait cette pédanterie farouche des premiers érudits. Peu à peu les travaux de ces hommes laborieux portèrent fruit, l'instruction commença à se répandre; il se forma un public : alors ce fut à lui, et non plus à leur propre satisfaction, que les écrivains dédièrent leurs ouvrages; ce fut à lui qu'ils voulurent plaire; ils attachèrent plus d'intérêt à leurs succès, moins à leurs compositions; non qu'ils s'efforçassent de bien faire, mais ils voulaient réussir. D'ailleurs, sans qu'ils y prissent garde, communiquant avec les autres hommes, ils en ressentaient l'influence, et il se formait une sorte d'harmonie entre les idées qui circulaient autour d'eux et celles que leur génie enfantait. Ce public, qui était devenu leur juge, se composa d'abord des hommes à qui leur situation permettait le loisir. Dans les temps peu civilisés, cette classe est peu nombreuse. Ce fut d'abord pour les princes et les courtisans que la littérature commença à descendre des hauteurs de l'érudition ; les écrivains, cherchant à plaire à des hommes si élevés au-dessus d'eux, n'étaient point humiliés de cette infériorité de position, les applaudissements des princes les flattaient et les honoraient; ils recherchaient de tels succès avec déférence et respect. Sans doute ils étaient de la race irritable des poëtes. Racine se vengeait, par des épigrammes, de M. de Créqui qui insultait à ses vers; mais il ne se serait pas choqué d'une circonstance qui aurait marqué une différence de rang. On avait de la vanité pour ses ouvrages, on n'en avait pas encore pour sa personne.

Lorsqu'ensuite, par l'effet de la civilisation, la classe oisive fut devenue plus nombreuse, lorsqu'un public plus étendu eut recherché, comme un besoin, les jouissances intellectuelles et littéraires, et qu'en même temps la cour eut perdu une partie de sa considération, les hommes de lettres conquirent une position plus indépendante ; le sort de leurs ouvrages et de leur personne ne fut plus attaché à la faveur du pouvoir. Dès lors ils commencèrent à s'apercevoir qu'ils occupaient dans l'Etat une place inférieure; leur orgueil s'en offensa, et leurs opinions furent par là modifiées. Au reste, ceci n'est point une accusation particulière intentée à la classe des gens de lettres. En effet, tout homme qui se trouve dans une position indépendante, et cependant inférieure, éprouve presque toujours en lui-même un sentiment de révolte contre cette inégalité, dont la nécessité ne semble plus indiquée par l'ordre des choses. Ce que nous avons dit des littérateurs, il n'y a pas une classe dans l'Etat à laquelle on ne puisse l'appliquer ; dans toutes on aurait pu voir l'esprit d'égalité croissant rapidement avec la civilisation, et résultant du changement dans la manière de vivre, de la communication entre les hommes, du progrès de leurs réflexions, et surtout de la nullité politique des premiers ordres de l'Etat. Nous aurions pu observer la différence des rangs devenant de plus en plus pesante, parce qu'elle n'avait plus de fondements réels, et qu'elle semblait porter à faux. Qui entreprendrait l'histoire de la vanité en France, découvrirait bientôt une grande portion des causes de la révolution que la France a éprouvée.

C'était d'ailleurs un moment tout propre à donner aux écrivains une haute idée de leur importance. Frédéric II, qui voulait employer tous les moyens d'élever son empire au premier rang, avait rassemblé près de lui une foule de littérateurs français, et avait fini par y attirer Voltaire ; il avait placé presqu'au même niveau le pouvoir suprême et la supériorité de l'esprit, sans songer que ces deux despotismes ne pourraient pas longtemps vivre en paix. Le plus illustre des souverains recherchant ainsi l'amitié d'un poëte ! il y avait là de quoi exciter l'orgueil des littérateurs. Ils crurent voir renaître ces jours où les sages de la Grèce étaient appelés à la cour des rois pour y donner des conseils, et dans les républiques pour y faire des lois. Alors rien n'arrêta plus leur essor ; tout devint leur domaine : la morale, la politique, la religion, furent soumises à leur révision. Leur espoir ne fut pas trompé, la gloire et l'im-

portance des écrivains français allèrent toujours croissant;
du fond du Nord on leur envoyait des hommages, et l'on
demandait leur présence. Tous les souverains voulurent
connaître les moindres détails de cette littérature, objet
des conversations de l'Europe entière. Ils vinrent eux-
mêmes visiter ces hommes et ces académies qui illustraient
la France : des peuples demandèrent des constitutions aux
philosophes; des hommes d'Etat se formèrent à leur école.
Le gouvernement qui régnait alors luttait avec faiblesse et
irrésolution contre cette influence; mais comme la France
ne devait à ce gouvernement ni gloire ni puissance;
comme les armes étaient sans éclat, la cour sans dignité,
les mœurs sans pudeur, l'Etat sans lois, les défenseurs de
la religion sans bonne foi, l'opinion publique se tournait
entièrement du côté d'une philosophie qui flattait tous les
amours-propres, qui dégageait de tous les liens, et érigeait
en système le mépris du pouvoir, qu'il était en effet difficile de respecter. Assurément cette philosophie pouvait
bien porter, dans son caractère, quelques présages de désordre et de destruction; mais ce n'était pas là qu'on devait remarquer les symptômes les plus effrayants et les
plus irrémédiables. Un monarque indolent et égoïste,
qui cherchait le plaisir avec des maîtresses avilies; des
grands seigneurs qui professaient l'immoralité avec impudence; des ministres qui ne s'occupaient que d'intrigues; des généraux qui avaient appris l'art militaire
dans les salons; l'influence des femmes reconnue comme
principe; toutes les vanités en conflit les unes contre les
autres; tous les droits contestés, conséquemment tous les
devoirs contestables : voilà, certes, des garants bien plus
terribles d'une révolution que ne l'étaient des philosophes orgueilleux et imprudents; et la guerre de Sept-

Ans nous a approchés de la catastrophe plus que l'*Ency-clopédie*.

Cependant, pour ne pas être injuste, on doit convenir qu'au milieu de cette soif de réputation et d'influence, les littérateurs avaient un vif désir du bien, une envie de per-fectionner, qui leur faisait illusion sur leurs sentiments d'amour-propre. Ils prenaient ce besoin de régner sur tou-tes choses et de les changer à leur gré pour du dévoue-ment au bonheur de l'humanité et à l'accroissement des lumières; ayant ainsi, même à leurs propres yeux, déguisé sous d'honorables apparences les dispositions dont ils étaient animés, rien ne les faisait rentrer en eux-mêmes. De là ce ton absolu, cette intime persuasion de ses propres idées, cette complaisance en soi, cette absence de doute et d'hé-sitation, cette ardeur de prosélytisme, cette morgue into-lérante, qu'on leur a tant reprochés.

On ne doit pourtant pas s'imaginer que ce caractère rè-gne exclusivement dans tous leurs écrits. On y trouve de loin en loin certains retours, certaines restrictions, et quelques instants de mesure et de réserve. Mais leurs prin-cipes ne conservaient point, en se répandant parmi les livres des écrivains inférieurs et dans le vulgaire, les li-mites qu'ils leur avaient parfois imposées. On juge par là de la disposition du public pour lequel ils travaillaient; ils marchaient dans une direction générale, et le cours en était si rapide, que les efforts tentés quelquefois pour le retarder n'étaient pas même aperçus. Rien ne devait donc encourager les auteurs à apporter dans leur doctrine un esprit de sagesse et de modération qu'on ne goûtait pas alors.

Les dépositaires du pouvoir voyaient avec méfiance ce caractère et cette tendance des philosophes. Ils ne s'apercevaient pas que le mal était dans la nation, et croyaient tout guérir en empêchant les symptômes extérieurs de se manifester. Aussi, lorsque l'on vit la société philosophique former la vaste entreprise d'une *Encyclopédie*, cadre immense où pouvaient se développer toutes les opinions, l'alarme fut grande dans le ministère. On voulut arrêter cet examen universel, qu'on prenait pour un prétexte à tout attaquer. Le meilleur moyen de prévenir un danger qu'on exagérait beaucoup était sans doute d'accorder protection et encouragement à l'entreprise; on aurait de cette sorte acquis une influence marquée sur l'ouvrage. En flattant les auteurs, on aurait modifié leurs dispositions, et l'on aurait eu action sur eux; mais on fit, en cette occasion, la faute que commettent souvent les gouvernants: ils veulent arrêter le cours des choses, au lieu de le diriger à leur profit.

Les obstacles mis à la publication du livre nuisirent à son exécution autant qu'à sa direction. S'il eût été publié avec tranquillité, il aurait eu, en grande partie, sa vraie destination : il aurait été un monument de l'état des sciences à cette époque, et par là serait devenu utile. Rien ne perfectionne autant les connaissances humaines que d'examiner le chemin qu'elles ont déjà fait. On suit leur marche, on voit comment elles ont erré, et pourquoi; on jette un coup d'œil d'ensemble sur la science, et elle en devient plus simple et plus féconde. Le meilleur moyen d'aller en avant, c'est de regarder la route qu'on vient de faire.

Au lieu de produire un semblable effet, l'*Encyclopédie* se changea sur-le-champ en une affaire de parti. Il devint plus important, pour ceux qui l'avaient conçue, de la faire paraître au jour que de l'en rendre digne; et comme ils avaient été constitués en hostilité avec l'ordre établi, leur orgueil s'attacha à répandre dans l'*Encyclopédie* ce qu'ils appelaient des idées neuves et audacieuses ; ainsi elle demeura une œuvre incomplète et peu utile. Celle qui a été entreprise depuis est, sans nul doute, conçue d'après un plan beaucoup meilleur, plus riche en science, et plus conforme à son véritable but.

Après avoir parlé d'une manière générale du caractère de l'esprit philosophique à cette époque et des circonstances où il prit naissance, il convient d'examiner quel genre de systèmes et d'opinions il fut conduit à adopter et à répandre. Nous avons vu ce qu'étaient les écrivains relativement à l'ordre moral et politique ; cherchons ce que la critique peut penser de leurs travaux considérés en eux-mêmes, et quelle place ils doivent occuper dans l'histoire des lettres. L'*Encyclopédie*, qui fut orgueilleusement conçue pour donner aux siècles à venir une haute idée des progrès immenses que l'on croyait apercevoir dans les connaissances humaines, les envisagea sous un point de vue nouveau et dans un esprit qui fit changer de caractère à presque toutes les sciences. En effet, on avait cru découvrir un nouveau cours à leur source commune ; on avait tracé la marche des opérations de l'âme humaine sur une route nouvellement adoptée.

C'est ce qu'on peut déjà reconnaître dans le discours préliminaire de l'*Encyclopédie*, ouvrage qui obtint une grande réputation, et qui annonça cette entreprise d'une manière brillante.

D'Alembert, si l'on écoute le langage impartial des mathématiciens, était un génie du premier ordre, et il a laissé dans cette carrière des traces de son passage. Même sans être fort instruit en cette matière, on ne s'étonne pas de ce jugement, en lisant la portion du discours préliminaire de l'*Encyclopédie*, qui a rapport aux sciences exactes. Peut-être n'a-t-on jamais porté, dans l'examen de leurs principes et de leurs résultats, plus de finesse et de bonne foi. L'analyse qu'il fait de leurs procédés, la manière dont il montre la vérité, acquérant d'autant plus de certitude qu'on fait abstraction d'un plus grand nombre de circonstances réelles, et n'étant vraiment complète que lorsqu'elle devient l'identité de deux signes exprimant la même idée : tout cela est d'un homme qui plane de haut sur la science qu'il professe. Mais l'autre partie du discours est loin de donner une aussi haute idée de d'Alembert. Quand il en vient à rechercher les sources et les principes des autres divisions des connaissances humaines, il se montre alors incomplet et superficiel. S'il avait une connaissance approfondie des sciences qui classent et comparent nos perceptions, il était loin de connaître celles qui consistent à décrire les impressions de l'âme.

Il y a deux manières d'envisager la métaphysique : l'une prend comme centre et comme point de départ l'âme de l'homme, et recherche ses opérations, ses facultés, la nature de son action, le mode de son existence. La difficulté de cette science est de rattacher la réalité du monde extérieur et son effet sensible sur nos organes corporels avec l'être moral, de trouver à la fois la limite et la transition entre l'action physique et l'action intellectuelle. L'autre métaphysique suit une marche tout opposée ; elle suppose la réalité des objets extérieurs, s'attache à leur effet mécanique sur les sens de l'homme, examine les sensations, leurs résultats immédiats, et chemine le plus avant qu'elle peut dans cette route, s'efforçant d'arriver du dehors jusqu'au point central qui constitue le *moi* humain. Mais quand il faut rejoindre cette action du monde extérieur, ces opérations mécaniques ou animales, avec ce qui se passe dans le monde intérieur de l'âme, l'inexplicable reparaît, et la chaîne, soit qu'on la prenne d'un côté, soit qu'on la prenne de l'autre, arrive toujours à se rompre. Ainsi il y a eu deux sciences : la science de la pensée et celle de la sensation, qui semblent au premier aspect avoir le même domaine, mais qui ne peuvent cependant s'atteindre. En partant du principe intérieur, et prenant l'âme pour théâtre de l'observation, on n'arrive point à sa relation avec les objets extérieurs à la sensation : et quelque loin qu'on pousse la connaissance de l'action des objets extérieurs, considérés comme réels, on ne saurait dire comment une sensation devient une pensée. Comme ceux qui ont cultivé ces sciences n'ont pas voulu voir où elles manquaient, les premiers sont arrivés à nier la réalité des objets extérieurs; les seconds se trouvaient amenés à nier l'existence de l'âme. Mais, en général, ceux-ci ont reculé devant cette conséquence, qui en effet est plus absurde que l'autre.

Autrefois, ne voyant dans le mécanisme des sens aucune donnée pour résoudre le problème de la nature morale de l'homme, les philosophes négligèrent de s'occuper de l'action directe des objets sur les organes de nos perceptions. La science de l'âme, telle fut la noble étude de Descartes, de Pascal, de Malebranche, de Leibnitz. Cette métaphysique les conduisait directement à toutes les questions qui importent le plus à la destinée humaine; ils ne prenaient point pour la pensée ce qui n'en est que l'occasion; ils ne confondaient point l'âme avec les sensations, qui se bornent à former un aliment à ses facultés actives; ils apercevaient bien cette question particulière métaphysique, qu'on a appelée depuis la *formation des idées*; mais, suivant eux, elle touchait trop peu au fond des choses pour mériter leur attention. Peut-être se perdaient-ils quelquefois dans les nuages des hautes régions où ils avaient pris leur vol; peut-être leurs travaux étaient-ils sans application directe; mais du moins ils suivaient une direction élevée, leur doctrine était en rapport avec les pensées qui nous agitent, quand nous réfléchissons profondément sur nous-mêmes. Cette route conduisait nécessairement aux plus nobles des sciences, à la religion et à la morale. Elle supposait dans ceux qui la cultivaient un génie élevé et de vastes méditations.

On se lassa de les suivre; on traita de vaines subtilités, on flétrit du titre de rêveries les travaux de ces grands esprits. On se jeta dans la science des sensations, espérant qu'elle serait plus à la portée de l'intelligence humaine. On établit comme base de la métaphysique qu'il était inutile de s'occuper de l'âme, puisqu'on ignorait sa nature; sans s'apercevoir que, par là même, on en faisait une faculté constante et invariable, exerçant toujours le même genre d'action. On avouait ne le pas connaître, et l'on fondait le système sur une supposition bien plus hasardée, bien moins raisonnable que toutes celles qu'on dédaignait. Ayant donc fait de l'âme une sorte de principe vital, une faculté neutre attachée, par des liens encore inconnus, à un certain assemblage de matière, on s'occupa de plus en plus des rapports mécaniques de l'homme avec les objets, et de l'influence de son organisation physique. De cette sorte, la métaphysique alla toujours se rabaissant, au point que maintenant, pour quelques personnes, elle se confond presque avec la physiologie.

Le dix-huitième siècle a voulu faire de cette manière d'envisager l'homme un de ses principaux titres de gloire.

Locke avait déjà marché dans cette direction, et s'était occupé de développer les mêmes questions. Mais il ne semble pas avoir voulu, comme ses disciples, que toute la science fût réduite à l'examen des sensations. Il savait sans doute que ce premier mécanisme de l'entendement humain, lors même qu'il ne serait pas lié, comme il l'est en effet, à la question fondamentale, était loin de constituer toute l'essence de l'homme. Leibnitz, qui assista à la naissance de cette école, témoigna une sorte de pitié pour la philosophie de Locke.

Pendant que les encyclopédistes s'emparaient des recherches de Locke, et y renfermaient toute la métaphysique, Hume s'aperçut que si toute connaissance dérive de la sensation, il n'existe aucun principe de certitude, aucun droit de rien affirmer. Il vit que nul lien nécessaire n'enchaîne la succession des impressions de l'âme, et que l'idée de cause et d'effet ne pouvant résulter des effets sensibles, rien ne démontrait la réalité du monde extérieur non plus que du monde intérieur. C'était le doute complet, universel, la suppression de la vérité et de la certitude. Hume n'alla pas plus loin; satisfait de raisonner plus juste que les disciples de Locke, et de montrer à ceux qui doutaient de l'âme qu'ils étaient crédules et frivoles de croire au témoignage des sens, il se reposa sur cette ruine de l'intelligence humaine.

Ce fut alors que se forma dans sa patrie cette école de philosophie écossaise qui pensa que, puisqu'on était arrivé à l'absurde, c'est qu'apparemment on s'était trompé. Un véritable esprit d'observation fut apporté dans l'étude des faits intellectuels. On ne se crut plus le droit de supposer l'âme inerte et passive. On distingua la nature de ses opérations; on lui reconnut des facultés diverses, une action propre. On examina les phénomènes moraux, parce qu'ils sont évidemment les seuls éléments de la science, et parce que tout ce qui se passe au dehors ne nous est connu que par la conscience de ce qui se passe en nous.

Vers le même temps, la philosophie allemande travailla aussi à relever l'édifice qui s'était écroulé devant les raisonnements sévères de Hume. Kant rechercha les règles que suit constamment l'intelligence humaine dans ses procédés. Il reconnut que l'âme est inséparable d'un certain nombre de lois qui existent en elle, de vérités qui lui sont données par sa propre nature.

Tandis que les nations voisines recueillaient ainsi le glorieux héritage de la haute philosophie, dédaigné par les compatriotes de Descartes, la philosophie française s'applaudissait elle-même, et suivait en toute assurance la route tracée par la science des sensations. C'est ce système qui présida à l'*Encyclopédie*. Il est implicitement professé dans le discours préliminaire.

Mais ce n'est point là cependant qu'il faut le chercher, quand on veut le bien connaître. Il n'y est pas développé complétement et avec clarté. Condillac, qui commença à écrire un peu avant cette époque, est le chef de l'école. C'est dans ses ouvrages que cette métaphysique exerce toutes les séductions de la méthode et de la lucidité, d'autant plus claire qu'elle est moins profonde. Peu d'écrivains ont obtenu plus de succès. Il réduisit à la portée du vulgaire la science de la pensée, en retranchant tout ce qu'elle avait d'élevé. Chacun fut surpris et glorieux de pouvoir philosopher si facilement, et on eut une grande reconnaissance pour celui à qui l'on devait ce bienfait. On ne s'aperçut pas qu'il avait rabaissé la science, au lieu de rendre ses disciples capables d'y atteindre.

8.

Cette nouvelle métaphysique ne tarda pas à faire sentir son influence sur toutes les théories. Il y eut bientôt une nouvelle manière d'examiner chaque branche des connaissances humaines, d'en établir les principes, d'en enchaîner les raisonnements. Ce fut une révolution d'autant plus importante, que les idées et les opinions qu'elle a répandues sont pour ainsi dire devenues classiques en France, et nous isolent maintenant de la philosophie antique et des écoles étrangères.

Les sciences exactes et naturelles s'accommodèrent fort bien de la métaphysique des sensations; peut-être est-ce à leur esprit qu'elle doit la naissance; du moins est-il vrai qu'elles ont reçu à ce moment une impulsion qui a déterminé de rapides progrès. Ces sciences prennent toujours pour bases premières, pour principes fondamentaux, des vérités obtenues par voie de jugement, des circonstances communes observées dans les phénomènes extérieurs; elles énoncent des faits généraux, qui résultent de comparaisons ou d'analogies. Cependant ce genre de vérités ne peut s'élever au rang de vérité nécessaire et absolue. Elles sont bien réellement déduites de la sensation. Elles pourraient être ou ne pas être, selon que les objets extérieurs se présenteraient sous tel ou tel aspect.

La vérité de raisonnement repose donc toujours sur une première supposition, et ne provient que de l'application logique des principes de la certitude à une observation qui garde son caractère relatif et n'a rien d'absolu. La démonstration est sans doute un grand moyen de contentement pour l'esprit humain. Elle n'est pourtant, si l'on peut ainsi parler, qu'un moyen artificiel de créer la vérité. Il n'en est pas de même de la vérité de conviction, de celle qui se trouve dans l'âme elle-même, qui y précède la réflexion, que l'homme ne fait pas naître en lui-même, et qu'il y aperçoit. Il n'y a point d'effet sans cause; tout attribut suppose une substance; tout souvenir provient de l'existence prolongée du même individu pensant : ce sont là des axiomes qui forment l'essence morale de l'homme, qui sont les éléments de la certitude, ou plutôt la certitude elle-même.

Ainsi donc les déductions tirées des vérités déposées dans l'âme ont une bien autre autorité sur nous. Elles trouvent en nous un tout autre écho, une tout autre sympathie. Elles agissent d'une façon plus intime, et déterminent le sentiment, la volonté, l'action. Lorsqu'elles sont exactes et complètes, elles opèrent une persuasion intérieure, et non point une conviction extérieure. Les sciences qui s'occupent à combiner les faits moraux peuvent errer par l'imperfection de notre raison, par leur mélange avec des faits extérieurs mal observés; mais elles reposent sur des bases solides, inséparables de notre propre nature. Les principes de la religion, de la morale, de la politique, de l'éloquence, de la poésie, des arts d'imagination, n'existeraient pas s'ils prenaient leur source seulement dans les inductions tirées des attributs des objets extérieurs. Ils tiennent à des notions primitives et nécessaires, qui font partie de l'âme, et s'y rencontrent avant même toute réflexion et toute comparaison.

Si chacune des directions où s'exerce l'esprit de l'homme va se rattacher à un fait primitif de l'âme humaine, y a-t-il donc des idées innées? Dans le sens habituellement donné au mot *idée*, on appelait ainsi le résultat des sensations produites par les objets extérieurs; aucune ne peut être innée; mais toujours est-il que l'âme combine les idées, les compare, et en tire des jugements d'après de-

certaines lois générales, invariables, qui appartiennent à sa propre nature, qui sont indépendantes des circonstances extérieures, qui se retrouvent dans tous les états de civilisation, dans toutes les variétés de l'organisation physique, et qui font le caractère distinctif de l'homme, tout autant que sa forme corporelle. Ces dispositions sont plus ou moins développées, plus ou moins capables de s'exprimer. Les sens apportent plus ou moins de matière à l'activité de leur flamme. Ainsi partout vous trouverez l'homme ayant la notion de cause et d'effet. Partout et toujours le sentiment de son existence continuée lui donnera la notion du temps; il aura de même la conviction que le principe d'existence ne se rencontre pas en lui seul, et qu'indépendamment de lui subsiste le monde extérieur, ou la cause qui le produit. Si donc le temps, l'espace, la cause ont leur racine dans l'âme, et non dans les objets extérieurs, ne vous étonnez pas que l'idée de l'infini soit inséparable de la créature humaine. Ne soyez point surpris si vous en trouvez les symptômes dans l'homme le plus grossier, le moins civilisé; si vous le voyez désirant au delà de ses besoins, demandant encore quand ils sont satisfaits; cherchant toujours au delà de tout; supposant une vie après la sienne; respectant et ensevelissant les morts, parce qu'il ne peut les imaginer finis pour toujours; inquiet du cours de la nature, ne pouvant la croire immuable, lui soupçonnant un commencement et redoutant sa destruction. Telles sont dans la nature de l'homme les dispositions qui le rendent religieux; quelque sauvage que vous le supposiez, vous apercevrez toujours dans son cœur une fibre destinée à ce genre de sentiments. C'est donc ce penchant de l'âme, c'est cette révélation intérieure qui est le principe de la religion. Mais la métaphysique des sensations ne peut prendre pour base de ses raisonnements des notions inhérentes à l'âme, puisqu'elle en fait une puissance constante et neutre, un tableau décoloré, où viennent, à travers les sens, se peindre les objets extérieurs : elle est donc contrainte à faire, pour chaque théorie, ce qu'elle a fait pour l'homme lui-même, à l'examiner par le dehors, au lieu de pénétrer dans son intimité; à rechercher comment les sensations et le mécanisme physique ont pu donner naissance à telle ou telle tendance de l'esprit humain. De la sorte, elle prend l'habitude de considérer par les applications les choses qui doivent être vues par le principe. Et de même que, dans l'examen de la marche des idées, elle n'a pu arriver jusqu'à l'âme en suivant le cours des sensations, de même elle ne peut parvenir à trouver le centre particulier auquel se rattache chaque sphère des connaissances humaines.

Cette façon de procéder, cette analyse qui s'exerce hors de l'âme, tandis que les faits à observer se passent sur ce seul théâtre, est donc toute convenable pour détruire et pour dissoudre; car ayant, dès l'abord, caché le principe fondamental, il est facile d'attaquer pièce a pièce tout ce qui en est dérivé. On n'en sent plus la liaison et la nécessité. A supposer même qu'il n'y ait pas un obstacle insurmontable entre le principe intérieur et les faits extérieurs, il faudrait, dans l'examen des détails, n'en omettre aucun ; il faudrait trouver leurs rapports réciproques et chercher avec soin tous les éléments divers qui doivent servir à fonder les raisonnements par lesquels on doit remonter aux principes; il faudrait investir entièrement la place, et connaître tout ce qui peut y aboutir; sans cela, la science sera incomplète, on arrivera à lui trouver une fausse origine. L'on y sera même entraîné, pour avoir plus de clarté, de

méthode et de précision ; à l'imitation des sciences exactes, on voudra d'abord faire des abstractions d'une foule
de circonstances, afin que le raisonnement ait une marche
moins embarrassée, et puis on négligera de faire rentrer
une à une ces circonstances avant de tirer des conclusions.

Ce fut ainsi que, ne voulant plus, pour établir la morale,
partir du sentiment de justice et de sympathie qui vit dans
l'âme de tous les hommes, et qui combat plus ou moins
d'autres dispositions, on chercha à la fonder sur un fait
commun à toute la nature animale, le besoin de la conservation et du bien-être, d'où dérive l'amour de son propre
intérêt.

Quant à la religion, rien dans les circonstances physiques de l'homme ne pouvait y conduire ; il était impossible
de la rattacher par les liens du raisonnement aux idées sen-
suelles. On arriva bientôt à tout nier ; déjà l'incrédulité
avait rejeté les preuves divines de la révélation, et avait ab-
juré les devoirs et les souvenirs chrétiens : on vit alors
l'athéisme lever un front plus hardi, et proclamer que tout
sentiment religieux était une rêverie et un désordre de
l'esprit humain. C'est de l'époque de l'*Encyclopédie* que
datent les écrits où cette opinion est le plus expressément
professée. Ils furent peu imités. L'impiété évita depuis l'ab-
surdité d'un athéisme dogmatique, et se renferma dans une
incrédulité vague. Toutefois les écrivains athées ont été
plus funestes qu'on ne le croit généralement. Ils ont puissamment contribué à corrompre la classe vulgaire. On retrouve souvent encore les traces de leur influence sur l'esprit grossier des hommes d'une condition inférieure. L'effet
a été d'autant plus grand que les lambeaux de leurs livres
se mêlèrent bientôt à toutes les productions infâmes qui
circulent clandestinement et qui empoisonnent la popu-

lace. L'obscénité chercha aussi une couleur philosophique, et mêla constamment ses turpitudes avec l'irréligion.

La politique ne pouvait plus se fonder sur les traditions historiques, sur les droits positifs, sur les antiques lois, sur les mœurs des nations ; ces considérations ne fournissaient point de base pour une science précise et universelle. La société fut regardée comme un assemblage d'individus réunis pour la défense mutuelle de leurs intérêts. Toute la théorie devait reposer sur ce premier fait, et alors on pouvait cheminer facilement dans la route de l'abstraction. On arrivait ainsi à croire qu'une même police, un même régime, étaient les meilleurs de tous, à de légères modifications près. D'abord l'on avait appelé constitution d'un peuple l'ensemble de ses mœurs, de ses lois, de son caractère, de toutes ses circonstances intérieures et extérieures ; de même que la constitution d'un individu se compose de toutes les circonstances qui le font vivre. Dans la nouvelle politique, la constitution fut une règle textuelle déduite de la théorie générale pour être tout à coup imposée à une nation. La manière dont ce mot s'est trouvé insensiblement détourné de son acception primitive montre mieux qu'un long détail quelle fut la marche du raisonnement dans la politique.

Une science nouvelle naquit alors sous le nom d'économie politique. On recherche quelle était la source de la richesse des citoyens et des nations, et comment la vie d'un peuple et sa plus ou moins grande prospérité dépendent des relations particulières et commerciales des individus et du pays entier. La théorie de cette circulation de la fortune publique et particulière fut ingénieusement et clairement établie ; elle obtint un succès extraordinaire. L'Europe presque entière accueillit avec une sorte d'enthousiasme les systèmes de bonheur public des économistes. Les souverains honoraient hautement ces nouveaux législa-teurs. On partageait leurs espérances, on croyait que ces amis des hommes allaient subjuguer, par l'évidence de la raison, et les rois et les peuples, et forcer, par un calcul lumineux de leurs intérêts, les uns à être toujours justes, les autres à être toujours soumis. Mais pour arriver à cette certitude mathématique, ils avaient négligé bien des élé-ments qu'il eût été nécessaire de considérer. Ils avaient bien vu que, dans le mouvement des intérêts, tout tend à un certain équilibre ; mais ils n'avaient pas tenu compte des oscillations qui peuvent le précéder, et ces oscillations peuvent être d'insupportables calamités. Le temps était aussi une donnée qu'ils ne faisaient pas entrer dans leurs calculs ; mais leur plus grande erreur était de n'avoir compté pour rien, dans leur science, les effets de l'opinion et des passions humaines. Depuis on a profité de leurs tra-vaux en suppléant à ces omissions. La théorie a cessé d'être mathématique ; elle n'est plus une suite d'axiomes d'où dérivent des conclusions incontestables. En devenant moins précise et moins certaine, elle a été plus applicable et plus utile. Ce n'est plus une loi qui gouverne despotiquement l'administration publique, ce sont des conseils qui la guident.

Pour les arts de l'imagination, ils furent, aux yeux de la nouvelle métaphysique, non plus une manifestation des impressions intérieures de l'homme, et de l'effet que les objets ont produit sur lui, mais une imitation plus ou moins fidèle de ces objets, une collection de signes qui les représentent. L'artiste et le poëte ne furent plus regardés comme des créateurs, mais comme des copistes indus-trieux : on oublia que leur talent tenait à peindre ce qu'ils ont senti.

Mais ce fut la grammaire et toute la science du langage qui reçurent, plus que toute autre branche des connaissances humaines, une face entièrement nouvelle. Dumarchais, marchant sur les traces de Port-Royal, avait travaillé à rattacher la grammaire d'une manière immédiate avec l'art de raisonner. Condillac et Duclos, venant après lui, en firent une dérivation de la nouvelle métaphysique. De leurs recherches résulta une théorie du langage, claire et méthodique, qui remplaça bientôt les anciennes nomenclatures. Au lieu de rapporter toutes les langues à la langue latine, et d'adapter toutes les grammaires aux formes d'une seule, on essaya de trouver des règles générales d'où les règles particulières de chaque langue pussent facilement découler. Mais les grammairiens tombèrent dans une erreur. De même qu'on crut atteindre jusqu'à l'âme humaine avec la science des sensations, de même on pensa que la grammaire renfermait l'art d'écrire, c'est-à-dire qu'elle pouvait donner des règles aux hommes pour se communiquer leurs impressions.

Les métaphysiciens avaient supposé que la pensée était l'image fidèle des objets extérieurs, et avaient presque introduit le mécanisme dans sa formation. Les grammairiens suivirent la même marche ; ils transformèrent de la même manière la pensée en parole, regardant les mots comme une expression invariable des idées. Cependant le langage, qui prend à chaque instant une couleur et une forme différentes, suivant l'individu et suivant l'impression qu'il éprouve ; le langage, qui est redevable de tous ses effets, non pas à la représentation des objets, mais à la peinture des affections de l'âme excitées par ces objets, le langage démentait sans cesse tout le système de métaphysique et de grammaire. Alors la théorie commença à attaquer les langues elles-mêmes, et décida qu'elles n'étaient pas conformes aux principes; elle oublia qu'apparemment elles le sont à la nature de l'homme, puisqu'elles ont été formées par ses habitudes et ses besoins. Il fut proclamé que l'idiome parfait devait être un assemblage de signes, chacun attaché irrévocablement à une même idée, et liés entre eux par des relations constantes. L'algèbre fut dite le modèle des langues. On voulut emprisonner la pensée, la circonscrire dans sa propre expression; et comme les métaphysiciens l'avaient conçue uniforme et identique dans tous les hommes, leur grammaire ne lui faisait pas perdre beaucoup en lui prêtant un tel langage.

Sans doute l'algèbre est la plus belle des langues, dans le même sens que les sciences mathématiques sont les plus vraies des sciences. La vérité mathématique est le résultat de la comparaison et de la combinaison d'idées factices qui ne doivent leur naissance qu'à des abstractions faites par un travail de l'esprit humain. Ainsi l'algèbre est le langage qui convient le mieux pour rechercher ce genre de vérités. Il rappellera continuellement que l'idée exprimée par un signe est telle qu'on l'a d'abord définie; cette idée abstraite sera la même pour tous, ne fera aucune impression différente de celle qu'un autre en pourrait concevoir. A l'aide de ce langage, on marchera d'un pas sûr dans le raisonnement mathématique et dans la découverte des vérités abstraites et artificielles. Mais dès qu'il s'agira de rendre compte des impressions qui ne sont pas les mêmes pour tous, et qui diffèrent d'un instant à l'autre dans le même individu; dès qu'on sortira de la sphère des idées mathématiques, de ces idées qu'on a rendues complétement pareilles pour chaque homme, il faudra un langage flexible qui puisse recevoir de chacun le témoignage de ce qu'il éprouve, qui puisse varier de forme et de puissance, suivant celui qui parle, pour retracer l'image de son âme et de son caractère.

Les nouveaux systèmes de grammaire conduisent aussi à une autre manière de voir, qui résulte encore de ce qu'on regardait les idées comme des images absolues des objets, et comme identiques pour tous. Les uns avaient voulu que chaque homme fût forcé de s'exprimer comme tous, d'autres en vinrent à ne plus attacher d'importance à l'expression des idées et aux formes du langage. Les idées, suivant eux, étant les mêmes dans tous les individus, il était indifférent qu'ils les fissent comprendre d'une manière ou d'une autre.

De là tous les blasphèmes contre la poésie et le style : de là cette assertion que les pensées sont tout, et l'élocution peu de chose. Oui, sans doute, elles sont tout, car il est impossible d'en séparer ce qu'on a nommé le style ; il est leur production immédiate. C'est de la manière dont elles affectent l'homme que dépend la manière dont il s'exprime. Est-il fortement ému, le langage, par un penchant irrésistible, prend la forme et la couleur de ses idées, et vient communiquer aux autres hommes, comme par sympathie, une impression commune. La pensée est semblable à la fille de Jupiter, qui sortit tout armée de son cerveau. Un grand écrivain, contemporain des nouveaux grammairiens, vit la fausseté de leurs principes, et leur dit avec raison : « Le style est l'homme même. » Qui pourrait en douter, puisqu'il nous révèle quel effet produit la pensée sur l'homme, et conséquemment quelle est cette pensée en lui ! Peut-être paraîtra-t-il puéril de citer un exemple : quand Chimène dit à Rodrigue : « Va, je ne te hais pas », aux yeux d'une froide analyse, c'est lui dire sous une forme diverse : « Va, je t'aime. » Et pourtant, si elle prononçait ces derniers mots, elle serait une tout autre personne ; elle insulterait aux mânes de son père ; elle n'aurait plus ni charme ni pudeur.

Ces distinctions vaines entre la pensée et le style n'étaient point connues dans le dix-septième siècle. On jugeait le sentiment et les idées, on les trouvait vrais ou faux, bons ou mauvais : quand on était choqué d'un discours, on ne s'en prenait pas à sa forme, mais on remontait à la source, et on blâmait l'auteur d'avoir mal pensé. Le style, dans ce temps-là, n'était que la correction grammaticale.

Maintenant on parle du style comme de la musique d'un opéra ; et l'on entend dire qu'avec de certains artifices de style, avec des procédés bien entendus, on peut rendre neuves et originales des pensées communes. C'est prendre l'art d'écrire pour un art mécanique.

Au reste, ce ne sont pas les poëtes qui ont médit de la poésie ; ce ne sont pas les écrivains d'un style animé qui ont voulu la dessécher. Lamothe et Fontenelle avaient déjà professé des opinions semblables ; ils avaient regardé la poésie comme une forme factice donnée à la pensée. La leur n'était pas une production spontanée ; elle avait été faite par travail et par industrie. Ainsi ils ont dit ce qu'ils sentaient sur la poésie, et l'ont dit avec vérité et persuasion. On a oublié leurs vers, et leurs systèmes ont séduit quelques personnes ; leur exemple est une nouvelle preuve.

Parmi l'école des métaphysiciens français du dix-huitième siècle, il en est un qui, en suivant la même marche, fut animé d'un esprit tout différent. Charles Bonnet s'appliqua plus qu'aucun autre à développer la théorie des sensations, et à y chercher la connaissance intime de l'homme ; mais les conclusions qu'il essaya d'en tirer, mais l'ensemble de ses opinions n'eurent aucune analogie avec la tendance de Condillac et de ses disciples. Ici se montre un un exemple frappant de l'étroite liaison qui unit les mœurs et les lettres. Un petit peuple habitait aux portes de la France, parlant la même langue, lisant les mêmes livres, rapproché par des liaisons journalières de sa métropole littéraire : l'amour des lumières, le zèle pour les progrès de la raison humaine, le penchant vers l'étude des sciences exactes et naturelles, la connaissance des langues étrangères, en un mot tout le mouvement que le dix-huitième siècle imprimait à la France se faisait sentir peut-être avec plus de force dans la république de Genève ; mais comme les mœurs y étaient sévères, la religion respectée, l'action des lois constante et régulière, les habitudes antiques et fortes, ce mouvement ne répandait pas l'esprit de doute et de légèreté, et n'attaquait en rien les liens de la société : les écrivains y conservaient de la vénération pour tout ce que les générations précédentes avaient respecté ; ils avaient quelque chose de grave et de mesuré. La société était composée d'hommes instruits et animés d'un vif intérêt pour les lettres, mais réservés et réfléchis dans leurs jugements et leurs opinions.

Bonnet est parti du même point absolument que Condillac ; il a supposé que l'homme est une statue, doué d'un principe inconnu, auquel il ne suppose aucune propriété particulière, mais dont toutes les facultés naissent, se forment et se développent par l'action des objets extérieurs ; il a apporté dans l'histoire de cette création de l'homme par les sensations plus de réflexion et d'impartialité qu'aucun autre métaphysicien, et s'est préservé de beaucoup d'omissions et d'erreurs de détails où Condillac était tombé ; mais ce qui le distingue, c'est de s'être agité toute sa vie pour rattacher cette théorie à la nature morale et aux croyances religieuses. Il était plein de zèle et d'amour pour les sciences naturelles qu'il cultivait avec succès, il s'occupait sans cesse de connaître les ressorts de l'organisation physique; mais sa persuasion intime, ses habitudes, le cercle où il vivait, tout le ramenait à une morale élevée et à l'amour de la religion. Aussi, voulant honorer l'objet de ses études et tout ce qui occupait et charmait ses loisirs, il y cherchait des preuves pour démontrer ce que les aures métaphysiciens négligeaient ou attaquaient. On ne voyait nulle part, aussi bien que dans ses livres, l'impossibilité de parvenir par cette route au but où il aurait voulu atteindre. On doit même remarquer que, n'ayant aucune défiance de lui-même, sûr de sa propre croyance, il s'est plus franchement livré à faire une large part à la nature physique; et précisément parce qu'il ne songeait pas à douter de l'essence divine de l'âme, sa métaphysique semble toucher davantage au matérialisme; si bien que, dans un de ses derniers écrits, il a paru convenir que toutes ses recherches s'appliquaient, non pas à l'âme elle-même, mais à une certaine âme physique, formée d'une manière délicate, subtile et mystérieuse, par l'intermédiaire de laquelle l'âme proprement dite communique avec le corps. Lui-même, à ce qu'on peut supposer, avait donc aperçu par où manquait toute sa métaphysique. Cette supposition, qu'on peut trouver bizarre, d'autant qu'il s'en sert aussi pour expliquer le dogme de la résurrection corporelle, est le résultat d'une grande bonne foi et d'un amour sincère de la vérité, qui n'a point déterminé d'avance le but où il veut arriver. Dans un autre ouvrage, la *Contemplation de la Nature,* il s'était livré entièrement à ses opinions religieuses, et avait voulu leur donner l'appui des causes finales : elles sont une preuve de sentiment, dont sans doute il sentait la nullité comme argument philosophique; mais il eut besoin de répandre les impressions que faisaient naître en lui l'étude et l'examen de la nature. Il cherchait, ainsi qu'ont toujours fait les vrais sages, à établir l'harmonie entre les occupations de son esprit et les affections de son âme.

Après avoir exposé le système de métaphysique adopté vers le milieu du dix-huitième siècle, et son effet sur les diverses branches des connaissances humaines dont on voulait tracer alors le tableau dans l'*Encyclopédie*, revenons aux auteurs de cette vaste entreprise.

D'Alembert, ainsi que nous l'avons dit, a mérité une grande renommée par ses travaux mathématiques. Vivant dans un autre siècle, il se serait sans doute contenté de cette gloire; la société où il vivait, le désir d'obtenir des succès plus populaires, l'envie de se montrer universel, firent de lui un littérateur assez froid. Quand le désir de briller est la cause pour laquelle on écrit, on se sent un égal besoin de s'occuper de toutes choses. Il n'y a que le génie qui, écrivant par la nécesité de produire, sache porter ses propres fruits. Voltaire avait essayé les sciences exactes pour être universel. D'Alembert était trop loin de la poésie pour chercher à y atteindre; mais il fit voir que son esprit s'appliquait mal aux matières littéraires.

Il n'en était pas ainsi de Diderot, qui fut doué d'une âme ardente et désordonnée. Mais c'était un feu sans aliment, et le talent dont il a donné quelques indices n'a reçu aucune application entière. S'il eût embrassé une carrière unique, si son esprit bouillant eût marché dans un sens déterminé, au lieu d'errer dans tout le chaos d'opinions contraires que cette époque voyait naître ou se détruire, Diderot aurait laissé une réputation durable, et maintenant,

au lieu de répéter seulement son nom, on parlerait de ses
ouvrages. Mais sans connaissances profondes sur aucune
chose, sans persuasion arrêtée, sans respect pour aucune
idée reçue, pour aucun sentiment, il erra dans le vague, en
y faisant parfois briller quelques éclairs. Un caractère tel
que le sien a tout perdu en adoptant la philosophie à laquelle il s'attacha.

Il essaya de renouveler le théâtre, et protesta contre les
règles établies. Il réclama une imitation plus exacte de la
nature. Il montra qu'il était en effet susceptible de la connaître et de la peindre ; mais la prétention d'être chef d'une
nouvelle école dramatique et moraliste dogmatique le fit
tomber dans l'affectation et dans les déclamations les plus
ampoulées. Ainsi il s'écarta de la nature bien plus que
ceux contre lesquels il s'était élevé. Il écrivit sur la morale ;
et tout en faisant voir qu'il était capable de chaleur et d'é-
lévation, il fit un mélange obscur et incohérent de ce style
animé avec une philosophie analytique et destructive. Ses
romans présentent aussi le burlesque assemblage de je ne
sais quel amour de la vertu, mêlé avec le plus honteux cynisme, et d'une chaleur quelquefois vraie et profonde avec
des paroles grossières et ignobles. Au total, Diderot fut un
écrivain funeste à la littérature comme à la morale. Il devint le modèle de ces hommes froids et vides, qui apprirent
à son école comme on pouvait se battre les flancs pour se
donner de la verve dans les mots, sans avoir un foyer intérieur de pensée et de sentiment.

Le disciple le plus fidèle des philosophes de ce temps fut
Helvétius. Une vaine persécution donna à son livre une célébrité qu'il n'aurait pas eue sans cette circonstance. Il
avait voulu réunir en un système les principes qu'il entendait professer autour de lui ; mais sa tête n'était ni assez

vaste ni assez forte pour accomplir un semblable projet. Il est probable que, dans la société où il vivait, on devait entendre chaque jour des opinions contradictoires, légèrement hasardées, sans but, sans ensemble, modifiées sans cesse par chaque circonstance, par chaque impression du moment. Au fond, c'était bien toujours la même direction, mais les assertions devaient varier beaucoup dans leur forme. *L'Esprit* est un livre composé avec ces conversations : singuliers matériaux pour un ouvrage philosophique! Aussi paraît-il que les amis d'Helvétius ne songeaient pas à faire une réputation à l'œuvre de leur disciple. Mais il fut attaqué ; ils le défendirent.

Helvétius, conformément aux nouvelles idées, établit toute sa doctrine sur cette base : que la sensibilité physique est la cause productrice de toutes nos pensées. De tous les écrivains qui ont embrassé cette opinion, nul ne l'a présentée d'une manière aussi grossière. Quand on veut faire dépendre l'homme de son organisation, encore faut-il avoir fait quelques recherches sur cette organisation ; quand on veut que juger soit sentir, et que la pensée ne soit pas autre chose que le dernier degré de la sensation, encore faut-il essayer de connaître et d'exposer la marche de cette sensation. M. Cabanis a refait toute cette portion du livre d'Helvétius, et il a approfondi ce que son prédécesseur avait à peine soupçonné. Il était trop savant pour voir, dans tous les gros rouages de l'organisation physique, les facultés morales qui distinguent l'homme ; il a poussé ses recherches plus avant, et a voulu reconnaître ces facultés dans les ressorts les plus fins et pour ainsi dire les plus mystérieux de la nature physique. Son habileté n'a servi qu'à faire voir encore mieux combien l'essence de la nature morale est étrangère aux lois qui peuvent régir la matière. Quelque vif que fût son désir de rattacher le moral au physique, il n'a pu approcher du but où il tendait ; et il a eu assez peu de philosophie pour se montrer amoureux de cette opinion, qu'il ne pouvait parvenir à démontrer.

Quand on ne veut reconnaître dans l'homme que l'homme physique, il est difficile que la morale ne soit pas réduite à devenir la science du bien-être. Il est possible qu'un calcul bien entendu de ce bien-être conduise à une sorte de vertu. Le plus simple bon sens suffit pour s'apercevoir que cette route n'est ni la plus noble, ni la plus certaine. Mais, pour dire vrai, Helvétius, qui était un homme juste, probe et bienfaisant, était loin de vouloir détruire la vertu. Il comptait, au contraire, l'établir sur une base solide, et s'imaginait que, quand il aurait démontré que c'est l'amour de soi qui rend vertueux, il aurait rendu un grand service à la morale. Il importe peu, selon lui, que je sauve la vie de mon ami aux dépens de la mienne par amour de moi ou par amour de cet ami : Helvétius ne nie pas qu'il existe en moi un sentiment subit et involontaire qui me porte à cette action ; il ne nie pas que ce sentiment étant dans le cœur de presque tous les hommes, ils admireront cette action. Ainsi il n'a rien changé dans le fond des choses, il n'a élevé qu'une querelle de mots. Il s'est imposé la tâche de montrer que le sacrifice de soi et l'amour de soi peuvent être la même chose, quoiqu'ils paraissent s'exclure par leur appellation. Mais pourtant il faut songer qu'en maniant les mots et en dénaturant leur signification, on peut amener les plus funestes résultats. Il y a tant de gens pour qui les mots sont tout, dont les sentiments reposent sur cette seule base, qu'il faut bien se garder de l'ébranler. Vous leur dites que l'homme doit agir par amour de soi, et vous ajoutez que la vertu est une suite de cet amour.

Ils ne comprendront pas que toute votre doctrine est ap-
puyée sur ce que l'amour de soi, qui, pour tout le monde,
est la préférence de soi aux autres, ne veut plus dire cela
pour vous. Car c'est à cela que se réduit toute la philosophie d'Helvétius. Les hommes du vulgaire, conservant au
mot *amour de soi* son ancien sens, trouveront qu'il s'ac-
corde mal avec la vertu, et deviendront vicieux. Il se pourrait même que ceux qui ont ainsi bouleversé le dictionnaire
oubliassent souvent le changement qu'ils y ont fait. Epicure fut un des plus rigides philosophes, et ses disciples
furent d'abord plus austères que les Stoïciens. Il avait dit
que c'était la volupté qu'on devait chercher dans la vertu.
Peu d'années après, les pourceaux d'Epicure s'autorisaient
de son nom pour oublier la vertu dans la volupté.

La plupart de ces philosophes, que quelques personnes
affectent de vouloir flétrir, étaient, ainsi qu'Helvétius,
doués de plus d'une vertu. Ils étaient désintéressés, bien-
faisants; ils désiraient le bien de leur pays et de l'humanité. Ils n'eussent pas sacrifié leurs opinions pour le vil
appât du gain. Plusieurs d'entre eux furent insensibles à
la faveur des rois, et préférèrent une vie indépendante.
Mais ils étaient accessibles à toutes les séductions de la vanité; leur cœur n'était fermé ni à la haine ni à la jalou-
nie. La contradiction les irritait, et la moindre gêne leur
semblait tyrannie. Quand on fait de l'orgueil la base de sa
vertu, qu'on se croit dégagé des règles qui gouvernent les
hommes, on ne suit pas une route certaine. Celui qui se
fait sa propre conscience ne saurait être vertueux d'une
manière assurée. Ses passions peuvent l'entraîner, sans
qu'il perde cette bonne opinion de lui-même, première
source de ses erreurs. L'orgueil n'est pas un méprisable
conseiller, comme l'intérêt personnel; mais il entraîne fa-

cilement dans les fautes. C'est de là que vient l'avantage de la religion sur la morale humaine.

Tels furent à peu près le caractère et la conduite des littérateurs de cette époque. Les opinions qu'ils ont développées peuvent être blâmées; mais il ne faut pas être injuste envers leur personne. S'ils se sont égarés dans leurs livres, du moins leurs actions n'ont-elles rien d'assez condamnable pour devenir le prétexte des déclamations vides de sens que l'on entend souvent répéter contre la philosophie du dix-huitième siècle. Suivant ces rigides accusateurs, cette philosophie serait une conspiration ourdie avec suite et perversité pour détruire les lois religieuses et politiques. Ils en parlent toujours en ce sens; et les uns avec mauvaise foi, les autres sans examen, répètent que la secte philosophique est parvenue au but désastreux qu'elle se proposait. Il convient de rechercher jusqu'à quel point tous ces mots de secte, de doctrine, de système, et même de philosophie, sont applicables à la circonstance.

Autrefois le nom de philosophe appartenait à des hommes austères qui, épris d'une forte passion pour la vérité, dévouaient leur vie à la rechercher. Rien ne leur coûtait pour arriver à ce résultat. Leur temps était consacré à acquérir la science. Ils allaient aux contrées les plus reculées, à travers les fatigues et les périls, pour consulter les traditions des anciens sages. Ils vivaient au milieu de peuples dont les mœurs étaient sévères, et s'y faisaient remarquer par un caractère plus sévère encore. Leurs méditations étaient continuelles, et la fréquentation du vulgaire ne faisait pas évaporer des réflexions à demi formées. Dans leur âme, ainsi agrandie par l'étude, la retraite et le travail de la pensée, se formaient de vastes systèmes conçus avec ensemble et développés avec éloquence. Une telle philosophie ne pouvait avoir pour but de détruire. Le vide qui résulte du défaut de croyance accable les esprits sérieux et méditatifs; ils éprouvent un vif besoin de remplacer ce qui a disparu à leurs yeux par quelque autre édifice plus conforme à l'ordre de leurs pensées. A voir un abîme ouvert devant soi n'est indifférent qu'à ceux qui ne regardent pas.

Le caractère et les habitudes des philosophes anciens leur donnaient une grande autorité parmi les peuples; ils étaient au milieu des hommes comme des êtres extraordinaires qui, par la puissance de la pensée, s'étaient élevés au-dessus de tous. Des disciples nombreux se pressaient sur leurs pas, et, de même que le maître avait consacré sa vie à rechercher la vérité, les disciples consacraient la leur à étudier, à recueillir, à répandre les paroles du maître. Cette nécessité d'enseigner ses opinions d'une manière directe et positive contribuait encore à donner aux philosophies antiques cette unité de principes liés entre eux, cette tendance vers un centre bien déterminé. Ainsi se formaient des corps de doctrine construits avec conséquence et méthode, et textuellement exposés. On peut les juger, les comparer, les discuter. Ils offrent à l'esprit matière à réfléchir longtemps, et, même en les rejetant, ils laissent admirer l'imagination forte et ingénieuse qui les a créés. Communément on les considère comme des rêves brillants. A y bien regarder, ils ont plus de profondeur qu'on ne pense. Ce qu'ils peuvent présenter de bizarre vient le plus souvent de difficultés réelles qu'on a voulu vaincre, et que des observateurs légers n'ont pas même aperçues.

Dans les temps modernes, les philosophes eurent un rôle moins grand; ils n'occupaient aucun rang parmi les hommes, et n'exerçaient aucune autorité sur eux. Ce genre d'influence passa, en acquérant une force bien plus puissante, aux mains de ceux qui s'illustraient dans la science de la religion. A proprement parler, il n'y eut plus de secte philosophique; on ne vit plus que des sectes religieuses. Cette séparation de la science humaine rabaissa beaucoup la philosophie. Dans l'antiquité, le culte des païens ne pouvait satisfaire le besoin des sages. Tout brillant qu'il était pour l'imagination, il n'avait rien qui pût pénétrer au fond de l'âme, qui pût s'accorder avec les réflexions d'un esprit vaste et profond. Il n'était pas assez métaphysique. La haute philosophie chercha à suppléer au vide d'une religion imparfaite. Tantôt elle voulut la forcer de se prêter à des interprétations subtiles; tantôt elle parut impie, parce qu'elle se voyait obligée de rejeter en partie un culte qui ne pouvait s'accommoder à ses abstractions. Enfin, quand la religion chrétienne parut sur terre, elle trouva le paganisme croulant de toutes parts. Elle arriva au secours du vulgaire, qui ne respectait plus des dogmes décriés, et que les malheurs du monde rendaient cependant avide de consolations religieuses; et au secours aussi des hommes sages et instruits, qui se perdaient dans les nuages de la philosophie, y cherchant vainement l'aliment nécessaire à leur âme. Le christianisme hérita en grande partie de la philosophie antique, et c'est là qu'on en peut rechercher les derniers vestiges, ennoblis et divinisés.

Lorsqu'après la renaissance des lettres, la philosophie recommença à se montrer, elle prit une nouvelle direction. La religion qui, aux yeux des simples, sait offrir des apparences qui ne sont pas au-dessus de leur portée; qui se prête aux besoins habituels de la vie; dont les dogmes et le culte s'emparent de l'imagination, des sens, des actions, sait aussi s'élever avec les esprits amoureux des choses abstraites et générales. Elle se montre positive pour satisfaire le cœur par des pratiques journalières, et idéale pour les âmes préoccupées d'une sublime curiosité. Ainsi la philosophie humaine se vit réduite à rechercher le principe des choses, sans essayer de les rattacher à la cause première et universelle. Toutes les questions fondamentales, celles où l'on retombe sans cesse en approfondissant, passèrent dans le domaine de la religion. La philosophie s'occupa à guider la marche des sciences, à perfectionner le raisonnement humain, à connaître les diverses facultés de l'homme et à en diriger l'emploi.

Comme le mouvement qui avait développé les esprits était dû en grande partie aux livres des anciens, l'érudition devint le fondement de toute espèce de culture. Le premier devoir des philosophes, comme de tous les autres écrivains, fut de connaître et de comparer entre eux tous ceux qui jadis les avaient précédés dans la carrière. Ainsi l'étude et les mœurs des peuples, comme nous l'avons déjà remarqué, leur imposaient une vie grave et retirée. Elle n'avait rien de solennel, comme celle des philosophes de la Grèce; mais elle était, de même, préservée des distractions et du contact de la foule. La France présente moins que les autres nations européennes ce nouveau caractère de philosophie; Montaigne en diffère complétement. Descartes et ses disciples ont suivi une route plus élevée; leurs travaux ont plus de rapport avec la philosophie antique.

Mais le dix-huitième siècle offrit en France un tableau qui ne ressemble en rien à celui que nous venons de voir. Ce ne sont plus des hommes sérieux, érudits, nourris de réflexions et d'étude, cherchant un point de vue général, procédant avec méthode, s'efforçant de former un système-

dont toutes les parties soient bien coordonnées. Ce sont des écrivains vivant au milieu d'une société frivole, animés de son esprit, organes de ses opinions; excitant et partageant un enthousiasme qui s'appliquait à la fois aux choses les plus futiles et aux objets les plus sérieux; jugeant de tout avec facilité, conformément à des impressions rapides et momentanées; s'enquérant peu des questions qui avaient été autrefois débattues; dédaigneux du passé et de l'érudition; enclins à un doute léger, qui n'était point l'indécision philosophique, mais bien plutôt un parti pris d'avance de ne point croire. Enfin le nom de philosophe ne fut jamais accordé à meilleur marché. Lorsqu'on reproche aux auteurs de cette époque d'avoir soutenu un système et des principes destructeurs, on les calomnie sous un rapport; sous un autre, on leur donne un éloge qu'ils n'ont pas mérité. On peut combattre avec indignation Hobbes ou Spinosa. Ils ont un but direct, une intention marquée; ils se présentent avec des armes dans la carrière; ils offrent prise : on sait à qui l'on a affaire. Mais la philosophie du dix-huitième siècle, puisqu'on a adopté ce nom, ne pourra jamais former une doctrine textuelle; on ne pourra jamais être reçu à citer un écrivain pour prouver que cette philosophie avait un projet certain et des principes reconnus. Tous ces littérateurs n'avaient aucun accord entre eux. Ils avaient même si peu d'idée d'un résultat quelconque, qu'à les prendre chacun en particulier, il n'en est pas un qui ne se soit contredit sans cesse. Leur vanité, leur amour du succès les empêchaient, plus encore que le genre de leurs études, de former une secte. Nul ne se sentait ni respect ni déférence pour un autre; nul ne se serait avoué à lui-même son infériorité. Ce zèle pour la vérité, cet enthousiasme pour le génie, tous ces sentiments désintéressés ·

qui font les sectes et les partis, n'étaient plus de ce temps-là. Quelle différence entre Voltaire trafiquant de louanges avec tous les écrivains de son siècle, et un vénérable philosophe environné de disciples avides de ses paroles et admirateurs de ses vertus, régnant sur eux par le pouvoir du discours et de l'exemple !

La philosophie du dix-huitième siècle est donc un esprit universel de la nation, qui se retrouve dans les écrivains. C'est un témoignage écrit de la tendance et des opinions des contemporains. Il y a, dans tous les temps, une liaison nécessaire entre la littérature et l'état de la société ; mais quelquefois ces rapports demandent à être recherchés avec sagacité, et développés soigneusement, pour être rendus sensibles et évidents. Ici, ils sont tellement directs et immédiats, qu'il n'est pas besoin d'une observation subtile pour les démêler. Les livres n'ont pas seulement reçu l'influence du public ; ils ont pour ainsi dire été écrits sous sa dictée. On vit même des hommes dont les talents semblaient annoncer une carrière illustre, dissiper leur vie et leurs facultés à obtenir chaque jour les succès séduisants de la conversation, et, bornant à cet emploi la vivacité d'une belle imagination, ne laisser aucun résultat après eux : tant était absolue la domination de la société sur les littérateurs ! Aussi le caractère de cette philosophie ne se montre pas tant dans les opinions qui ont été professées que dans la manière dont elles l'ont été. Conformément à cette idée, nous nous sommes plus occupé de chercher l'esprit général des écrivains que d'entrer dans le détail de leurs ouvrages.

Toutefois, en montrant que les auteurs, loin de diriger le mouvement des mœurs et de l'esprit de société, y obéissaient au contraire, on ne les excuse pas entièrement. Qu'un homme ordinaire, dont l'emploi n'est pas de réfléchir et-

10.

d'observer, laisse divaguer au hasard ses opinions et ses
jugements, qu'il se livre à chacune de ses impressions fugitives ; c'est un malheur, sans doute : il vaudrait mieux,
pour le bonheur d'une nation, qu'il y régnât un esprit plus
réservé, même quand on y devrait perdre un peu de grâce
et de facilité ; mais enfin il y a un cours général des idées,
auquel le vulgaire est entraîné sans pouvoir y résister, ni
seulement s'en apercevoir. Des devoirs plus difficiles sont
prescrits à celui qui a reçu de la nature le noble don du talent, qui recherche la gloire d'imposer à ses semblables sa
propre pensée : il ne doit plus s'abandonner à la mobilité ;
il doit, avec maturité et conscience, examiner ses opinions
avant de les répandre ; il doit ne plus rechercher les frivoles
succès de la mode. L'étude et la méditation doivent le préserver de la contagion des vices du temps ; et, loin de les
flatter, il faut qu'il les combatte. Il est comptable de son
talent, comme un magistrat de son autorité. Le simple citoyen, dont personne ne dépend, dont l'exemple n'est pas
contagieux, dont les paroles sont peu écoutées, satisfait librement ses goûts et ses penchants, tandis que le magistrat est esclave du pouvoir qui lui est confié, et vit d'une
manière grave et rigide, en songeant qu'il n'est plus responsable pour lui seul.

Pour mieux apercevoir comment alors le caractère des
littérateurs était indépendant des nuances diverses de leurs
opinions, et se rapportait plutôt à un ordre universel des
choses, nous pourrons citer Duclos, qui ne fit pas cause
commune avec ceux dont nous avons parlé, et qui plus
d'une fois affecta de l'éloignement pour leurs principes.
Ne retrouve-t-on pas en lui cet esprit de vanité et d'indépendance ; ce dédain pour les puissants et les riches, tout
en les recherchant sans cesse ; cette alliance du cynisme et

de la morale ; cette prétention d'apporter de la philosophie dans les moindres choses, et de considérer des contes de fées et des romans non plus comme un simple amusement, mais comme un véhicule de lumières et de raison? Tout cela ne lui est-il pas commun avec ceux qu'il n'approuvait pas? tout cela n'est-il pas parfaitement assorti au temps où il vivait? On pourrait faire les mêmes remarques sur les hommes qui se sont montrés encore plus opposés au parti philosophique.

A le considérer comme écrivain, Duclos se rapproche aussi beaucoup de ses contemporains. Son talent porte un caractère de froideur d'examen, et même de sécheresse. Dans ses histoires et dans son *Voyage en Italie*, ce caractère est un défaut ; mais les *Considérations sur les Mœurs* étant un ouvrage entièrement conçu dans cet esprit, il en complète l'ensemble : ce n'est pas un livre de morale profonde et générale ; il ne sonde pas dans les replis du cœur de l'homme ; mais il n'est guère possible de mieux peindre toutes les nuances de l'esprit de société, de mieux caractériser leurs causes et leurs effets immédiats. C'est un tableau spirituel de l'écorce superficielle dont les habitudes du monde revêtent les hommes. Il règne surtout dans cet ouvrage une clarté et une précision remarquables. On conçoit toujours toute la pensée de l'auteur, rarement on peut en contester la vérité. Cet avantage résulte d'un grand talent de définition. Duclos commence par établir ce que signifient les mots qu'il emploie, ou du moins ce qu'il veut leur faire signifier. Ainsi il fait toujours apercevoir les bornes qu'il impose à ses pensées ; on voit avec évidence jusqu'où s'étend son raisonnement, et on n'est pas tenté d'en nier le résultat. Les discussions viennent ordinairement de ce qu'on n'attache pas le même sens au même mot ; quand on a fait comprendre sa pensée, on trouve peu de contradicteurs. Il ne s'agit que de transporter les autres au point où l'on est placé pour envisager les choses; alors ils partagent ou du moins conçoivent les mêmes impressions.

L'abbé de Mably n'eut pas seulement, comme Duclos, de la réserve envers les chefs de la nouvelle école de philosophie; il montra même de la répugnance pour eux, et ne fit aucun cas de leurs opinions et de leurs systèmes. Pourtant il leur ressemblait plus qu'il ne le pensait; prenant en apparence une autre route, il concourait de toutes ses forces au même résultat.

Il s'occupa toute sa vie, avec plus de suite et de gravité que les autres écrivains, de la politique et de la morale dans les rapports qu'elle peut avoir avec l'ordre public. Loin de s'applaudir, comme tous les autres, du progrès des idées et de s'enorgueillir du temps présent, il montra constamment du dédain pour les mœurs du siècle et pour le caractère des nations et des hommes; il s'indigna du désordre et de la frivolité qui régnaient autour de lui; son estime se porta sur les souvenirs de l'antiquité. L'abbé de Mably ne rendit justice à rien de ce qui appartenait aux temps modernes; ni la religion, ni le gouvernement, ni la gloire, ni les annales de la France et des nations européennes ne lui parurent mériter un regard. Il ne sut pas se reporter aux temps reculés où toutes ces choses avaient pu imprimer du respect et de l'affection. Il semble que sa haine pour l'ordre actuel ne pouvait pardonner même à la première origine d'où cet ordre était dérivé. Ses livres étaient bien moins une louange de l'antiquité qu'une attaque contre ce qui existait; ils inspiraient moins la vénération pour les institutions anciennes que le mépris pour les institutions modernes. Un ton morose et hostile ne saurait faire naître l'admiration. D'ailleurs, ce qu'il vantait d'une manière exclusive, n'ayant aucun rapport, aucune parenté avec nous, n'aurait pu inspirer que des sentimens froids et pour ainsi dire abstraits. L'abbé de Mably suivait donc, ainsi que les autres écrivains, une marche destructive, et contribuait, sans le savoir, à affaiblir les liens déjà usés qui unissaient encore les membres d'une vieille société.

On aperçoit surtout ce caractère dans les *Observations sur l'Histoire de France*; l'abbé de Mably se refuse à entrer dans l'esprit de nos anciennes mœurs et de nos formes de gouvernement; ce n'est pas assurément par défaut de savoir et de réflexion, ce serait plutôt par l'effet d'une prévention aveugle; mais enfin l'auteur ne semble pas comprendre l'histoire de sa patrie. Il est un des premiers qui aient élevé la voix pour déclamer contre les souvenirs français, qui aient accoutumé nos oreilles à entendre taxer de barbarie, de despotisme ou d'anarchie, des institutions nécessaires dans leur temps, et qui, se modifiant successivement, ont donné à la France, pendant la durée des siècles, quelquefois le bonheur, toujours la gloire. Il n'a pas su voir tout ce que le caractère national a pu présenter de noble et d'honorable durant les anciens temps; et parce que les compagnons de saint Louis avaient eu pour descendants les courtisans de Louis XV, il a cru ne pouvoir rien trouver d'admirable qu'à Rome ou dans la Grèce.

Ce que nous avons dit de l'effet que produisirent sur les lettres, au seizième siècle, la connaissance et l'imitation des livres de l'antiquité, s'appliquera de même à la politique et à l'histoire. Le gouvernement et les mœurs des Grecs et des Romains devinrent classiques comme leurs poésies. Le droit romain, et toutes ses maximes de pouvoir absolu, avait déjà pris peu à peu la place du droit public des libres nations d'origine germanique. L'enfance apprit à balbutier les noms d'Epaminondas et de Caton longtemps avant qu'on songeât à lui parler de Duguesclin et de Bayard. Il était libre à chacun de trouver grande et poétique la guerre de Troie, mais admirer les Croisades eût été une chose inouïe. On gravait dans sa mémoire tous les vers de Virgile, mais le goût interdisait de se complaire au clinquant du Tasse.

De cette sorte, on se trouva peu à peu isolé de l'histoire du pays; la tradition des souvenirs fut dédaignée et interrompue. Les magistrats seuls, que leurs devoirs et leurs occupations attachaient à cette science, continuèrent à se pénétrer de son esprit. Quelques érudits dirigèrent leurs recherches de ce côté; mais les études classiques et les opinions de la société ne se rapportaient en rien à ce genre de travaux. Aussi, quand ensuite on voulut s'occuper des matières de politique, on ne trouva plus de base certaine, et il fallut proposer des doctrines, au lieu de se laisser guider par les habitudes et l'expérience. Quelques auteurs pensèrent avec raison et prudence qu'il fallait aller rechercher ses autorités dans les fastes de la nation, la rappeler, autant qu'il était possible, dans les voies où elle avait marché, lui faire connaître les droits qu'elle avait eus et les devoirs qu'elle avait remplis autrefois. Les vestiges de toutes ces choses étaient bien effacés; mais enfin c'étaient des éléments réels et positifs, qui pouvaient servir à une recomposition. C'est en ce sens que Fénelon, tout admirateur qu'il était de l'antiquité, parla toujours de la politique française. Montesquieu suivit expressément cette direction. Nous avons dit que Daniel avait aussi cherché dans l'histoire les preuves de ses opinions. A la même époque, Boulainvilliers s'était consacré tout entier à rechercher l'esprit et le détail de nos institutions. Aucun auteur n'a apporté plus de lumière et de science dans ce travail ; aucun n'est plus utile pour éclaircir l'étude trop négligée de l'ancien droit public français. L'abbé Dubos adopta un système opposé à celui de Boulainvilliers ; il eut moins de zèle et d'érudition.

Mais les circonstances étaient peu favorables pour multiplier ce genre de recherches et d'études ; elles n'étaient pas en accord avec les idées habituelles de la société. Les formes du gouvernement rendaient aussi cette science oiseuse et inapplicable. A la suite de longs déchirements de la France, l'ordre s'était rétabli, mais rien n'avait été réglé ; tout était incertain, quoique tout fût en repos. Aucune classe de citoyens, aucune autorité ne savait au juste ni ses prérogatives ni ses obligations ; il ne se formait aucune habitude, parce qu'il n'y avait rien de fixe ni d'assuré. Dans cette incertitude, la plupart de ceux qui s'occupaient de politique étaient portés à raisonner d'une manière générale, à chercher les principes primordiaux de toute espèce de société ; ils trouvaient plus simple de construire un édifice tout nouveau, en détruisant les restes des vieux fondements : ainsi les uns se perdaient dans une politique vaine et abstraite ; les autres, tels que Mably, nourris de l'histoire de l'antiquité, tendaient à introduire parmi nous des formes qui, nous étant étrangères, étaient aussi éloignées de la réalité que les systèmes des premiers. On retrouve, ce semble, dans cette double école de politique l'esprit qui s'est montré au commencement de la révolution, dès qu'on a entamé la discussion des matières de gouvernement.

Mais si l'abbé de Mably a exercé sur le vulgaire une fâcheuse influence, c'est bien certainement contre son gré ;

jamais il n'a désiré que l'on modelât les constitutions européennes sur les républiques anciennes. Sans cesse il a
répété que ce changement n'était ni possible ni raisonnable. Il ne croyait pas que les nations fussent dignes de
cette épreuve. Nul écrivain n'a eu plus que lui le don de
prévoir ce qui pourrait résulter du mouvement des peuples ; il ne partageait pas les espérances légères des philosophes de son temps, qui ne voyaient dans l'avenir pro-
chain que liberté, bonheur, lumières et perfectionnement.
Eclairé par le mépris profond qu'il avait pour ses contemporains, il a su prédire une grande partie de nos malheurs.

Bien au-dessus de ceux que nous venons de nommer, et
sans marcher sous aucune de leurs bannières, brillait Rousseau. Si, parmi les écrivains illustres de ce siècle, il en est
un qui ait eu une influence particulière, et qui ne se soit
pas asservi à suivre le mouvement commun, c'est sans doute
Rousseau qui a obtenu cet honneur. Formé dans le malheur
et dans la solitude, nourri de longues méditations et de
chagrins secrets, il est, à ce qu'il semble, de tous les littérateurs contemporains celui qui porte le plus un caractère
distinct et natif. Tandis que les autres recevaient toutes
les influences de la société, participaient aux mœurs et aux
opinions répandues dans le public, s'efforçaient de lui plaire
en se conformant à son esprit, Rousseau ressentait tous ces
effets d'une autre manière. Leur action s'exerçait sur lui
comme un poids qui l'oppressait sans l'entraîner. Son talent, au milieu de telles circonstances, en contracta quelque chose de plus individuel, et conséquemment de plus
profond et de plus persuasif. Aussi sa gloire a-t-elle été
plus grande et plus flatteuse. Les autres sont parvenus à
plaire, Rousseau a excité l'enthousiasme ; et ce qui honore

à la fois l'écrivain et ses admirateurs, c'est qu'un tel succès est dû en partie à des opinions plus nobles, à un langage rempli de plus de force, d'enthousiasme et d'émotion. La philosophie, dans la bouche de Rousseau, retrouva les armes dont on voulait alors la dépouiller, l'éloquence et le sentiment.

Mais, il faut en convenir, cette philosophie renfermait mille germes dangereux. Peut-être a-t-elle été plus nuisible que celle des autres écrivains. Sans famille, sans amis, sans patrie, errant de pays en pays, de condition en condition, opprimé par tout l'ensemble d'un monde où il n'était pour rien, Rousseau conçut une espèce de révolte, une fierté intérieure qui s'exaltèrent jusqu'au délire. La vanité des autres auteurs était tout extérieure. La sienne, qui pendant longtemps n'avait reçu aucune jouissance venant du dehors, s'était réfugiée au plus profond de son âme, pour y troubler son bonheur et ne lui donner jamais de relâche. Rien ne le pouvait satisfaire : sans bienveillance pour les hommes, tout ce qui venait d'eux ne pouvait l'adoucir; il était de ces esprits dont l'orgueil est tellement insatiable, qu'au besoin ils s'indigneraient d'être hommes, s'imaginant que la nature leur doit plus qu'aux autres. Tout dans la société blesse de tels caractères; ils ne savent se soumettre à rien, pas même à la force des choses. La nécessité non-seulement les afflige, mais les humilie.

C'est dans une disposition pareille que Rousseau a puisé son talent, ses opinions et ses fautes; c'est pour avoir vécu étranger au milieu de la société, nous dirons même de l'humanité, que, tout en ressentant avec enthousiasme l'amour de la vertu et de la justice, tout en voulant y exciter les autres, il a ébranlé ce qui sert de base à la vertu et à la justice, le sentiment du devoir. C'est là, à ce qu'il nous pa-

11

raît, le vice de sa philosophie. Isolé parmi le monde, il n'avait jamais senti les devoirs que comme une chaîne, il avait toujours trouvé que son propre mouvement le portait par delà la place qui lui était assignée ; il n'avait pu voir, malheureux qu'il était, que le devoir, loin d'être une barrière aux sentiments de l'homme, est au contraire leur application bien dirigée.

Il en est, à cet égard, comme pour toutes les prérogatives dont l'homme semble avoir été doué par la nature. Afin de pouvoir vivre en société, il en sacrifie une portion, pour que la tranquille jouissance de l'autre portion lui soit assurée. Il avait droit à la possession de la terre entière, mais chacun pouvait combattre l'exercice de ce droit. Alors il s'est résigné à en posséder une faible part, où personne ne pût venir le troubler. De même ses affections pouvaient embrasser tous les objets de la nature ; mais elles n'auraient rien de fixe ni d'assuré. La société, en donnant à l'homme des liens de famille et de patrie, des mœurs, des lois, a restreint ses affections ; mais aussi elle les protége, et dispose tout, autour d'elles, afin qu'elles puissent avoir un libre cours. Retenues dans le juste et dans l'honnête, elles ne blessent personne, et nul ne doit les attaquer. Par un retour nécessaire, si l'on vient, au contraire, à porter ses sentiments hors des limites imposées par la société, elle se venge d'autant plus cruellement qu'elle est mieux réglée. Elle tourmente sans cesse ceux qui ont enfreint l'ordre général, et leur fait sentir de mille manières qu'ils ont rompu l'équilibre établi. Alors ils s'écrient contre les devoirs imposés par la société ; ils les accusent d'étouffer les sentiments naturels, et ne s'aperçoivent pas que les devoirs ne sont autre chose que des sentiments permis et consacrés.

Pour Rousseau, jamais l'accomplissement du devoir n'avait été la source d'aucune jouissance; il n'avait pu y trouver l'emploi d'une âme ardente et sensible. Toujours il s'était rencontré dans une position fausse, où ses sentiments étaient déplacés : aussi accusa-t-il de ses malheurs les institutions humaines. Au fond de son cœur, il les accusait sans doute aussi de ses fautes; et il nourrissait ainsi un sentiment d'aigreur et d'hostilité contre la société, où son caractère et les circonstances l'avaient empêché de prendre une place convenable.

Il voulut donc faire marcher l'homme à la vertu, non par le respect des devoirs, mais par un élan libre et passionné; il voulut qu'il en suivît la route avec orgueil et indépendance. Une telle route est mal sûre; il en est peu qui ne s'y égarent. Rousseau nous a donné sa vie en exemple. Elle fut remplie d'erreurs et de fautes; et nul n'a professé la vertu avec plus de chaleur et d'enthousiasme. Quand une fois on n'a pas soumis sa conduite aux règles prescrites, c'est en vain que l'imagination est enflammée de zèle pour tout ce qui est noble et honnête, on n'est pas plus vertueux. C'est une chose particulière aux temps civilisés que ces caractères nourris d'illusions, qui, en s'isolant des circonstances réelles, vivent dans les sentiments les plus sublimes. Leur tête est exaltée, ils ressentent avec une merveilleuse vivacité la passion du bien; leur imagination ne voit rien que de pur, ne connaît rien de mauvais. Mais ils ont dédaigné les voies tracées, n'ont point regardé le devoir comme sacré; et ils marchent d'erreurs en erreurs, sans même les apercevoir. Comme en eux-mêmes ils éprouvent les mouvements les plus vertueux avec une force extrême, ils ne peuvent se croire coupables. Les sentiments leur paraissent avoir plus de réalité que les actions. Rousseau, au milieu de sa vie impure, se croyait le plus vertueux des hommes; il voulait se présenter devant le tribunal de Dieu ses livres à la main, et pensait qu'on trouverait dans leurs pages de quoi compenser toutes ses fautes.

Cette disposition influe sensiblement sur la nature du talent. L'homme dont la vie marche d'accord avec ses sentiments les exprime simplement et sans effort; il y a dans ses paroles, tant élevées qu'elles puissent être, quelque chose de positif qui pénètre et qui entraîne. Celui dont la vertu n'existe que dans l'imagination s'échauffe davantage; il s'enivre de ses paroles, et s'y attache d'autant plus que c'est son seul bien; il ne manque pas de vérité, ce sont bien des sentiments sincères qu'il exprime; c'est bien son âme qui révèle son émotion à la nôtre. Il nous persuade, il nous remue; cependant nous entrevoyons, sans nous en rendre compte, quelque contradiction. Nous ne nous reposons pas avec pleine confiance dans ses discours; il est vrai, mais il n'est pas simple. Ce dernier caractère du génie, qui fait son charme éternel, lui manque, et Rousseau se trouve par là bien loin de l'éloquence de Bossuet.

Telle fut la couleur générale de tous les écrits de Rousseau; mais il faut montrer comment elle s'applique à chacun d'eux en particulier.

Le roman, qui jadis n'avait été que le récit naïf des faits, qui, sous le règne de Louis XV, avait commencé à y joindre la peinture détaillée des sentiments, prit un caractère nouveau sous la plume de Rousseau. Les faits devinrent la moindre partie du tableau: ce fut surtout à retracer les mouvements de l'âme qu'il fut destiné; non pas ces mouvements simples que produit immédiatement l'effet des circonstances dont se compose le caractère et d'où résulte la conduite, mais l'action intérieure de l'âme sur elle-même, lorsque, sur les ailes des passions et de l'imagination, elle prend son essor loin des choses réelles et positives. Rousseau plaça ses personnages sur cette scène idéale, la seule où lui-même se plût à vivre. Il rapprocha ainsi le roman du caractère de la haute poésie dramatique. Nous ne chercherons donc pas dans la *Nouvelle Héloïse* la peinture des hommes tels qu'ils paraissent devant nous. Ce n'est pas ainsi que Rousseau a voulu les représenter. Rarement, aux yeux des autres, l'homme ose révéler les mystères de son âme, à moins qu'un mouvement passionné et involontaire ne l'y entraîne. D'ordinaire, je ne sais quelle pudeur unie à la crainte de ne pas être entendu le porte à voiler ses secrets mouvements et à amortir ses impressions. En dedans de lui-même se passent mille agitations, mille combats, qui n'ont aucun résultat apparent, et qu'aucune parole ne témoigne. C'est cette portion de notre vie intérieure que Rousseau a su représenter; les lettres de Julie ne renferment pas ce qui se dit, mais on y trouve ce qu'on a senti sans le dire.

Cette manière d'envisager et d'écrire le cœur humain a été la source des beautés admirables de cet ouvrage; elle a entraîné aussi quelques défauts : le plus grand, sans doute, c'est cette uniformité d'un même style toujours destiné à peindre des impressions exaltées, et à les raconter en détail. Rien ne repose; jamais des paroles simples ne viennent replacer le lecteur dans la nature habituelle. Richardson, moins éloquent que Rousseau, a peut-être mieux conçu le roman; il a placé les sentiments élevés dans un ensemble de circonstances réelles, ainsi que cela se passe dans la vie, où l'âme ne se dévoile tout entière que lorsqu'elle y est forcée par quelque circonstance extraordinaire. Cette marche est plus conforme à la nature; elle est aussi plus morale, puisqu'elle représente la vertu, non pas sur un théâtre élevé au-dessus de la vie commune, mais de niveau avec le sol où nous vivons et susceptible d'une application journalière et habituelle.

Remarquons aussi que, pour donner à la femme ce langage profond et passionné, cette connaissance des impressions qu'elle éprouve, cette appréciation de leur force, cette inquiétude sur leur résultat, il a fallu lui ôter les charmes de la pudeur, de l'ignorance de soi-même, de l'abandon involontaire, et la priver par là de la moitié des grâces de son sexe.

Un autre défaut de l'ouvrage, c'est la folle prétention d'être un cours de morale. Outre le but général que Rousseau avait donné à son roman, il ne voulut pas perdre une occasion de dogmatiser. Il n'y a guère une circonstance de la vie qui ne trouve sa règle dans l'*Héloïse*, et, sans examiner en lui-même le système de morale, on s'aperçoit aisément que la manie de philosopher a dû rendre souvent le romancier un peu pédantesque. Rousseau lui-même remarque ce défaut; il eût mieux fait de le faire disparaître.

On ne saurait faire le même reproche à l'*Emile*, qui est un ouvrage essentiellement dogmatique, et dont on doit parler sous ce seul rapport. Il était tout simple que Rousseau, s'occupant d'éducation, voulût élever l'enfant, non pour la société, mais contre la société. Il est parti de cette base, et conséquemment il dû faire un ouvrage inapplicable, s'il n'est pas nuisible. En effet, quand on a formé l'homme de manière à le constituer en hostilité avec ses semblables, et qu'ensuite on le place au milieu d'eux, il doit se révolter contre tout ce qui leur sert de règle. On lui

a appris à ne suivre que celles qu'il se fait à lui-même ;
mais rien ne contribuera à le maintenir dans ces règles
imaginaires, bien qu'il se les soit prescrites. Son intérêt,
son orgueil, ses habitudes d'indépendance les lui feront
transgresser, sans que l'exemple universel puisse l'y rappeler ; il sera coupable et malheureux ; en même temps il
ne rencontrera ni pitié, ni bienveillance, et se trouvera
conforme au philosophe qui lui a donné une telle éducation.

Elle a encore un autre vice, c'est de placer l'enfant dans
un ensemble de circonstances factices, arrangées autour de
lui pour produire un effet calculé. Cette méthode de jouer
la comédie avec les enfants, pour leur enseigner comment
on doit se conduire dans la vie, qui est toute réelle, a été
adoptée par les nombreux instituteurs qu'a vus éclore la fin
de ce siècle. Chacun a voulu tromper l'élève, lui déguiser
ce qui se présente à ses yeux, diriger sa volonté, au lieu
d'obtenir son obéissance ; le conduire à la vertu par des
chemins couverts de fleurs, et à la science par l'amusement. On s'est efforcé d'emmieller les bords du vase, au
lieu d'apprendre à l'enfant que la liqueur est amère, mais
qu'il faut la boire. Il ne faut pas avoir pour l'enfant une
complaisance que la nature n'a pas pour l'homme. On doit
lui parler franchement ; d'ailleurs, on ne le trompe pas si
facilement qu'on le croit, et dès qu'une fois il a aperçu la
fraude, tout est perdu.

Une autre considération s'élève contre tous ces systèmes
d'éducation : ils ne sont pas applicables à l'éducation publique, par conséquent ils sont inutiles. On pourrait soutenir avec une grande probabilité que l'éducation publique
est essentiellement la meilleure ; mais il est clair du moins
qu'elle est nécessaire pour le plus grand nombre. Car une

génération entière ne peut pas être occupée à élever la suivante, pour qu'à son tour celle-ci se charge d'en instruire une autre : ce serait cultiver sans cesse en ne recueillant jamais.

Rousseau, en mettant ainsi l'éducation en scènes arrangées, montre souvent combien il avait mal observé le premier âge. Il tombe dans de grossières erreurs sur la marche progressive des idées et des sentiments dans les enfants. Mais n'est-il pas juste qu'un père tel que Rousseau méconnût l'enfance? Il faut en effet ignorer bien complétement les premières notions d'éducation pratique pour vouloir que l'enfant refasse, à lui tout seul, le travail de la civilisation, et invente tout ce qu'il doit apprendre, depuis les sciences jusqu'aux vertus.

Une chose qui n'a pas été assez remarquée, c'est que Rousseau, dans l'*Emile*, a fondé toute la morale sur la considération de l'intérêt personnel, d'une façon peut-être encore plus spéciale qu'Helvétius. On pouvait s'y attendre de la part d'un homme qui a toujours manqué de bienveillance pour ses semblables; mais il est singulier qu'ayant, pour arriver à ce résultat, employé la métaphysique du dix-huitième siècle, il ait, dans la célèbre profession de foi, usé avec la plus noble éloquence de la philosophie cartésienne, qui seule en effet pouvait le conduire directement aux croyances religieuses. On est aussi surpris de le voir remonter d'abord, par un essor sublime, jusqu'à la connaissance de Dieu, et puis partir de là pour rejeter les religions positives et les cultes. Mais une telle marche est conforme à toute la philosophie de Rousseau. L'idée de la Divinité, un sentiment vague de reconnaissance et de respect pour elle, en un mot ce qu'on a appelé la religion naturelle, tout cela est du domaine de l'imagination. On peut être sans cesse agité par ces nobles pensées sans que les actions s'en ressentent; mais un culte est l'application positive de ces sentiments : c'est par cet intermédiaire qu'ils deviennent utiles ; c'est par là seulement qu'ils prennent corps, acquièrent de la réalité, et s'emparent de quelque influence sur la conduite. En examinant Rousseau, on voit qu'il y a de l'analogie entre une religion sans culte et une vertu sans pratique.

De tous les ouvrages de Rousseau, ceux qui ont exercé le plus d'empire sur l'opinion sont peut-être ses ouvrages de politique. Sa carrière littéraire commença par une attaque contre la civilisation. Soit, comme on l'a prétendu, qu'il se fût fait d'abord un jeu d'esprit de soutenir des opinions qu'il embrassa ensuite avec ardeur, soit que son talent n'eût pas acquis toute sa force, ce premier essai n'est qu'une déclamation ingénieuse dont les pensées, bien qu'exprimées avec une sorte de chaleur, n'ont pas beaucoup de profondeur.

Dans le *Discours sur l'Inégalité*, il entreprit l'histoire de la société, chercha pourquoi et comment les hommes s'étaient réunis, et ce qui avait dû en résulter. Comme il était l'ennemi de l'ordre actuel des choses, il parla avec aigreur et verve contre les fruits de l'association humaine. La propriété, la distinction des rangs, les devoirs mutuels, l'obligation du travail des mains et même du travail de la pensée, tout fut livré à ses attaques; et remontant toujours pour chercher le moment où l'homme n'avait pas eu de tels malheurs à redouter, il parcourut tous les degrés de la civilisation, en retrouvant sans cesse les principes qui imposent au genre humain le penchant et la nécessité de vivre en société. Dans son dépit, peu s'en fallut qu'il ne supposât que l'homme avait pu vivre dans l'état de la brute. Cependant il n'osa pas risquer cette absurde assertion, et ne fit point de l'homme un animal perfectionné. Ainsi son discours n'a aucun résultat; il ne mène à rien; c'est l'épanchement d'un philosophe qui hait la société, et qui ne peut en nier la nécessité; mais il est par cela même dans une mauvaise direction, car il tend à faire naître un sentiment d'attaque et d'aversion contre l'ordre social, quel qu'il puisse être.

Dans le *Contrat Social*, il chercha les principes des gouvernements et des lois dans la nature de l'homme et de la société. Montesquieu a dit : « Je n'ai jamais ouï parler du « droit public qu'on n'ait commencé par rechercher soi- « gneusement quelle est l'origine des sociétés, ce qui me « paraît ridicule. Si les hommes n'en formaient point, s'ils « se quittaient ou se fuyaient les uns les autres, il faudrait « en demander la raison, et chercher pourquoi ils se tien- « nent séparés; mais ils naissent tous liés les uns aux au- « tres. Un fils est né auprès de son père, et il s'y tient; « voilà la société et la cause de la société. » Rousseau, laissant de côté ces considérations, voulut montrer les principes en vertu desquels les hommes étaient réunis, le but qu'ils se proposaient par cette réunion, et les meilleurs moyens de parvenir à ce but, indépendamment des cas particuliers.

Partant du principe que la société subsiste par un accord général de ses membres, il chercha à quelles conditions les hommes avaient dû passer ce contrat, et quels moyens ils avaient pour le faire observer. Ce travail, comme l'a pensé Montesquieu, est évidemment oiseux et inutile. Il est clair que la société existe par le consentement de ses membres. Ce consentement ou contrat est donc en effet le principe rationnel de son existence; mais ce contrat est tacite, il l'a toujours été, **conséquemment** il n'a pas de réalité. C'est ainsi qu'en géométrie on dit qu'un solide est engendré par le mouvement d'un plan. La définition est vraie ; elle représente exactement l'idée d'un solide régulier ; mais elle n'a aucun rapport avec les conditions matérielles de l'existence de ce solide. C'est un caractère distinctif, à supposer qu'il existe, mais ce n'est point le principe qui le fait exister. De même, s'il y a société, elle est par abstraction le résultat du consentement de tous ses membres ; en réalité, elle provient de ce que beaucoup d'hommes sont venus dans une certaine contrée, s'y sont établis, y ont eu des enfants, des propriétés, un gouvernement, des habitudes communes ; si on veut s'occuper de leur donner une bonne police, il faut partir de toutes ces circonstances bien positives. Jamais un géomètre ne tentera de créer un solide par le mouvement d'un plan, il sait très-bien de quelle nature est ce genre de vérité ; mais on peut inspirer aux hommes l'idée qu'il est possible de conclure ou de renouveler le contrat social ; et avec cette idée les empires sont renversés.

Rousseau fut entraîné dans de notables erreurs en voulant ainsi donner à des abstractions une apparence positive. Après avoir supposé la possibilité du contrat, après avoir montré les hommes se rassemblant pour le passer, il ne vit aucun inconvénient à ce que chacun abdiquât, par ce contrat, tous ses droits individuels au profit de la société, sauf à la rompre du moment qu'on ne la trouverait plus convenable. De là sortit le principe de la souveraineté du peuple. Rousseau ne vit pas que, de cette sorte, il donnait à la tyrannie l'arme la plus puissante. En effet, le gouvernement qui exerce cette souveraineté n'est pas un être abstrait ; par son essence, il doit être **le représentant** de la société, et en ce sens il ne pourrait rien faire que pour elle. En réalité, il est un homme ou plusieurs hommes animés d'intérêts personnels, agités de passions et sujets à des erreurs. Mais comme la société l'a investi du pouvoir souverain, il en use pour fausser le contrat. La volonté du plus grand nombre souvent ne suffit pas pour le rompre ; le souverain, armé des forces qu'on lui a confiées, la peut tenir longtemps oisive et presque muette. Ainsi la doctrine de la souveraineté du peuple conduit à ne pas prendre de précautions contre le pouvoir, et par là elle est pernicieuse à la liberté.

S'il fallait renoncer à établir les idées de politique sur les droits et les besoins que les lois positives et les habitudes ont donnés aux peuples pour chercher une base abstraite, le système de Hobbes serait même préférable à celui de Rousseau. Si les gouvernements n'ont d'autre droit que celui de la force, la défense et même l'attaque sont légitimes. Chacun peut essayer d'être le plus fort ; c'est à lui de voir si son repos lui est plus cher que son intérêt. De cet esprit peuvent résulter des situations diverses ; le souverain abuse hardiment de sa force sans redouter qu'on la lui ravisse en se défendant : voilà le despotisme. Les citoyens peuvent sacrifier leur tranquillité à la défense ou à l'agrandissement de leurs priviléges ; alors il y a désordre et révolution. Enfin le souverain peut être arrêté dans ses entreprises par la crainte de blesser trop vivement et de soulever les intérêts personnels, et les citoyens peuvent aussi faire vis à-vis du gouvernement un semblable calcul. Cet armistice de deux partis qui trouvent leur avantage à rester en présence sans combattre constituerait les Etats à la fois libres et heureux. Communément ils flottent entre cette perfection et un désordre

complet. Tel est à peu près l'esprit des anciens gouvernements européens, qui s'est conservé en Angleterre. Entre
la masse du peuple et les souverains se trouvaient des
corps de citoyens qui avaient plus de priviléges à défendre
et plus de moyens de résistance ; c'était avec eux seulement
que la souveraineté avait à débattre ses intérêts. Ils étaient
comme des sentinelles avancées destinées à protéger la liberté publique. Peu à peu, dans notre France, l'autorité
royale, par la force ou par l'adresse, fut victorieuse de
cette avant-garde de la nation. Cette victoire a fait sa perte.
Elle se trouva ensuite aux mains avec le gros de l'armée,
et subit une défaite entière.

Au reste, Rousseau n'erra que par le penchant assez
naturel de donner à son système une apparence de clarté
et de certitude, et une forme semblable à celle des sciences exactes, qui devenaient alors le modèle de toutes les
sciences. L'application lui aurait fait sentir les vices de sa
méthode. C'est ce qu'on peut remarquer dans son livre sur
la Pologne, où, loin de tomber dans l'abstraction, il cherche tous les moyens d'établir un bon gouvernement fondé
sur le-caractère du peuple, sur ses anciennes lois, en un
mot sur toutes les circonstances réelles, qu'à la vérité il
connaissait assez mal. D'ailleurs, il n'aurait jamais voulu
tenter l'essai de ses propres maximes. Comme Mably, il
avait en trop grand mépris les sociétés européennes pour
espérer rien de bon de leurs mouvements.

Nous parlerons moins des autres ouvrages de Rousseau ;
dans tous, on remarquera ce que nous avons dit sur son
caractère, sa morale, sa religion et sa politique. Ses livres
de controverse, hormis le *Discours sur les Spectacles*, qui
est son plus bel écrit, montrent de plus un orgueil irritable, et qui, dans sa colère, ne connaît ni procédés ni

ménagements. Malgré leurs prétentions philosophiques, les auteurs du dix-huitième siècle laissaient voir en général une vanité fort exaltée dans les querelles littéraires. Leur polémique n'avait pas plus de sang-froid ni de dignité que les ridicules discordes des pédants. Quelques-uns y ont apporté le fiel le plus amer, d'autres y ont mêlé l'injure la plus grossière. Montesquieu seul sut se défendre avec une noblesse digne de son caractère élevé.

Nous nous occuperons davantage des *Confessions*. C'est assurément un phénomène bien singulier qu'un homme qui entreprend de conquérir l'estime et même l'admiration de la postérité en lui faisant connaître les moindres détails d'une vie qui n'a rien de grand, qui n'offre aucune action élevée, et qui, au contraire, est remplie de détails ignobles et de fautes impardonnables. Mais il y a quelque chose de plus surprenant encore : c'est le succès d'une pareille entreprise ; c'est d'avoir persuadé qu'il était vertueux en racontant comment il né l'était pas. C'est bien là ce qui prouve combien est puissante sur le cœur de l'homme la peinture d'une impression vive et réelle, quelle sympathie elle excite en lui, et comment elle établit entre celui qui parle et celui qui écoute des rapports si intimes que l'un éprouve bientôt ce que l'autre a éprouvé. Aussi est-il vrai de dire que nul n'a mieux su que Rousseau révéler l'intérieur de son âme. Qui ne s'est pas senti ému et charmé en lisant la peinture animée de ces vagues rêveries, de ces espérances sans cesse trompées et sans cesse renaissantes, de ces jouissances de l'imagination, de ces romans de vertu et de bonheur, toujours démentis et renouvelés toujours, de ces tempêtes qui se passent au plus profond du cœur, enfin de toute l'histoire d'une âme rêveuse et solitaire ? Après nous avoir ainsi placés, par la magie de

la vérité, dans toute sa situation, Rousseau nous fait partager chacune de ses pensées et pour ainsi dire de ses actions. Nous tombons avec lui dans des erreurs par une
pente irrésistible, nous prenons son fol orgueil, nous ne
voyons qu'outrage et injustice, nous devenons les ennemis
de tous les hommes, et nous le préférons à eux. Mais en
réfléchissant mieux, nous pouvons apercevoir que cet
homme, qui a su nous entraîner avec lui, a constamment
mené une vie pleine d'égoïsme; qu'il a tout ramené à lui-
même; que les jouissances qu'il a recherchées ont toujours
eu quelque chose de solitaire et de non partagé; qu'il n'a
jamais sacrifié son intérêt qu'à son orgueil; qu'il a été envieux de tout ce qu'il n'a pas obtenu, quoiqu'il ait souvent
renoncé à l'obtenir; que ses affections mêmes ont eu un caractère d'égoïsme; qu'il a aimé pour sa propre satisfaction,
et non pour celle des autres. Enfin on se repent de s'être
ainsi calomnié, en ne se croyant pas meilleur qu'un tel
homme; on conçoit bien toutes ses fautes, mais on ne les
pardonne plus, et on ne confond plus des explications avec
des excuses.

Il reste encore à parler de ces hommes du premier ordre qui font la gloire de leur siècle. A Voltaire, à Montesquieu, à Rousseau, on doit associer Buffon; ces quatre
écrivains laissent loin derrière eux tous leurs contemporains.

Le spectacle de la nature peut affecter l'esprit de l'homme
de deux manières bien différentes : il peut se présenter à
lui comme une source d'impressions variées qui agissent
sur son ame, qui parlent à son imagination, qui excitent
en lui des sentiments. Tel est le tableau de l'univers dans
ses rapports directs avec l'homme. C'est ainsi qu'aux premiers âges du monde il a dû frapper d'abord les hommes,

quand ils étaient simples et enfants; ils ne cherchaient ni
à comparer, ni à expliquer; chaque objet leur faisait une
impression neuve et isolée, par conséquent bien plus forte
et bien plus vive; le monde leur paraissait un amas de
merveilles terribles ou imposantes; leur imagination seule
en était frappée. Ils ne le voyaient que sous des aspects
pittoresques et poétiques. Ensuite ils aperçurent des con-
formités et des différences, ils classèrent et divisèrent les objets, ils observèrent des analogies dans les effets, et par là
ils remontèrent à des causes; la nature ne fut plus seulement le principe des sensations individuelles, elle fut soumise à la réflexion, qui recherche des idées générales indépendantes de chaque individu. De cet esprit naquirent
les sciences naturelles; leur principe, ainsi que nous l'a-
vons dit, fut de considérer la nature en elle-même, abstraction faite de l'effet qu'elle peut produire sur un homme
en particulier. On voit par là que le savant change la direction primitive de l'esprit humain, porte son activité sur
la recherche des causes, et le détourne du soin de peindre
les premières impressions que fait naître l'aspect de l'univers.

Mais lorsque les sciences sont encore à leur naissance,
soit que, doué d'une plus grande force d'imagination, il en
cherche l'emploi; soit qu'enchanté du nouvel instrument
qu'il vient de découvrir, il en exagère la puissance,
l'homme porte alors dans l'explication des phénomènes un
esprit fécond et impatient, qui, ne pouvant s'astreindre à
observer la nature, s'empresse de la deviner. Cette époque
voit naître des systèmes sans nombre, des hypothèses ingénieuses; les sciences se construisent d'après un petit
nombre de faits; chacun les soumet à ses propres idées;
chaque jour les voit se détruire et renaître sous une autre

forme. Telle fut la marche première de la science chez les Grecs, qui la revêtirent de la poésie et de l'éloquence. Le génie de Buffon avait plus d'un rapport avec celui qui animait ces philosophes de la Grèce, dont l'imagination était si vive et si hardie. Il s'indigna contre ceux qui voulaient faire de l'histoire de la nature une simple nomenclature, un recueil de faits unis entre eux par des liens artificiels. La chaleur de son esprit s'appliqua à pénétrer tout d'un coup dans les principes de la nature pour révéler son secret, et aussi à la présenter sous ses rapports pittoresques. Tel est le double emploi que Buffon a fait de son éloquence.

Le caractère et les habitudes des animaux, l'aspect et la physionomie des contrées furent retracés par son pinceau avec une inconcevable magie. L'impression souvent vague que nous recevons à la première vue des objets est par lui reproduite avec une précision et une simplicité qui étonnent à chaque instant. En lisant Buffon, on sent de nouveau ce qu'on avait éprouvé sans bien le définir ; on retrouve le sentiment qu'avait fait naître en nous l'aspect du cheval parcourant fièrement la prairie, ou de l'âne portant son fardeau avec patience. La peinture des frimas éternels revient glacer tous nos sens ; et quand il nous représente les marais fangeux de l'Amérique méridionale, une impression profonde de dégoût et d'horreur nous saisit entièrement. Jamais peintre ne montra plus d'imagination que Buffon. Son langage, où quelques personnes ne veulent voir que les traces de la patience et de l'art, est en même temps la représentation fidèle des sensations les plus vives. Souvent il a une telle vérité, que le lecteur se sent ému jusqu'au fond du cœur, comme si l'auteur avait voulu peindre les effets des passions. On agit sur l'âme dès qu'on

12.

parvient à représenter avec justesse et profondeur le moindre de ses mouvements.

Le style de Buffon n'est pas moins parfait lorsqu'il remonte aux causes générales et qu'il expose ses brillantes hypothèses ; il est alors d'une clarté et d'une simplicité persuasives ; il participe à la grandeur du sujet ; les preuves et l'observation des faits sont fondues avec la théorie d'une manière insensible. Rien ne sent la peine dans ses discours ; ils ont quelque chose de grave et d'élevé à la fois ; ils sont dignes sans être ambitieux. L'auteur semble d'un vaste regard embrasser la nature, sans être troublé d'un tel spectacle, bien qu'il en apprécie la grandeur ; en un mot, aucun écrivain du dix-huitième siècle ne parla un plus beau langage que Buffon, ou, pour mieux dire, n'eut de plus grandes pensées. Il se rapproche plus que tout autre des auteurs du siècle précédent, qui disposaient si hardiment de la langue, de manière à lui imprimer le caractère de leur âme et de leurs pensées. Mais Buffon a traité des sujets d'un intérêt moins profond et moins général.

On doit observer, dans les écrits et la science de Buffon, les traces du temps où il vivait. Un siècle auparavant, un homme s'était, comme lui, occupé de l'étude de la nature. Descartes avait eu aussi la noble ambition de la connaître ; mais ce qui avait surtout agité son esprit, c'était la liaison de la nature morale à la nature physique. Pendant toute sa vie, il s'occupa à leur trouver un centre commun, et en lisant ses ouvrages on voit combien cette importante question pesa sur son âme. Pascal lui reprocha d'avoir fait tout son possible pour se passer de Dieu dans son système, sans songer qu'un tel génie ne pouvait rendre un plus éclatant hommage à la Divinité et à toutes les idées morales, qui ne peuvent se rattacher qu'à cette première source. Buffon, placé à une autre époque, ne songea qu'à la nature physique. On s'était lassé de vouloir aller plus haut ; les esprits avaient pris un autre cours ; on était parvenu à se passer de Dieu, ou du moins il était écarté de tous les travaux des philosophes ; ceux qui abordaient la grande question penchaient à n'admettre qu'une seule nature, la nature physique. Buffon se tint toujours éloigné d'un pareil sujet, et, malgré la grandeur de son esprit, ne se montra point animé du désir de s'en occuper.

Après Buffon, les sciences commencèrent à s'éloigner des voies qu'il avait suivies ; elles entrèrent sous la domination presque absolue de l'expérience ; elles perdirent le caractère contemplatif pour acquérir le caractère de l'observation raisonnée. Dans cette carrière elles ont fait de rapides progrès ; elles sont devenues pratiques, elles se sont alliées aux arts ; leur étude a exigé de moindres facultés ; un plus grand nombre d'individus a pu les connaître ; l'ambition des savants a aspiré à des découvertes moins importantes, mais aussi ils ont pu y atteindre d'une manière plus sûre. C'est ainsi qu'à leur tour elles ont aussi jeté un lustre éclatant sur la France, que les lettres avaient tant honorée dans la période précédente.

Mais ce n'est point une raison pour dédaigner l'aspect sous lequel Buffon a envisagé la science, et pour le réduire à la gloire si grande encore d'écrivain éloquent et de peintre inimitable. Le désir d'expliquer, la curiosité des causes, l'amour des théories générales, sont l'aliment premier et nécessaire des sciences : c'est parce qu'on espère révéler quelque grand secret de la nature qu'on ressent de l'ardeur à en connaître les détails ; cet espoir soutient l'émulation. Si se passionner pour une hypothèse nuit à l'observation, désespérer de former un système y nuit bien davantage encore, puisque par là on perd le courage d'observer les faits, et aussi les moyens de les lier entre eux. Si donc on décrie sans cesse l'esprit de théorie, si l'on est armé de ridicule et de mépris contre celui qui exerce son imagination en même temps que sa faculté d'observer, on détruira le germe et le principe de chaleur qui fait vivre les sciences; on rompra les fils qui conduisent à travers le labyrinthe des faits observés; les esprits perdront peu à peu une curiosité qui n'espérera plus de satisfaction. Les savants deviendront des manipulateurs destinés à aider la pratique des arts mécaniques, et l'esprit humain verra se dessécher aussi cette branche d'activité.

Peu d'écrivains ont tenté d'imiter Buffon. Un homme que ses malheurs illustrent encore plus que ses ouvrages, Bailly, voulut aussi depuis donner à la science le charme du style; il ne vit pas que le principe du talent de Buffon était une puissante et riche imagination; il s'efforça d'y suppléer en prodiguant des ornements qui sont loin de produire les mêmes effets.

Maintenant nous avons parcouru l'époque la plus glorieuse du dix-huitième siècle : nous n'aurons plus à parler d'aucun de ces hommes de génie qui illustrent leur pays et leur temps. La vieillesse de Voltaire, de Buffon, de Rousseau, ne vit rien s'élever qui leur ressemblât ; mais le second rang fut occupé par des écrivains qui ont mérité quelque réputation.

Le théâtre était alors la branche de littérature où la décadence se faisait le plus sentir; elle exige plus que toute autre une imagination vive et des sentiments vrais. Le travail, la réflexion, l'étude, ne peuvent à eux seuls former le véritable caractère de poëte dramatique. A supposer qu'il eût atteint à une connaissance profonde du cœur humain, cette connaissance resterait encore stérile, si elle était le produit de la recherche et de l'examen, si elle n'avait pas quelque chose d'instinctif qui donne à l'auteur la faculté de peindre les personnages par l'imagination, et non par la théorie. Quand on fait des tragédies ou des comédies avec le souvenir de celles qui sont faites, en calculant des caractères, des situations et des effets; quand on regarde le drame comme un ouvrage d'art, dont la perfection dépend d'une pratique plus ou moins industrieuse, il ne faut pas espérer de longs succès. Si l'on veut y prendre garde, on s'apercevra que les ouvrages de nos grands poëtes dramatiques restent seuls, ou à peu près, sur la scène, et voient disparaître successivement ceux qu'on avait calqués sur leur modèle.

La comédie avait fini avec Gresset. Déjà, même avant lui, on avait vu se former un certain jargon précieux qui s'efforçait de peindre le langage d'une société où tout, jusqu'aux sentiments, était soumis à l'empire de la mode, où la frivolité avait sa pédanterie, l'insouciance ses démonstrations, et où les ridicules semblaient prescrits par les uns et recherchés par les autres. Peindre superficiellement l'affection est assurément un futile travail : ce fut celui des auteurs comiques. A côté de ces comédies éphémères, les drames imités de Diderot montraient un autre genre d'affectation. L'exagération des sentiments, la pompe des mots, la manie de rendre solennels les personnages vulgaires, et d'ennoblir tout ce qui semblait abaissé par sa situation, tels étaient les caractères de ce genre d'ouvrages. Presque aucun n'a survécu; et s'ils n'étaient pas un témoignage de l'esprit du temps, il ne faudrait pas les rappeler. Un auteur qui n'a laissé que peu de marques de son talent, Collé, a montré qu'il savait, bien mieux que tous ses contemporains, ce que devait être la comédie.

Dans la tragédie, deux écrivains eurent des succès qui leur survivent encore. Lemierre se fit remarquer par une sorte de verve dans l'expression, qui n'est cependant pas la chaleur du sentiment; mais il n'a su ni dessiner un caractère, ni approfondir une situation. Dans son style barbare, sans être naturel, il se rencontre parfois des morceaux où la déclamation ne manque pas de force et d'élévation.

Dubelloy a été plus heureux; il s'est mis sous la protection de noms illustres et chers à la France; il a rappelé d'anciens et glorieux souvenirs. Peut-être ces preux chevaliers, leurs nobles faits d'armes, leurs vertus simples, et toute cette histoire des vieux temps de la patrie, auraient-ils dû inspirer Dubelloy d'une manière plus vraie, et l'éloigner des pompeuses déclamations où il est tombé. On aimerait à retrouver quelque chose de la physionomie des siècles et des personnages qu'il a voulu peindre, et dont les noms seuls réussissent à nous subjuguer; mais au temps où il écrivait on avait un grand goût pour le faste des paroles. Voltaire lui-même n'avait pas toujours préservé ses héros tragiques de ce défaut.

Colardeau, qui avait peut-être un génie plus conforme à la poésie que les auteurs dont nous venons de parler, leur fut cependant inférieur dans l'art dramatique; mais son talent se déploya avec plus de succès dans une autre carrière. Il n'avait pas assez de force pour concevoir un vaste sujet; son esprit n'était point frappé de l'ensemble des objets. Le sentiment, exalté par la passion ou agrandi par l'imagination, n'était pas la source de son inspiration. Alors il réduisit la poésie à n'être plus qu'une expression élégante et soignée d'idées qui n'ont rien de poétique par elles-mêmes. Il semble que la légère contrainte à laquelle on est soumis pour revêtir la pensée de la forme des vers fixe l'attention plus particulièrement sur cette pensée, la fait pénétrer plus avant, lui donne une action plus vive et plus délicate sur le sentiment du poëte, et conséquemment sur celui du lecteur. On pourrait du moins attribuer à cette cause le charme de la versification lorsqu'elle est appliquée à une nature d'idées qui seraient sans effet en prose.

Ce genre de talent paraît aussi convenir à la traduction, où la pensée est fournie par autrui, et où le mérite consiste à en recevoir une impression assez forte pour pouvoir la reproduire heureusement; aussi Colardeau se distingua-t-il dans ces deux genres; depuis, il a été surpassé.

Saint-Lambert, son contemporain, ne cultiva que la poésie descriptive : il y fut correct et élégant; mais il eut moins de facilité et de charme.

Deux poëtes, qui moururent jeunes, montrèrent peut-être plus d'inspiration poétique : Malfilatre et Gilbert ont laissé après eux de glorieux regrets.

Les écrivains en prose étaient plus distingués.

Nul peut-être ne mit plus de soins et de prétentions pour parvenir à l'éloquence que Thomas, qui figure aussi avec quelque honneur dans la nouvelle école de poésie; mais il suivit une fausse route. Ne s'apercevant pas que l'éloquence est dans le caractère de la pensée, il crut y atteindre en tourmentant son style, afin de lui donner de la force et de la grandeur. Il rechercha tous les moyens artificiels de la rhétorique pour que son langage produisît de l'effet, et oublia que la correspondance intime des idées et de leur expression est la seule chose qui puisse faire une impression vive.

Il employa aussi des combinaisons pour paraître un penseur profond ; il affecta de répandre dans ses écrits des idées et des rapports puisés dans les sciences exactes ou dans les arts ; mais comme il les possédait d'une manière incomplète, comme il les étudiait pour les citer et non pour les savoir, il montra moins de science que de pédanterie. Ainsi Thomas a été quelquefois affecté et déclamateur, croyant être sublime et touchant.

Le genre qu'il cultiva tendait à le jeter dans ces défauts. L'oraison funèbre, prononcée dans un temple, au milieu de toutes les pompes de la religion et de la mort, se trouve entourée de circonstances qui élèvent et émeuvent l'âme d'une manière réelle. Mais le panégyriste qui vient, pour satisfaire à un concours académique, rechercher, après de nombreuses années, des effets semblables ; qui veut frapper notre esprit par des paroles grandes et profondes lorsque rien ne nous dispose à recevoir cette impression, doit tomber dans l'affectation. Il est loin d'être ému lorsqu'il concerte les artifices de son style ; ainsi il ne pourra pas nous émouvoir. Le panégyrique, ainsi conçu, est, comme on l'a souvent remarqué, un genre essentiellement froid et faux.

Une seule fois Thomas eut le bonheur de saisir complétement le vrai caractère d'une éloquence élevée et touchante. Il imagina de mettre en scène l'éloge de Marc-Aurèle ; il transporte notre imagination au lieu même et au temps où se passait l'action. Il nous place à Rome au milieu du cortége funèbre du vertueux empereur ; cet empire romain, qui embrassait l'univers, et dont le sort dépendait d'un seul homme, il nous le représente pénétré de douleur et glacé de crainte sur l'avenir ; il nous montre la philosophie en larmes, l'armée pleurant son chef, et la tyrannie naissante accroissant les regrets pour la vertu expirée. Alors, au milieu de ce vaste spectacle, les paroles solennelles, les expressions exaltées se trouvent dans un parfait accord avec notre âme, et produisent tout leur effet.

Marmontel essaya aussi d'être un poëte, et ne laissa d'autre réputation que celle d'un prosateur; mais celle-ci est bien méritée. Il eut constamment de la facilité et de l'élégance. Les premiers chapitres de *Bélisaire* rappellent le *Télémaque*; et l'on remarque que l'auteur, au lieu de prétendre à instruire les rois et les peuples, comme tout écrivain s'y croyait obligé, n'ait pas suivi la vraie route de son talent, qui était de raconter et de peindre avec vérité. Aussi n'obtint-il jamais autant de succès que par ses *Contes moraux,* qui retracent avec un grand charme des événements et des sentiments pris dans l'ordre habituel des choses. On lui a reproché d'avoir copié sans goût et sans fidélité le langage de la société de son temps. Il faudrait savoir si, au milieu de la dépravation des mœurs, les paroles n'avaient pas perdu toute pudeur et toute convenance. Les mémoires et les récits pourraient le faire croire. Les romans de Crébillon le fils, qui ne sont autre chose que le vice revêtu d'impudence et d'affectation, et qui ne sont pas lisibles actuellement, eurent quelque succès dans leur nouveauté, parce qu'ils se trouvèrent en plein accord avec les mœurs. Au reste, Marmontel a depuis publié d'autres contes où il n'a pas essayé de reproduire les nuances passagères du ton de la société, et ils ont plus d'intérêt et de simplicité que les premiers.

Mais c'est dans les *Eléments de Littérature* que Marmontel s'est montré avec le plus d'avantage. L'envie de se distinguer par une sorte de révolte contre les opinions reçues l'avait d'abord jeté dans quelques paradoxes, qu'il défendit assez mal, et auxquels il renonça peu à peu. Les rhé-

13

toriques qu'on avait faites jusqu'alors avaient presque toujours porté l'attention sur les formes extérieures de l'éloquence et de la poésie, les avaient considérées comme des
arts, et avaient recherché et indiqué des procédés pour ainsi
dire mécaniques qui aidaient à la pratiquer. En général,
les rhéteurs n'avaient guère songé à descendre plus avant;
ils n'avaient pas cherché la liaison des divers mouvements
du langage avec les mouvements correspondants de l'âme
et avec toutes les circonstances où se trouvent placés celui
qui parle et celui à qui l'on parle.

Fénelon, dans les *Dialogues* et les *Lettres sur l'Elo-
quence*; Montesquieu, dans l'*Essai sur le Goût*, avaient indiqué cette route nouvelle; ils s'étaient occupés du sentiment auquel on doit les arts de l'imagination, et non point
des détails de leur pratique. L'abbé Dubos, dans les *Réflexions sur la Poésie et la Peinture*, avait suivi de même
cette marche. Ce fut aussi celle de Marmontel; il analysa
avec discernement et finesse le genre de sentiment qui caractérise les différentes formes dont se revêtent les productions de l'esprit; il rechercha les causes qui peuvent influer sur ce sentiment et le modifier; il ne s'attacha pas à
des règles qui sont impuissantes à faire naître le talent, il
enseigna à sentir, à admirer les œuvres de l'imagination, et
non point à les comparer froidement avec le modèle prescrit par la rhétorique, pour les juger d'après leur conformité plus ou moins exacte avec ce modèle. Tandis que les
anciennes rhétoriques, au milieu de leur marche et de leur
langage technique, n'apportaient à l'esprit aucune espèce
de plaisir, Marmontel sut retracer dans son style les vives
impressions que font en nous les jouissances littéraires. Lire
et admirer est en effet un sentiment; comme les autres, il
peut être fidèlement représenté.

C'est surtout à peindre ce genre d'émotions qu'a excellé
M. de La Harpe, qui avait encore plus fortement que Marmontel le sentiment de la littérature. Il fut aussi un poëte
plus distingué. Quelques-uns de ses ouvrages sont parvenus à se maintenir sur la scène, bien qu'ils ne portent pas
un caractère original; il a eu quelquefois de la grâce dans
ses poésies légères; mais sa renommée repose uniquement
sur les succès qu'il a obtenus dans la critique. Pendant
toute sa vie il répandit dans les journaux les matériaux
qu'il a réunis ensuite sous le nom de *Cours de Littérature.*
Il ne s'occupa point, comme a fait Marmontel, des principes généraux de la littérature, il examina comment ces
principes avaient été appliqués dans la composition de tel
ou tel ouvrage en particulier, et s'attacha surtout à reproduire les sentiments que faisait naître en lui l'examen des
écrits soumis à son jugement.

Personne n'a montré plus de verve que M. de La Harpe
dans ce genre de style; comme il était absolu dans ses opinions, qu'il les embrassait avec orgueil et s'y abandonnait
sans mesure; comme nul n'abonda jamais davantage dans
son propre sens, son langage prenait une force et une fé-
condité extrêmes; souvent il a employé la plus vive éloquence pour dépeindre l'effet que produisaient sur son esprit les beautés et les défauts littéraires. Mais il résulte
d'une pareille nature de talent des inconvénients que M. de
La Harpe n'a pu éviter. Il n'apporta aucune réserve ni
aucune hésitation dans ses jugements, ne se doutant pas
que parfois ils lui étaient dictés par des influences étrangères à la littérature. Ses amitiés, et plus souvent encore
ses haines, furent les guides de sa critique. Le peu de flexi-
bilité de son esprit nuisit aussi beaucoup à la finesse et à la
profondeur de ses vues. Il ne sut jamais voir la littérature

que d'après ses idées habituelles; prenant les formes aux-
quelles il était habitué pour un type parfait, il ne sentit
pas les beautés qui n'entraient point dans ce système.
Aussi apprécia-t-il d'une manière très-superficielle toute
la littérature ancienne et étrangère. On peut observer aussi
que l'admiration de M. de La Harpe s'attache trop souvent aux artifices de composition, aux calculs de l'art qu'il
croit démêler dans les chefs-d'œuvre, pendant qu'il né-
glige de s'occuper du sentiment qui les a dictés, des circonstances qui ont influé sur l'auteur, du caractère de son
talent, en un mot, de tout ce qui est l'âme et le principe
des œuvres de l'esprit. C'est au contraire dans ce dernier
système qu'écrivent les nombreux critiques de nos jours,
quelle que soit d'ailleurs leur opinion. Il en est peu qui
aient montré autant d'éloquence que M. de La Harpe,
mais plusieurs font preuve d'une plus grande pénétration
et d'une analyse plus subtile et plus profonde.

Parmi les écrivains en prose, aucun n'appliqua son talent au genre qui en comporte le meilleur emploi; cette
époque ne nous a donné aucun historien remarquable. On
traduisit avec élégance les écrits sages et instructifs des
historiens anglais; ce sont les modèles de la méthode qui
avait déjà été adoptée pour écrire l'histoire, et que nous
avons examinée en parlant de Voltaire. Mais ils ne trouvèrent point d'émules en France.

Toutefois les écrivains qui s'occupèrent de l'histoire
pendant le dix-huitième siècle furent très-nombreux; mais
l'esprit de la philosophie française s'accordait mal avec ce
genre de composition. Si l'on veut y répandre quelque
charme, il est essentiel de se plaire dans ses récits, de se
placer dans le tableau qu'on veut peindre, de le rendre,
autant qu'on peut, vivant et animé. Pour les contempo-

rains et pour ceux qui écrivent d'après des traditions orales,
il est plus facile de ressentir et d'exciter ce genre d'intérêt.
Ceux qui exposent l'histoire des temps anciens ne peuvent
parvenir au même but que par une connaissance approfondie des témoignages écrits. Ils doivent se dépouiller de
l'esprit de leur siècle, se transporter par l'érudition dans
le passé, et se faire contemporains. On ne pouvait guère
exiger une telle complaisance d'un littérateur du dix-huitième siècle. Il voyait l'époque présente trop au-dessus de
toutes celles qui l'avaient précédée pour vouloir en descendre un instant. Il aurait cru se fausser le jugement et
se fasciner la vue s'il eût essayé de partager ou même de
concevoir les sentiments de ses devanciers. D'ailleurs on
commençait à avoir une si grande idée de la raison humaine et du point de perfection où elle était parvenue,
que dans toutes les sortes de sciences on recherchait surtout les notions positives. On se souciait peu de savoir ce
que d'autres avaient pensé ou senti sur les faits : chacun
voulait les avoir à sa libre disposition, afin de bâtir sur
cette base un édifice de raisonnement tout nouveau. Pour
hâter le moment où l'on pourrait s'occuper de cette création, il fallait réduire le plus possible le nombre des premières notions, et surtout les dégager de toute espèce de
couleur particulière. C'est ainsi que les ouvrages historiques se desséchèrent et devinrent un assemblage de faits
sans liaison ou une suite de raisonnements abstraits repo-
sant sur une base insuffisante. Par là aussi l'ignorance
commença à se répandre. En effet, pour bien posséder
les livres et les travaux des temps passés, il faut avoir pour
eux quelque amour et quelque estime; il faut se complaire
dans tous leurs détails et prendre confiance en leur mérite.
Lorsque, au contraire, on veut seulement rechercher leur

substance, et qu'on dédaigne leur forme, on étudie sans
goût et sans suite; on croit toujours en savoir assez, on se
persuade que tout est inutile, parce que rien ne semble
agréable. Ce fut de cette sorte que l'instruction devint superficielle en France; on rechercha seulement le charlatanisme du savoir, afin d'appuyer d'une manière apparente la
vanité du raisonnement; et avec ce prétendu amour pour
les connaissances positives, jamais on ne fut moins nourri
d'une érudition réelle.

De cette sorte, l'histoire fut privée de tout ce qui donne
aux récits un intérêt vif et soutenu. Personne ne sut composer un tableau tracé avec conscience et sentiment : les
uns firent des abrégés ou des extraits dépouillés de tout le
charme des détails; leur brièveté semblait destinée à aider
la mémoire. Ce but même était manqué, car on ne saurait
retenir facilement ce qui n'intéresse pas.

Le président Hénault avait donné le premier modèle de
ces squelettes de l'histoire. Son talent était digne d'un
meilleur emploi. Il trouva le moyen de laisser apercevoir,
dans des sommaires à peine ébauchés, un esprit plus vif
et plus fort que les autres historiens ses contemporains.
C'est là même ce qui donnera de la durée à sa réputation :
si son mérite eût été borné à la forme de son ouvrage, il
n'y aurait aucune raison pour le préférer à ses nombreux
imitateurs.

D'autres donnèrent plus d'étendue à leurs ouvrages;
mais elle fut employée à étaler des systèmes et des raisonnements. On regarda les faits comme des preuves; et l'important, aux yeux d'un historien, c'étaient ses opinions,
et non pas ses récits. Condillac écrivit de nombreux volumes dans cet esprit, et nul ne put mieux en faire sentir
tous les défauts.

De tous les historiens de cette école, c'est l'abbé Raynal qui eut le plus de renommée. Le succès plus que le mérite de l'*Histoire des deux Indes* nous impose l'obligation d'en parler. Raynal, après quelques essais obscurs, fit paraître ce grand ouvrage. Beaucoup de personnes vantent l'utilité de son livre et l'exactitude des notions positives qu'il renferme. Il paraît qu'elles sont exactes pour tout ce qui se rapporte au commerce et aux arts. L'exposition des faits historiques montre, au contraire, peu d'érudition et de critique. Mais l'illustration de l'*Histoire des deux Indes* tient spécialement au caractère de la philosophie de Raynal.

Peut-être aucun auteur jusqu'alors n'avait-il manqué à un tel point de raison dans les idées et de mesure dans la manière de les exprimer. Il est difficile de concevoir comment on peut parvenir à un pareil délire dans les opinions, à une emphase si ridicule dans les paroles. Raynal y étale avec complaisance des principes opposés au bon ordre de toute société. Il n'est pas de crimes commis pendant les derniers troubles de France qui n'aient été pour ainsi dire appelés à grands cris par ce déclamateur. Cependant, quand il se trouva réellement au milieu des désordres d'une révolution, il se montra juste, modéré et courageux. Tant est dangereuse cette confiance dans des opinions qui ne sont le fruit ni de l'expérience ni de la réflexion! Un écrivain, renfermé dans son cabinet, ignorant les hommes et les affaires, loin de toute réalité, s'enflamme par ses propres discours; les révolutions, les guerres, l'effusion des flots de sang, la destruction des peuples, ne lui paraissent plus qu'un grand spectacle, l'ornement du triomphe de ses opinions. Il lui semble courageux de ne point changer de pensée, malgré tout ce fracas imaginaire des événements. Cet homme quitte la plume, et redevient ce qu'il est réellement, ami du calme, de la douceur, de la pitié. Lui-même détesterait, dans la bouche d'autrui, les paroles qu'il a tracées sur le papier.

Dans les temps civilisés, écrire devient un métier distinct de la vie habituelle; c'est un rôle que l'on joue à de certains moments seulement, et que l'on quitte dès qu'on a rempli sa tâche. Jadis un auteur était un homme que son génie et les circonstances portaient à exprimer ses pensées réelles avec plus de force que le vulgaire; de cette sorte, le langage avait moins d'apprêt et les opinions plus de mesure.

Les travaux historiques des érudits méritent une mention particulière. Le *Recueil de l'Académie des Inscriptions* est assurément un monument fort honorable pour le dix-huitième siècle. Le caractère des savants qui se livraient à ces études conservait quelque chose de l'ancien esprit des littérateurs. Leur science seulement les occupait; ils s'y dévouaient avec patience, pour l'amour d'elle, non pour l'amour du succès. En même temps ils avaient acquis une saine critique; ils s'étaient dégagés de cette superstition aveugle que les érudits des siècles précédents apportaient dans tout ce qui a rapport à l'antiquité : elle devenait chaque jour mieux connue. On s'introduisait dans les mœurs, dans les opinions des Grecs et des Romains, et par là on entendait mieux leurs livres. Au lieu de vouloir accommoder l'antiquité au goût des modernes, on tâchait de reproduire la couleur et le caractère de l'antiquité dans toute sa pureté : aussi le système de traduction changea, et devint préférable au système qui avait été adopté dans le dix-septième siècle.

Les érudits se livrèrent aussi à des recherches plus intéressantes encore. Tandis que les historiens et les écrivains politiques négligeaient l'antiquité française, ils en firent l'objet d'une grande partie de leurs travaux ; ils s'occupèrent de nos anciennes institutions, de nos lois, de nos origines ; ils contribuèrent à publier des collections précieuses pour notre droit public : leur imagination aussi ne demeura pas insensible aux souvenirs de la patrie, et les littérateurs purent apprendre d'eux quel charme puissant exerçaient les antiques mœurs, la chevalerie et la naïve poésie de nos trouvères et de nos troubadours.

Si nous avions eu à examiner la littérature des républiques anciennes, nous aurions dû placer les orateurs avant les écrivains et avant ceux qui ont employé leur talent à composer des livres : chez eux, l'éloquence parlée avait quelque chose de plus vrai et de plus pénétrant, puisqu'elle faisait pour ainsi dire partie de la personne ; la parole était pour les orateurs une sorte d'action ; car ils en usaient dans les relations directes avec les hommes. Elle sortait du domaine de l'imagination, pour se confondre entièrement avec le caractère, les opinions ou les intérêts ; mais, dans nos mœurs, les orateurs se rapprochaient beaucoup des littérateurs ; il n'y avait pas d'arène où l'éloquence pût servir d'arme pour défendre des sentiments personnels, où elle pût briller dans le combat et devenir par là pleine d'une complète réalité. Les hommes auxquels il était permis de parler le devaient toujours faire dans une position donnée ; le caractère de leur langage, la nature de leurs idées, étaient déterminés d'avance. La parole était pour eux une partie de la profession qu'ils remplissaient dans la société ; il fallait parler suivant son rôle et non suivant son sentiment.

Cependant un prêtre qui s'est toujours renfermé dans

son saint ministère, que le monde n'a jamais vu dans ses
rangs frivoles, qui, vivant dans le sanctuaire, n'a jamais
fait entendre d'autres paroles que la parole de Dieu, doit
atteindre mieux que tout autre à la plus sublime éloquence.
Comme les orateurs anciens, c'est aussi sa vraie pensée,
celle du fond de son cœur, qu'il veut persuader aux hommes. Mais combien elle est plus grande et plus touchante
que toutes celles qui se rapportent aux intérêts humains!
Quels mots à prononcer, que la mort et l'éternité! L'honneur, la liberté, la patrie, les plus nobles idées des hommes, se voient abaisser, quand on songe à l'abîme où elles
vont se perdre. Qu'ils ont été heureux ceux qui ont pu
voir Bossuet, orné de ses cheveux blancs et du souvenir
de ses vertus, s'élever dans la chaire en face du cercueil
du grand Condé, et consacrer les louanges de la gloire pé-
rissable en les associant aux louanges de la gloire éternelle! Jamais sans doute la parole humaine n'a été aussi
grande, et nous ne pensons pas que l'imagination puisse
se créer un plus sublime spectacle.

Mais le temps de l'éloquence religieuse était passé, les
orateurs et l'auditoire avaient changé; la foi était éteinte
chez la plupart des hommes, refroidie ou timide chez les
autres. On ne se portait plus dans les temples pour y entendre prêcher des vérités établies et respectées au fond
du cœur; on n'y arrivait plus avec un sentiment de conformité et de sympathie; tout au contraire, on y était conduit par une curiosité sans bienveillance. On venait épier
la parole sainte, et non point s'en pénétrer; chacun voulait savoir si un orateur se tirerait habilement de la difficulté de parler sur des choses qui n'obtenaient plus ni
croyance ni vénération; un sermon était écouté dans la
même disposition qu'un discours académique.

Pour combattre ce penchant malheureux des esprits, il eût fallu des orateurs remplis de chaleur et d'audace, profonds dans la science de la religion, et animés par une foi que l'incrédulité du siècle afflige et n'intimide pas; mais par malheur le public agit toujours sur ceux qui lui parlent plus que ceux-ci n'agissent sur lui. D'ordinaire, pour plaire aux hommes et pour produire sur eux un effet plus sûr, on entre dans leur sentiment, ou du moins on cherche à ne point le blesser; ainsi les prédicateurs du dix-huitième siècle ressentaient l'effet de l'esprit général. C'était avec une sorte de crainte et de réserve qu'ils remplissaient leur saint ministère : ils avaient peur de heurter la mode; ils tâchaient de se faire pardonner et leur profession et leurs discours. S'accommodant au goût de l'auditoire, ils fuyaient tout ce qui se rapprochait du dogme et des principes positifs de la religion, ils s'étendaient avec plus de complaisance sur ce qui avait rapport à la morale purement humaine; et la religion n'était employée que comme un accessoire convenu, qu'il fallait dissimuler le plus adroitement possible pour éviter la dérision; ils rougissaient de l'Evangile, au lieu de le confesser hautement.

Cette disposition équivoque ne saurait inspirer l'éloquence. D'ailleurs, que de ressources ils s'interdisaient en renonçant au dogme pour s'occuper de la morale! Croyaient-ils pouvoir remplacer par des ressorts purement humains les moyens que fournit la religion pour frapper l'imagination et pour émouvoir les âmes? Ce style orné et mondain, cette élégance des beaux esprits, pouvaient-ils approcher des ressources que trouve l'orateur vraiment chrétien dans le langage imposant et mystérieux des livres saints? L'éloquence de la chaire perdit ses formes simples

et presque vulgaires, qui rendaient les pensées plus fortes
et plus terribles, qui lui imprimaient un caractère particulier, et la tiraient de pair d'avec les compositions des
écrivains; elle perdit aussi cette puissante érudition qui
rappelait sans cesse, soit les souvenirs divins de l'Ecri-
ture, soit les souvenirs touchants des premiers âges de la
religion, le génie des Pères de l'église, les actes des martyrs ou la dévotion des solitaires. Les prédicateurs, de
pontifes qu'ils étaient, devinrent des littérateurs; et si
l'on eût voulu retrouver le vrai caractère de l'éloquence
sacrée, il eût fallu le chercher, non parmi les plus grands
et les plus habiles de l'Eglise, mais chez quelque mission-
naire simple et farouche, isolé, par ses mœurs, de toutes
les influences du siècle.

L'éloquence du barreau demande aussi à être observée
pour y retrouver les traces du progrès des opinions. Elle
a plus de rapport avec les événements politiques, et la marche qu'elle a suivie a peut-être eu des effets plus directs.

Dès le commencement du dix-huitième siècle, les avocats avaient renoncé à ce vain luxe d'érudition, à cette
pédanterie, à ce ridicule bel-esprit dont Patru s'était déjà
éloigné. Leur langage était devenu simple et sérieux, leur
discussion avait un ton grave et mesuré; ils ne se bor-
naient plus à discuter des citations et des autorités, ils
s'occupaient à rechercher des principes pour en faire la
base de leur raisonnement. C'est par cette sorte de mérite
que Cochin, Lenormand et quelques autres acquièrent une
réputation méritée. Dans une autre branche de l'éloquence
du barreau, d'Aguesseau se distingua par les mêmes avantages, appropriés à la situation où il se trouvait. Il fut
élégant, convenable et digne dans tout ce qu'il écrivit
comme magistrat.

Mais le concours des choses amena peu à peu de nouveaux changements. Pendant que des écrivains agitaient toutes les questions de droit public, de législation criminelle ou civile, qu'ils discutaient les droits et les obligations des citoyens, des magistrats, des souverains, il était difficile que les hommes qui, par état, s'occupaient de ces matières continuassent à les traiter d'une manière simple et positive. Ils s'accoutumèrent bientôt à développer des vues générales, à remonter aux causes universelles, à établir une théorie, au lieu de discuter un fait. L'éloquence du barreau acquit ainsi un intérêt plus étendu, elle sembla plus forte et plus nourrie de pensées; peut-être, au fond, avait-elle moins de vraie science, et s'éloignait-elle de sa destination réelle; mais elle devenait susceptible de produire de plus grands effets. C'est ainsi que l'on vit les lettres et le barreau s'allier et se confondre. Les factums des avocats et les discours des magistrats eurent des succès aussi universels que les livres des gens de lettres; et les gens de lettres se trouvèrent capables de paraître avec honneur dans cette carrière qui, peu d'années avant, leur eût été étrangère.

Le gouvernement contribuait à donner au barreau ce nouvel esprit, et faisait, sans le savoir, tout ce qu'il fallait pour le rendre hostile. Sans être tyrannique, il ne voulait reconnaître les droits de personne; au milieu de sa faiblesse, il professait les principes du despotisme le plus absolu. A la face de la France, en dépit de tous les souvenirs et des lois écrites, l'autorité royale prétendait que rien ne devait balancer son action; des écrivains étaient encouragés à soutenir cette doctrine; on voulait la fortifier de l'autorité de la religion, de quelques mensonges historiques, et de l'esprit tranchant et irréfléchi des courtisans

14

militaires. La magistrature, qui depuis deux siècles se trouvait, par la force des choses, chargée de défendre les droits des citoyens, et même ceux de la nation, s'opposait sans cesse à des prétentions dont on n'a pas conservé le souvenir, tant elles semblent s'accorder mal avec l'incertitude et la débilité du gouvernement. Il supportait impatiemment cette opposition des tribunaux, et leur contestait le noble privilége du maintien des lois. Les magistrats s'appuyaient vainement sur l'autorité de souvenirs encore récents, sur les mœurs de la nation, sur des témoignages écrits et positifs : ils n'étaient pas écoutés, l'autorité les regardait comme des rebelles. En même temps les écrivains et le vulgaire s'étonnaient de les voir défendre leurs droits par de telles raisons. Il paraissait pédant et gothique d'aller chercher des démonstrations hors des principes généraux de la politique et de la nature des sociétés. On obéit bientôt à cette double opinion : les remontrances des Parlements, les discours prononcés dans leur sein, les opinions des magistrats se ressentirent de l'ensemble des choses, et changèrent de caractère.

Ainsi la magistrature et tout ce qui l'entourait étaient contraints de sortir de la route qui naturellement devait être suivie. Des causes particulières contribuèrent plus puissamment à ce résultat. Tandis que la religion était attaquée ou délaissée, ses défenseurs, comme s'ils avaient pris plaisir à travailler pour ses ennemis, fomentaient des discordes et des persécutions dans son propre sein. La persuasion s'était affaiblie, mais l'amour-propre avait conservé tout son feu, et l'Eglise employait les derniers restes de sa force à montrer de l'intolérance contre une partie de ses enfants. Des moyens violents et arbitraires furent demandés et obtenus. Les dépositaires des lois

virent avec chagrin qu'elles fussent violées, et s'efforcè-
rent de défendre le parti opprimé. Dans tout le royaume,
les avocats et les tribunaux s'occupèrent à discuter les
droits que pouvait avoir le gouvernement de l'Eglise à
exercer un tel pouvoir. Les questions de liberté, la limite
des autorités, la constitution de la république chrétienne,
tout cela fut débattu, soit avec les armes de l'érudition, soit
par des raisonnements tirés de la nature des choses. La
résistance d'un côté amena bientôt l'exagération de l'autre.
Cette controverse, dont on se souvient peu à présent, est
une des causes qui ont le plus puissamment influé sur
l'esprit des avocats ; en leur donnant une grande habitude
de traiter les questions générales, elle leur fournit des armes, et leur inspira en même temps le désir de s'en servir pour attaquer.

La suppression de l'ordre des Jésuites fut aussi une occasion favorable à l'éloquence et à l'autorité des magistrats.
L'examen des statuts de cette société puissante et des doctrines qui lui étaient imputées, le danger de son existence
comme corps dans l'Etat, son influence sur la nation par
l'enseignement, c'étaient là des questions de la plus haute
importance, et qu'il fallait discuter pour l'Europe entière.
Plusieurs magistrats se trouvèrent au niveau du rôle qu'ils
avaient à remplir, et développèrent avec sagesse de hautes
pensées et de vastes considérations. M. de Monclar et M. de
Castillon, à Aix, rappelèrent les beaux temps de la magistrature par la gravité et l'élévation de leur éloquence. M. de
La Chalotais participa davantage à l'esprit qui régnait dans
le monde, et s'appuya sur les doctrines philosophiques, où
son talent trouva de puissants secours. Un peu plus tard,
M. Servan montra aussi le même genre de mérite dans
d'autres questions.

Nous avons essayé, en examinant les divers genres de littérature, de faire apercevoir la marche des opinions pendant les premières époques du siècle ; nous avons vu cette marche devenir de plus en plus rapide, et trouver chaque jour moins d'obstacles devant elle. On avait voulu un instant essayer de l'arrêter ; on avait voulu susciter un parti qui s'opposât aux succès des littérateurs dont on redoutait l'influence. Quelques tentatives avaient été faites ; des comédies avaient été représentées où l'on avait cherché vainement à jeter le ridicule sur ceux qui en avaient fait leur arme la plus puissante ; des journaux avaient été encouragés dans leur critique. Au sein de l'Académie, des discours furent dirigés contre les opinions qui y régnaient. Mais tous ces efforts étaient inutiles. Ceux qui les encourageaient, subjugués eux-mêmes par la mode et le train général, auraient été fâchés de paraître dupes du mouvement factice qu'ils excitaient, et les premiers ils se moquaient de leurs défenseurs. Et en effet les uns étaient sans bonne foi et n'avaient pour motifs que des haines particulières et de la jalousie ; au fond, ils avaient les mêmes habitudes de cynisme et de légèreté qu'ils voulaient reprocher à leurs adversaires ; les autres ne devaient leur sincérité qu'à un esprit médiocre et borné, qui combat ce qu'il ne peut juger. Il fallut bientôt renoncer à ces essais qui préparaient une facile victoire à l'esprit dominant.

Nous voici maintenant parvenus à la dernière période, à cette période presque contemporaine, qui a été terminée par un si terrible dénoûment. Ici les lettres deviendront moins importantes dans leur détail ; on ne sera plus obligé de chercher dans les livres l'esprit général de la nation : il est devenu plus actif, il a pris plus d'étendue et de puissance, et bientôt il va commencer a se déclarer par des faits. Nous aurons à présenter un tableau plus grand et plus vif des dispositions universelles ; les écrits sembleront petits et peu importants, s'ils ne se bornent qu'à répéter ce qu'on peut entendre distinctement prononcer par la voix de tout un peuple. Ce ne sera plus l'action réciproque des mœurs et des livres les uns sur les autres qu'il faudra peindre ; maintenant les lettres et la philosophie ne peuvent plus se distinguer des mœurs : elles en font partie.

La fin du règne de Louis XV fut signalée par un grand déréglement en toutes choses. Ce monarque s'était plongé de plus en plus dans une vie dégradée ; il avait mis, dit-on, de l'esprit à démêler la situation des choses, et de l'amour-propre à s'y montrer indifférent ; tout ce qui l'entourait avait imité cette absurde insouciance. Ainsi l'on avait détruit tout le respect qui doit s'attacher au gouvernement. Dans les derniers jours de sa vie, Louis XV employa son pouvoir de roi à exciter l'animadversion publique, qui vint s'ajouter au mépris ; c'est le propre des autorités chancelantes de regarder le despotisme comme un moyen de salut. La magistrature fut encore une fois punie de s'être opposée à l'autorité royale. L'opinion publique s'indigna de ces actes, qu'elle regarda comme arbitraires ; et, pour se délivrer des remontrances du Parlement, on se donna toute la haine du peuple. Un écrivain devint l'organe de ce ressentiment. Beaumarchais, dans sa cause particulière, sut prendre pour alliée l'opinion générale, et obtint ainsi un succès qui eut toute la vivacité de la mode. Ses Mémoires, comme ses comédies, sont pleins de verve, de cynisme, de bouffonnerie, de grâce et de mauvais goût : singulier mélange d'orgueil avec une absence complète de dignité ! Quel déplorable spectacle : une nation qui adopte un tel organe pour ses opinions, un tribunal dans le sein duquel Aristo-

phane établit son théâtre pour y livrer à la risée publique
des magistrats qui, par malheur, sont dignes de ce traite-
ment; et, ce qu'il y a de plus triste, un gouvernement
qu'on ne saurait ni plaindre ni excuser! Quel cercle vicieux d'où l'espoir du bien aurait peine à sortir!

Ainsi ce fut au milieu du mépris et de la haine que
Louis XV termina sa trop longue carrière. On vit avec un
vif sentiment d'espérance le nouveau roi monter sur le
trône. Chacun pensa que tout allait prendre une face nouvelle, chacun crut que ses vœux et ses désirs allaient être réa-
lisés. Le monarque était animé du plus pur zèle pour le bien
public; peu de rois ont eu l'intention plus sincère et plus
constante de vivre pour le bonheur du peuple; mais son esprit et son caractère étaient trop faibles pour avoir quelque
dessein arrêté : il désirait le bien, et ne savait comment le
faire. Afin d'arriver à son but, il voulut s'en remettre à
ceux dans lesquels il supposait le plus de lumières. Ce fut
alors que la philosophie se crut arrivée au terme qu'elle
ambitionnait : des ministres furent choisis dans ses rangs,
et furent appelés à tenir les promesses de leurs écrits ou de
leurs doctrines. Ils apportèrent un sincère désir d'être utiles, un vif amour du juste et de l'honnête, une vertu sévère, un grand dévouement à leur souverain ; mais ils mé-
connurent le caractère de la nation et du siècle ; ils ne surent pas se défendre des intrigues frivoles que l'on diri-
geait contre eux. Nourris de théories, ils ne songèrent pas
à modifier leurs opinions, et à les faire adopter sans éclat
et comme insensiblement; ils n'essayèrent pas d'améliorer
sans troubler les habitudes et sans alarmer les amours-
propres. Enfin leur secours fut sans fruit ; le sort les avait
jetés dans un ensemble de circonstances où ils furent impuissants à faire le bien qu'ils avaient espéré.

Cependant l'incertitude du monarque, qui semblait reconnaître qu'un changement dans l'ordre des choses était nécessaire, et qui ne savait comment l'opérer, avait dirigé les esprits avec plus de force encore vers cette pensée; tous s'occupaient, suivant leur capacité, des principes de la philosophie et de la politique. Des notions confuses de gouvernement, de législation, d'économie publique, faisaient fermenter toutes les têtes; il y avait dans la nation un désir vague de perfectionnement, une ivresse de lumières que l'on croyait avoir acquises, un dédain superbe pour le passé, enfin une effervescence qui allait toujours croissant.

La littérature était regardée comme l'instrument universel dont chacun croyait nécessaire de s'armer : être un écrivain, c'était occuper un rang dans l'État, et l'esprit était devenu une puissance à laquelle toutes les autres rendaient hommage. Les opinions se répandaient promptement dans toute la nation; chaque classe, par amour-propre ou par imitation, se hâtait d'adopter les idées de la classe supérieure, et jamais il n'y eut autant de moyens pour accélérer cette communauté; jamais littérature ne se montra plus populaire; les petits théâtres, les almanachs, les romans les plus ignobles se chargeaient des opinions à la mode, et les portaient parmi le peuple. Un voyageur revenait en France après quelques années d'absence; on l'interrogea sur les changements qu'il remarquait : « Rien autre chose, dit-il, sinon que ce qui se disait dans les salons se répète maintenant dans les rues. »

C'est ainsi que toutes les classes, toutes les conditions se remplissaient d'auteurs et de philosophes; à défaut de sentiments et de pensées, la plupart se nourrissaient de paroles mal comprises et mal digérées. Les journaux aidaient aussi merveilleusement cette disposition. En se multipliant, ils avaient cessé d'être, comme auparavant, un recueil de jugements sérieux sur les sciences et les lettres ; publiés chaque jour, ou à de courts intervalles, ils avaient acquis des lecteurs sans nombre ; faits avec plus de facilité, ils étaient lus avec moins de réflexion. Par le progrès des mœurs, la société et la conversation avaient acquis une grande influence. Le plaisir de communiquer ses idées à mesure qu'elles naissent, de leur donner plus de rapidité, et de jouir plus vite et plus complétement de leur effet, avait propagé ce mode de communication. Les journaux mirent la conversation en commun entre des milliers d'hommes ; ils leur apprirent à penser facilement et sans maturité. Ainsi disparurent partout la timidité à concevoir une opinion et la réserve à la dire ; chacun se fonda sur sa science et sur son jugement.

Cependant ce mouvement universel présentait, au premier aperçu, un assez beau spectacle. Un zèle général pour le bien de l'humanité animait toutes les pensées ; on se repaissait d'illusions, à la vérité, mais elles n'étaient point coupables. Beaucoup d'orgueil et de vanité présidait à toute cette fermentation ; mais l'intérêt personnel proprement dit n'y mêlait pas ses calculs sordides. Les sciences étaient arrivées à une époque remarquable par leurs progrès ; elles s'efforçaient d'être utiles, et parvenaient souvent à y réussir. Enfin il y avait dans tout cet ensemble de circonstances quelque chose de plus moral et de moins dégradé que dans les dernières années du règne de Louis XV ; comme on voit quelquefois dans les vieillards un retour de force et d'activité, une étincelle inattendue du feu de la jeunesse, épuiser les faibles ressorts d'un corps usé, et présager quelque violente maladie. En effet, cet esprit public tendait de plus en plus au changement, sans trop savoir ce

qui devait être changé. Depuis le trône jusqu'au dernier
rang du peuple, tous voulaient un ordre nouveau; il y
avait une discordance complète entre les institutions et les
opinions. On essaya pendant quelque temps de faire fléchir les institutions; les circonstances s'y opposèrent; la
chose parut impossible : les institutions s'écroulèrent.

Au milieu de ce murmure sourd, précurseur de l'orage,
la littérature reprit aussi plus de vivacité et un caractère
plus vrai.

Ce fut alors que le traducteur de Virgile, dont le talent
s'était déjà annoncé avec éclat, fit paraître un ouvrage où
la poésie descriptive était ornée de tous ses charmes.

Alors aussi, et sans doute ce ne fut pas sans surprise,
on vit, au milieu d'un siècle si éloigné de la simplicité des
sentiments et de la peinture naïve de la nature, apparaître
comme par phénomène un écrit revêtu de ces couleurs dont
l'usage paraissait perdu. La postérité aura peine à croire
que *Paul et Virginie* ait été composé à la fin du dix-huitième siècle. Sans doute elle devinera qu'un esprit amoureux de la solitude et de la méditation, inspiré par le
spectacle d'une nature encore sauvage et presque vierge,
pouvait seul tracer un tel tableau.

Ce fut encore pendant ces années que deux poëtes éroti-
ques se distinguèrent dans un genre qui jusqu'alors était
resté étranger aux lettres françaises.

La comédie quitta le ton précieux et ridicule de Dorat et
de ses imitateurs. Collin d'Harleville la ramena, non pas
au temps de Molière, mais à celui de Destouches ou de Lachaussée. Il sut y répandre un intérêt doux et des sentiments exprimés avec charme et vérité. Fabre, son rival,
eut plus de verve; malgré ses hautes prétentions, il ne fut
souvent qu'un déclamateur.

Les seules fables qu'on puisse lire avec avec plaisir, après celles de La Fontaine, furent aussi composées dans ce temps, et leur auteur ne se dististingua pas par ce seul ouvrage.

Anacharcis parut de même à cette époque. L'érudition n'avait pas encore été consacrée à un pareil emploi. Au lieu de présenter l'aride résultat de ses travaux, et tout l'échafaudage des recherches, l'abbé Barthélemy sut mettre l'érudition en action, et en usa pour tracer un vivant tableau de l'ancienne Grèce. Cette peinture est aussi animée que si elle était le fruit de la seule imagination. Le long travail nécessaire pour en préparer les matériaux n'a pas refroidi l'auteur; on voit qu'il avait devant les yeux tout ce qu'il avait placé dans sa mémoire. C'est peut-être à ce goût vif pour l'antiquité, où il avait su si bien se transporter, que le style de l'abbé Barthélemy a dû quelques rapports éloignés avec le style de Fénelon. Du moins est-il vrai que Platon l'a parfois rendu éloquent, comme Homère avait rendu Fénelon poétique.

Une foule d'écrits sérieux et utiles, ou qui du moins cherchaient à l'être, étaient encore mieux en harmonie avec l'occupation générale des esprits.

Quelques hommes d'Etat donnaient à des matières qui jusqu'alors étaient demeurées étrangères au public un intérêt qui était dû à l'élévation de leurs idées, à la pureté de leurs vues et à la noblesse de leurs sentiments. Parmi eux, M. Necker se distinguait par un amour plus éclairé de la morale et de la vertu. Au milieu de cette ivresse orgueilleuse de la raison humaine, son éloquence conservait une sagesse et une modération inconnues alors. Il défendait la cause des sentiments religieux contre le torrent des opinions à la mode, et donnait à tous ses écrits un caractère de finesse et d'élévation, de gravité et de douceur.

Revenons à la disposition des esprits au moment où éclata la révolution.

Les mouvements qui agitent les peuples peuvent être de deux sortes : les uns sont produits par une cause directe, d'où résulte un effet immédiat. Une circonstance quelconque amène une nation, ou même une partie de la nation, à désirer un but déterminé : l'entreprise échoue ou réussit. Les décemvirs faisaient peser leur tyrannie sur Rome ; un événement particulier la rend tout-à-fait insupportable : elle est renversée. Le Parlement d'Angleterre désespère de voir la nation heureuse sous la domination des Stuarts : il change la dynastie. Les Américains se trouvent opprimés par le fisc des Anglais : ils se déclarent indépendants. Ce sont là les heureuses révolutions ; on sait ce qu'on veut ; on marche vers un terme précis, on se repose quand il est atteint.

Mais il est d'autres révolutions qui dépendent d'un mouvement général dans l'esprit des nations. Par le cours des opinions les citoyens sont arrivés à se lasser de ce qui est, l'ordre actuel les blesse dans sa totalité ; une ardeur, une activité nouvelles s'emparent de tous les esprits ; chacun est impatient de la place qui lui est assignée ; tous en veulent une nouvelle : ils ne savent ce qu'ils désirent, et ne sont plus susceptibles que de mécontentement et d'inquiétude.

Ce sont là les symptômes de ces longues crises dont on ne saurait assigner la cause précise et directe, qui semblent le résultat de mille circonstances simultanées, mais d'aucune en particulier ; qui allument tout autour d'elles, parce que tout est prêt à s'embraser ; qui ne renferment d'abord aucun principe salutaire propre à les apaiser ; qui enfin seraient un enchaînement éternel de malheurs, de révolutions et de crimes, si le hasard et plus encore la lassitude ne venaient pas les terminer. Telle fut la convulsion qui conduisit Rome du gouvernement républicain à la domination des empereurs, à travers les proscriptions et les guerres civiles ; telle fut la longue agitation qu'éprouva l'Europe lors de l'établissement de la réforme : sanglante période qui fut le passage des mœurs et des constitutions anciennes à un ordre tout nouveau ! Ce sont des époques critiques de l'esprit humain, qui proviennent de ce qu'il a perdu son assiette habituelle, et dont il ne sort qu'après avoir changé totalement de caractère et de physionomie.

La révolution française a offert un semblable spectacle ; de même elle a été amenée par des causes universelles et nécessaires. Toutes les circonstances dont elle a semblé résulter sont liées entre elles, et n'ont été puissantes que par leur réunion. D'ailleurs, quand les effets ont été si vastes, qui peut croire que la cause ait été petite ? Lorsque la moindre pierre, soustraite à un édifice, entraîne sa chute, qui pourrait n'en pas conclure qu'il était près de tomber en ruines ?

Il n'est pas besoin de tourmenter l'explication des faits pour concevoir une telle pensée. Quel motif précis pourrait-on assigner à nos troubles ? Peut-on dire qu'aucune chose en particulier excitât un mécontentement vif ? Est-ce de la tyrannie que naquit la sédition ? D'où vient que l'autorité ne trouva ni volonté ni force pour la réprimer ? On dirait vainement que le pouvoir confié à d'autres mains eût été mieux défendu. Le caractère d'un gouvernement, on pourrait même dire d'un souverain, ne dépend-il pas des circonstances où se trouve la nation et des idées qui sont répandues ? Voudrait-on affirmer qu'un roi pourrait user de moyens violents et militaires, lorsque, depuis cent ans, ni lui ni ses pères ne sont plus soldats ? L'armée et ses chefs ont-ils le même esprit et la même discipline, après un long repos, qu'après de sanglantes guerres ? C'est ainsi qu'on peut se convaincre qu'une révolution qui change la face de l'univers ne résulte pas du caractère d'un homme ou d'une résolution qu'il a prise.

Ce fut donc une impatience d'autant plus forte dans ses attaques qu'elle était vague dans ses désirs qui produisit le premier ébranlement. Chacun s'abandonnait librement à ce sentiment sans réserve et sans remords. On s'imaginait que la civilisation et les lumières avaient amorti toutes les passions, adouci tous les caractères ; il semblait que la morale était devenue facile à pratiquer, et que la balance de l'ordre social était si bien établie que rien ne pourrait la déranger. On avait oublié que ce n'est jamais impunément que l'on met en fermentation les intérêts et les opinions des hommes. Le calme et les longues habitudes étouffent dans le cœur humain un égoïsme actif, une ardeur qui se rallument lorsqu'il se trouve chargé personnellement de défendre ses intérêts, lorsque le désordre de la société les remet en problème, lorsqu'ils ne sont plus protégés et maintenus par des règles fixes ; quand ces règles sont détruites, l'homme se trouve, comme auparavant, âpre et hostile. Cette mansuétude sociale, que lui avait donnée le repos, fait place aux vices et aux crimes. Il avait été moral par harmonie avec l'ordre établi, il retrouve toute sa force en entrant dans la carrière du mal.

Une autre cause accroissait la chaleur et l'imprudence des opinions : c'est la certitude que chacun y attachait. Les temps étaient paisibles et uniformes ; les idées et les systèmes avaient un libre cours ; rien ne venait les contrarier ni les démentir ; on manquait d'expérience, et l'on donnait toute confiance à la théorie. Mais quand viennent les

15

moments orageux; quand à chaque instant des événements
nouveaux et imprévus attestent la faiblesse des raisonnements ou des prédictions; quand tous les jours on s'abuse
sur les hommes et sur les choses, pour être désabusé le
lendemain par une lumière soudaine, alors on devient
moins hardi dans ses calculs, on craint de se tromper, et
l'on ne veut rien hasarder sur les assurances fragiles de sa
propre raison.

Ainsi on ne devait attendre ni prudence ni modération
même des hommes honnêtes et sages. L'idée d'un renou-
vellement complet ne les effrayait pas; ils voyaient la chose
comme facile et le résultat comme heureux; aucune hésitation ne les arrêtait; l'objet de leurs vœux n'était pas seulement de modifier l'ordre existant, ils voulaient en créer
un autre. Aussi, en peu de temps, la destruction fut to-
tale : rien n'échappa à cette ardeur de démolir. On ne se
doutait pas que renverser ainsi toutes les lois, toutes les
habitudes d'un peuple, décomposer tous ses ressorts, le dissoudre dans ses principes, c'est lui ôter tous les moyens de
résistance contre l'oppression : pour qu'il puisse la combattre, il faut qu'il trouve de certains points d'appui, des
centres d'agrégation, des enseignes pour se rallier : on lui
ôta tous ces secours. La nation fut mise en poudre et livrée
sans défense à toutes les tyrannies révolutionnaires. Tel
est l'inconvénient des révolutions entreprises, non pas pour
un but certain, mais pour la satisfaction d'un sentiment vague. Si on eût réclamé quelque privilége, quelque droit
positif, écrit dans des chartes nationales, on l'eût obtenu,
et puis on eût été satisfait. Mais lorsque des hommes demandent à grands cris la liberté, sans y attacher aucune
idée fixe, ils ne font autre chose que préparer les voies
au despotisme, en renversant tout ce qui pourrait l'arrêter.

Les premiers artisans de cette destruction furent la plupart inspirés par des vues pures et bienfaisantes. Bien que la première de nos assemblées publiques se soit égarée dans beaucoup d'illusions, elle offre sans nul doute un titre de gloire pour la France. Elle présente un spectacle imposant, cette réunion d'hommes, l'élite de la nation, rassemblés de tous les points de son territoire pour s'occuper des intérêts les plus chers de la patrie et de l'humanité, y apportant la plus noble chaleur et toutes les forces de leur âme; presque tous sacrifiant leurs intérêts personnels, hormis celui de leur renommée. Leurs travaux, qui n'ont pas eu d'heureux résultats, nous paraissent quelquefois vains et insensés; cette ardeur à établir des principes, en négligeant de s'occuper de leur application, nous semble parfois puérile. Nous sommes tentés de mépriser nos prédécesseurs, ainsi qu'ils faisaient des leurs. Toutefois n'oublions pas qu'il est facile de juger après l'événement. Tâchons de nous transporter, par la pensée, dans ce temps, qui commence à nous paraître bien éloigné, où les âmes, pleines de ressort et d'énergie, avaient besoin d'occupation et de mouvement, où leur flamme se portait sur tous les objets, où leurs facultés étaient ambitieuses de s'exercer tout entières; et si nous reconnaissons que, dans une telle disposition, les esprits sont susceptibles d'erreur et d'illusion, peut-être penserons-nous aussi qu'ils n'ont pas pour cela moins de force et moins de puissance. Alors nous pourrons apercevoir combien de talents se distinguèrent dans cette assemblée; nous pourrons observer le caractère de l'éloquence publique, dans le seul moment où elle a pu se montrer en France; nous y retrouverons les défauts de la littérature et de la philosophie du dix-huitième siècle. Nous pourrons y désirer quelque chose de plus simple et de

moins déclamateur ; nous regretterons que quelques orateurs célèbres n'aient pas pu substituer l'autorité d'une vie
grave et pure à la chaleur parfois factice et théâtrale de
leurs discours ; mais en même temps nous admirerons combien la parole fut souvent noble, élevée et persuasive dans
cette tribune ; combien la discussion philosophique y fut
profonde et subtile ; combien de force et de courage de caractère fut employé dans l'attaque et dans la défense ;
nous nous applaudirons de voir la France si fertile en
hommes éclairés et en amis du bien public ; enfin nous
apprendrons à tirer honneur d'un moment dont quelques
personnes aveugles ou de mauvaise foi voudraient faire
rougir la nation.

Mais peu après le spectacle changea ; le mouvement se
communiqua de proche en proche, et chacun voulut se
mêler aux affaires. Bientôt on vit paraître dans les assemblées politiques des hommes d'un caractère nouveau : nés
pour la plupart dans une classe secondaire, ayant vécu
hors d'une société qui adoucit le caractère et diminue la
force de la vanité, en lui donnant des jouissances journalières ; ennemis envieux et acharnés de la différence des
rangs, ils étaient nourris des livres modernes et de leurs
théories, que le commerce des hommes n'avait pas modifiées dans leur esprit. Ils y trouvaient de quoi revêtir de
noms honorables leurs sentiments personnels, qu'eux-
mêmes ne démêlaient pas bien. Les uns arrivaient péné-
trés de Rousseau, et puisaient dans ses écrits la haine de
tout ce qui était au-dessus d'eux ; les autres avaient pris
dans Mably l'admiration des républiques anciennes, et
voulaient reproduire leurs formes parmi nous ; quelques-
uns avaient emprunté à Reynal la torche révolutionnaire
qu'il avait allumée pour consumer toutes les institutions ;

d'autres, élèves du fanatisme de Diderot, frémissaient de colère au seul mot de prêtre et de religion; il y en avait qui voulaient froidement essayer leurs théories abstraites, dont leur orgueil désirait l'application, quelque prix qu'elle pût coûter.

Telle fut la seconde classe d'hommes qui prit part à la révolution; comme ils n'avaient pas une perversité bien décidée, et qu'il entrait de l'aveuglement dans leurs fautes, ils ne recueillirent aucun fruit du mal qu'ils avaient fait, et en furent promptement punis. Le talent de quelques-uns d'entre eux ne doit pas être passé sous silence; il se montra surtout lorsque leur éloquence leur servit à se défendre, après avoir eux-mêmes tant attaqué; leur langage alors fut souvent touchant et vrai.

Après eux, la révolution n'appartient plus à l'histoire des opinions; elle est livrée presque entièrement aux passions et aux intérêts personnels. Le masque dont ils se cachaient était si grossièrement appliqué que personne n'a pu s'y tromper; la plupart de ceux qui s'en couvraient ne se faisaient pas illusion à eux-mêmes. Ce qu'ils ont fait n'a pas même l'excuse de l'enthousiasme et de l'enivrement.

Ainsi, ayant voulu traiter la question si souvent débattue de l'influence des lettres et de la philosophie sur nos troubles politiques, nous nous arrêterons au moment où elles n'y sont plus pour rien. Au milieu des crimes et des calamités publiques, la littérature ne put jouer qu'un rôle bien secondaire. On doit remarquer toutefois une circonstance qui semble particulière à un temps civilisé : aucun parti, aucune autorité ne voulut renoncer à couvrir ses actes et ses sentiments d'un vernis de raisonnement; le plus fort voulut toujours prouver qu'il avait raison autrement que par la force. Le sophisme et la décla-

mation furent sans cesse aux ordres de chaque domination,
la parole s'employa à tout ; il n'y a rien qu'elle n'ait jus-
tifié, rien qu'elle n'ait loué. On a trouvé de complaisants
philosophes pour excuser les massacres, et des amis de la
liberté pour vanter le pouvoir arbitraire. La poésie même
a prêté ses accents pour chanter les temps les plus cruels
de nos malheurs. Elle a eu un enthousiasme de com-
mande, et a fait entendre sa voix au milieu du sang et des
larmes. Déjà il ne reste presque plus rien de cette littérature révolutionnaire. Le langage ne pouvait avoir ni persuasion ni verve dans de tels moments. L'art ne sait point
donner d'effets durables à une éloquence hypocrite ; et alors
même que, par un aveuglement fatal, l'imagination a pu
acquérir un certain degré de chaleur et de vraie passion,
elle semble, à nos yeux, comme l'exaltation produite par
l'ivresse, un objet de dégoût et de pitié.

Enfin avec le siècle se termina cette convulsion, qui semblait se renouveler sans cesse ; une main puissante vint calmer les agitations intérieures de la France. L'Europe, qui
n'avait su combattre ni même connaître la force et la nature de notre révolution, commença à y participer entièrement ; partout l'ordre ancien des choses, comme s'il
eût été condamné par un décret irrévocable, s'écroula dès
qu'il fut attaqué. L'avenir apprendra quelles mœurs, quelles
opinions politiques ou morales pourront naître au milieu de
tous les éléments que cette nouvelle composition n'a pas
encore combinés entièrement. Les esprits ne changent pas
aussi rapidement que les événements ; tant d'agitation et d'incertitude ont dû troubler les âmes, et les laisser pour longtemps inquiètes et douteuses dans leurs sentiments, leurs
désirs ou leurs opinions. Ceux qu'a rompus un long désordre ne peuvent pas devenir meilleurs tout à coup ; les idées

ne sauraient être assises et fixes quand elles ont manqué si longtemps de centre où se rattacher ; les habitudes se forment difficilement chez les hommes qui, pendant plusieurs années, n'ont pu compter sur le lendemain. Enfin le calme peut être rétabli dans le monde physique, s'il est permis de nommer ainsi l'ensemble d'une nation et les rapports publics des hommes entre eux, tandis qu'un triste chaos peut régner encore dans le monde moral.

Reprenons rapidement la marche que nous avons suivie dans nos réflexions sur le cours de l'esprit humain pendant le dix-huitième siècle.

La fin du règne de Louis XIV vit disparaître les hommes qui avaient contribué à illustrer ce monarque. Privé de l'éclat qu'ils répandaient sur lui, il perdit, avant sa fin, par ses fautes et ses malheurs, l'admiration et le respect des peuples ; il vit son ouvrage se détruire, et comme il avait tout rattaché à sa personne, il put apercevoir qu'après sa mort il ne resterait plus rien de lui. A peine, en effet, est-il expiré, qu'on voit éclater tous les désordres qui fermentaient depuis quelques années. La licence succède rapidement à la contrainte qui vient de cesser. La littérature, qui d'abord avait paru ne pas devoir survivre à ceux qui l'avaient honorée dans le siècle précédent, se réveille après un court moment d'inertie ; mais elle a commencé à prendre une face nouvelle ; son caractère n'est déjà plus le même ; ceux qui la cultivent n'ont pas non plus les mêmes mœurs et le même esprit que leurs devanciers.

Bientôt ces changements deviennent plus marqués ; les lettres participent à l'esprit de licence de la société. Un génie ardent s'asservit à toutes les opinions naissantes, les flatte d'abord, puis les prévient et les accélère ; il brille sur la scène, et l'enrichit de chefs-d'œuvre nouveaux. La poésie, dans sa bouche, acquiert tout le charme de la facilité et de l'élégance; son activité s'essaie à tous les genres de succès : il les obtient presque tous, et souvent il les mérite : ses ouvrages ont tous la même direction; ils attestent le goût et l'esprit des contemporains. Un autre écrivain, plus grave et plus profond, cache aussi, sous une écorce plus secrète, une grande conformité avec le cours général des esprits; il dirige l'attention publique sur les matières de gouvernement et de politique, et s'y montre habile et sage.

Cependant peu à peu le sort des hommes de lettres a changé; ils sont devenus plus nombreux, ils ont acquis plus d'indépendance, et leur place a pris plus d'importance dans la société. Leur vanité s'en accroît, et leurs opinions se ressentent de ce changement. La résistance qu'on croit leur devoir opposer est faible et mal dirigée; elle ne sert qu'à augmenter leurs dispositions hostiles. Forts de l'opinion publique et de l'accueil flatteur de l'Europe entière, ils se réunissent et forment une sorte de secte dont les membres ne professent pas des opinions arrêtées et uniformes, mais qui, animées du même esprit, tendent à produire le même effet.

Dans cette secte naît une nouvelle philosophie : l'homme est envisagé sous un point de vue différent; une métaphysique plus claire et moins élevée est adoptée; on la croit démontrée; la morale et la politique s'étonnent de voir leurs principes s'élever sur des bases nouvelles : la religion est attaquée avec violence; toutes ces opinions se disséminent dans les livres particuliers de chaque écrivain, et se réunissent en un seul et vaste corps d'ouvrage, entrepris dans des vues utiles, mais exécuté ensuite dans une autre intention; l'ordre social concourt merveilleusement avec ce progrès des opinions; l'auto-

rité est sans force, sans action régulière; la nation est
sans gloire, la religion sans apôtres, la morale pratique
a disparu avant même qu'on ait essayé d'ébranler ses
principes.

Un philosophe se sépare entièrement des autres, et même
se déclare leur ennemi; plus éloquent, plus enthousiaste
que tout ce qui l'entoure, il arrive au même but par une
voie diffrente, il attaque avec passion les lois de la société
et les devoirs qu'elle impose; bien qu'il soit le défenseur
des vertus et des nobles sentiments, il veut y conduire par
une route dangereuse.

Les sciences, qui, dans le commencement du siècle, ont
procédé avec patience, mais sans succès éclatants, deviennent tout à coup un haut titre de gloire pour la nation. Un
homme profond dans les sciences exactes en montre la marche et l'esprit, les envisage d'un coup d'œil philosophique, et trace peut-être le chemin à tous ceux qui s'y sont
tant illustrés depuis.

Les sciences naturelles sont embrassées par un écrivain
qui les expose avec génie et leur prête un langage éloquent.
Après lui, elles adoptent une autre marche, elles font de
rapides progrès, s'avancent de découverte en découverte,
se divisent en théories claires et ingénieuses, et deviennent plus répandues et plus utiles. La nouvelle métaphysique aide à tous ces succès; elle est entièrement conforme
à l'esprit des sciences de faits et de démonstration abstraite.

Pendant ce temps, les lettres déclinent, il n'apparaît
plus de ces esprits pleins de force qui leur impriment un
mouvement nouveau; l'art dramatique déchoit; la poésie
perd la grandeur et ne conserve plus que la grâce. Les pro-
sateurs sont plus heureux, ils montrent du sens, de la fa-

cilité, de l'élégance, et ne sont faibles que quand ils veulent atteindre à la haute éloquence. Une foule d'écrits utiles et instructifs se répandent ; le savoir devient plus facile à acquérir ; mais précisément pour cette raison, il a souvent plus d'apparence que de réalité.

Un nouveau règne commence ; cette circonstance allume les désirs du changement ; on aspire à un état nouveau, toutes les pensées s'y dirigent, et les lettres participent aussi à ce retour de force et d'activité. Cet élan présente un noble aspect ; on se plaît à voir cette ardeur de tant d'hommes vertueux et éclairés pour le bien de leur pays ; mais les meilleurs esprits s'égarent en de vaines illusions. Jamais on n'a eu tant de vanité et d'assurance ; on veut détruire sans savoir précisément pourquoi ; on veut tout créer de nouveau, dédaignant ce que le passé a légué. Ces folles prétentions sont punies. Tout s'écroule, rien ne se répare ; une longue suite de malheurs vient apporter l'expérience, rabattre l'orgueil des opinions, et inspirer le désir du repos. Enfin arrive un nouvel état de choses qui, après quelques incertitudes de l'esprit humain, lui imprimera une direction que l'on ne peut entrevoir, tant qu'il sera encore troublé par le souvenir trop présent de nos déplorables agitations.

Ainsi s'est écoulé le dix-huitième siècle. Quand, par la rapide succession des temps, un grand nombre de périodes pareilles aura passé sur les tombeaux des hommes et peut-être sur ceux des peuples, ce siècle ne demeurera pas inconnu dans la foule des siècles écoulés ; il ne sera pas confondu avec ceux qui ne rappellent aucun souvenir dans la mémoire des hommes. La marche de l'esprit humain, le but où il est parvenu y ont été si remarquables, qu'il attirera toujours les regards de la postérité. Ce n'est pas

enfin de renommée qu'il aura manqué; et s'il était permis
de former un vœu pour un avenir dont une faible partie
seulement nous appartient, nous souhaiterions que le siècle qui commence, ce siècle que nous avons vu naître et
qui nous verra tous mourir, apportât à nos fils et à leurs
enfants, non plus de gloire et d'éclat, mais plus de vertus
et moins de malheurs.

NOTE

DE L'ÉDITEUR

———

Mᵐᵉ de Staël avait fait pour le *Mercure de France* l'analyse suivante du livre que nous venons de réimprimer. La censure se refusa à l'insertion de cet article, que nous avons retrouvé et que nous publions pour la première fois. Nous avons cru qu'il serait curieux de lire les vues fines et profondes que Mᵐᵉ de Staël a jetées, tout en passant, sur ce sujet.

« L'Institut a donné pour sujet de concours l'examen de la littérature française du dix-huitième siècle. Il paraît que ce sujet a rencontré de grandes difficultés, puisque depuis plusieurs années aucun des discours envoyés n'a paru digne d'obtenir le prix proposé. On ne s'est peut-être pas assez rendu compte de ce qu'on exigeait des écrivains qui devaient traiter un pareil sujet. Était-ce l'influence de la littérature du dix-huitième siècle sur le goût, sur les beaux-arts, la morale, la religion, la politique, ou simplement une nomenclature raisonnée des auteurs célèbres et de leurs ouvrages ? Le premier travail exige un coup d'œil philosophique, hardi, indépendant; le second est l'œuvre d'une patience spirituelle qui mettrait après chaque nom propre

16

une louange ou une critique ingénieuse. Dans l'ouvrage que nous annonçons, la littérature du dix-huitième siècle est considérée sous un point de vue général ; plusieurs auteurs y sont jugés avec une sagacité profonde : mais c'est surtout la question principale qui y est approfondie dans tous les sens. Cette question consiste à savoir s'il faut accuser les écrivains du dix-huitième siècle des malheurs de la Révolution, ou si leur tendance était bonne et leurs intentions pures. L'auteur cherche à prouver que leurs erreurs étaient le résultat des circonstances politiques dans lesquelles ils se sont trouvés, de ce relâchement des principes sociaux, préparé par la vieillesse de Louis XIV, la corruption du Régent et l'insouciance de Louis XV. Mais il croit voir un sincère amour du bien dans le désir général qu'éprouvaient alors les hommes éclairés d'accomplir ce bien par les lumières. L'auteur, en se montrant ainsi juste envers les philosophes du dix-huitième siècle, n'en est pas moins sévère et pur dans les jugements qu'il porte sur la légèreté des mœurs et la légèreté plus coupable encore envers la religion. L'on aime à voir dans les opinions et dans le caractère du jeune écrivain un heureux mélange d'austérité dans les principes et d'indulgence pour les hommes ; mais ce qui domine avant tout dans ce discours, c'est l'esprit français, l'amour de la patrie : on sent que le mot de France est tout-puissant sur celui qui l'écrit ; il se le prononce à lui-même avec délice. La vieille France parle à son imagination ; la France de Louis XIV satisfait sa fierté ; la France du dix-huitième siècle occupe sa pensée, et la France des premiers jours de la Révolution lui semble s'élever à la hauteur de l'éloquence et de l'enthousiasme des peuples libres. Ce patriotisme de sentiments et d'idées fortifie l'esprit public et donne au talent d'écrire une puissance nationale.

» Parmi les morceaux que nous avons remarqués, nous indiquerons particulièrement un passage sur l'origine de la poésie française, une peinture singulièrement spirituelle de la Fronde, des réflexions pleines de profondeur sur le règne de Louis XIV, un jugement sur Bossuet, superbe encore au milieu de tout ce que Bossuet a inspiré. Nous aimons surtout à rappeler le morceau sur l'Assemblée constituante, parce qu'il nous paraît avoir déjà toute l'impartialité de l'histoire. L'auteur semble n'avoir jamais rien à faire avec aucun préjugé de parti.

» Nous faisons peut-être tort à cet ouvrage, où il y a des pensées à chaque ligne, en en indiquant quelques phrases. Les morceaux brillants de l'enthousiasme peuvent être détachés; mais une force contenue, une réserve animée, des réflexions qui supposent beaucoup d'autres réflexions, des connaissances qu'on aperçoit, et d'autres en plus grand nombre qu'on devine, tout cela doit être lu depuis la première ligne jusqu'à la dernière. Peut-être n'a-t-on jamais vu un écrivain débuter dans la carrière littéraire par un ouvrage aussi sagement profond; et si le caractère du talent est d'être jeune à tout âge, peut-être celui de la pensée est-il de donner la maturité à la jeunesse. D'ailleurs l'auteur de cet écrit se destinant à la carrière de l'administration, il a pris de bonne heure cet esprit de justice et de discernement qui convient surtout à la littérature philosophique et à celle qui n'entre point dans l'empire des fictions, dans cet empire où il faut donner la vie, et avec elle toutes les passions qui la signalent.

» Le style d'un écrivain est presque déjà connu quand on dit que ses idées sont neuves, orignales, nées dans sa tête, qu'une âme pure s'y fait sentir, que son jugement est impartial et profond; car le style, comme le rappelle avec raison M. de B., est l'homme même; mais on doit aussi ajouter qu'il y a beaucoup de correction et de précision grammaticale dans ce nouvel écrit.

» On pourrait désirer que l'auteur s'abandonnât plus souvent à ses propres mouvements. Se retenir n'est pas toujours de la force; et, bien qu'on sente dans l'ouvrage de M. de B. plus de chaleur qu'il n'en montre, on voudrait qu'il dît plus souvent ce qu'il laisse deviner. Son cœur et ses principes sont extrêmement religieux, mais sa manière de voir semble quelquefois empreinte de la doctrine de la fatalité : on dirait qu'il ne croit pas à l'influence de l'action, et qu'avec beaucoup d'esprit il dit pourtant comme l'ermite de Prague, dans Shakspeare, ce qui est *est*. Il est possible que le dix-neuvième siècle prenne ce caractère de résignation à la force des circonstances, que les faits tout-puissants dont nous avons été les témoins peuvent inspirer. Néanmoins, quand un homme s'annonce avec la supériorité de M. de B., on est tenté de lui demander une direction positive. Le devoir, répondra-t-il. Oui, le devoir dans la vie privée, dans les emplois publics dont le but est déterminé; mais, dans la route sublime de la pensée, ne faut-il pas que l'impulsion nous vienne d'un caractère enthousiaste? Ne faut-il pas être partial pour ou contre, louer trop, blâmer trop, enfin posséder en soi-même un mouvement et une volonté assez forte pour la communiquer aux autres?

» Le dix-huitième siècle énonçait les principes d'une manière trop absolue; peut-être le dix-neuvième commentera-t-il les faits avec trop de soumission. L'un croyait à une nature de choses, l'autre ne croira qu'à des circonstances. L'un voulait commander l'avenir, l'autre se borne à connaître les hommes. L'auteur du discours dont il s'agit est peut-être le premier qui ait vivement pris la couleur d'un nouveau siècle. Il se détache et s'élève au-dessus des temps qui ont été contemporains de son enfance; il est la postérité dans ses jugements; mais quand il voudra créer à son tour, il aura affaire à un avenir aussi, il sentira le besoin, il développera les moyens d'exercer une influence vive et décidée. »

DISCOURS DE RÉCEPTION

A

L'ACADEMIE FRANÇAISE.

16.

DISCOURS DE RÉCEPTION

PRONONCÉ

A L'ACADÉMIE FRANÇAISE

LE 20 NOVEMBRE 1828.

————

MESSIEURS,

Lorsque vous avez bien voulu m'appeler parmi vous pour remplacer M. le comte de Sèze, en me faisant un grand honneur, vous m'avez imposé une tâche difficile. Je crains de ne pas suffire au noble devoir qui me prescrit de rendre à sa mémoire un solennel hommage. Son non imprime un caractère inaccoutumé à cette séance académique, qui à elle seule m'intimiderait. Ce n'est pas seulement vous qui me demandez de louer un confrère que vous avez perdu : la France entière ordonne que j'honore le souvenir d'une belle action. Je me sens aussi exigeant envers moi-même, et je voudrais trouver des paroles égales à mes impressions.

Pour surcroît d'embarras, déjà une voix plus éloquente,

plus digne que nulle autre de louer M. de Sèze, s'est fait entendre à la tribune du premier corps de l'Etat (1). Les expressions frappantes qui animent toujours la langue d'un illustre écrivain sont encore présentes à votre mémoire, et je m'effraie d'avoir à raconter après lui le dévouement de son noble ami.

En effet, Messieurs, c'est de ce dévouement que je dois vous entretenir. Tel est le souvenir invariablement attaché au nom de M. de Sèze. Son éternel honneur sera d'avoir été associé à l'événement le plus tristement religieux de notre Révolution. En vain essaierais-je de réduire M. de Sèze à un mérite littéraire. Si je recherchais ses titres académiques ; si je rappelais l'élégante correction et les mouvements oratoires de ses plaidoiries ; si je parlais de son goût pour les lettres, goût toujours vif, toujours animé, qu'il conserva jusqu'à son dernier jour comme un souvenir de jeunesse ; si je disais que sa place était naturellement marquée parmi nous, vous me répondriez, avec tout le public, que ce n'est pas là ce que vous attendez de moi ; que lorsque le nom de M. de Sèze est proféré, personne ne songe à tout cela. Tels ne sont point les motifs qui vous le firent choisir ; ce n'est pas les lettres que vous voulûtes honorer en lui, ou plutôt vous avez saisi avec empressement l'occasion de signaler un de ces exemples si rares, où le talent n'est pas seulement consacré à satisfaire l'esprit, mais où, se produisant sur le théâtre de la vie réelle, il se montre comme un sentiment de l'âme et se confond avec la vertu. Alors la parole n'est plus seule-

(1) M. le vicomte de Chateaubriand a prononcé l'éloge de M. le comte de Sèze dans la séance de la Chambre des Pairs du 18 juin 1828.

ment une expression de la pensée, un instrument de l'imagination : elle s'élève à toute la dignité de l'action ; elle comporte le courage et le sacrifice ; elle obtient pour récompense, non plus de vains applaudissements, mais l'admiration de toutes les nobles âmes.

Pour apprécier ce que fit M. de Sèze, on doit se reporter aux circonstances où il fut appelé à remplir ce digne office. Dans votre paisible enceinte, consacrée à tout ce qui adoucit et efface des souvenirs douloureux, étrangère aux ressentiments de nos vieilles discordes, je me vois contraint à retracer le tableau d'une époque déjà éloignée, d'un temps que notre sécurité actuelle repousse chaque jour davantage dans le passé.

Ce n'est pas chose facile, Messieurs, que de donner aux générations nouvelles une idée véritable de ces moments terribles. Ceux qui n'ont point assisté aux scènes sanglantes de la Révolution ne savent guère se transporter, par l'imagination, au milieu de tant d'angoisses et de douleurs. Heureux de l'état présent de la France, ils ne songent pas qu'il a été acheté au prix des souffrances de leurs pères. Les causes qui ont produit de si vastes effets leur semblent si générales et si puissantes, que les événements se montrent à leurs yeux sous l'aspect d'une nécessité fatale. Parvenus au but, ils se croient placés au véritable point de vue pour juger de la route, et récuseraient volontiers le témoignage de ceux qui l'ont péniblement parcourue.

Cependant, Messieurs, l'histoire serait incomplète, décolorée, aride, et, ce qui est pire, serait immorale, si, ne s'attachant qu'aux résultats généraux, elle omettait, par une coupable abstraction, de replacer les faits sur le théâtre où ils se passèrent, et de les juger indépendamment de l'avenir qui leur succéda. Certes, le sort général de l'humanité nous importe ; mais notre sympathie est plus vivement émue quand on nous raconte ce que firent, ce que pensèrent, ce que souffrirent ceux qui nous précédèrent sur la scène du monde : c'est là ce qui parle à notre imagination, ce qui ressuscite pour nous la vie du passé, ce qui nous fait assister au spectacle animé des générations ensevelies.

C'est ainsi que l'histoire peut faire entendre ses hautes leçons. Elle ne doit pas représenter les hommes comme des instruments aveugles du destin, employés à leur insu, tels que les pièces d'un échiquier, pour arriver à un résultat donné ; il faut qu'elle les peigne tels qu'ils se sentaient eux-mêmes, agissant dans leur libre arbitre, et responsables de leurs actions. La Providence fait parfois sortir le bien du mal, l'ordre de l'anarchie, la liberté du despotisme. Mais ses voies sont inconnues à l'homme ; les siennes lui sont tracées par le devoir. Aux yeux de la muse sévère de l'histoire, le crime doit toujours rester crime.

Mais s'il importe de ne point dépouiller l'histoire de la vie et de la moralité, elle doit encore moins s'abaisser jusqu'à devenir l'écho des animosités et des rancunes contemporaines. La contemplation du passé lui inspire une tristesse grave et instructive ; elle se garde de profaner les plus religieux souvenirs, les infortunes les plus touchantes, en y cherchant un argument banal pour les controverses de parti.

S'il est une occasion où ce langage de la haine et de l'ignorance soit interdit, n'est-ce pas, Messieurs, lorsqu'on doit parler de la victime auguste dont le souvenir consacre et solennise votre réunion d'aujourd'hui? Comment lire ce testament si simple et si touchant, et ne pas sentir s'éteindre les ardeurs de toute discorde? C'est par

une belle pensée qu'il est interdit, lorsqu'on célèbre un
lugubre anniversaire, de faire descendre de la chaire aucune autre parole que les paroles dernières du saint roi,
ces paroles de paix et de pardon, qui ne demandent
d'autre expiation que la concorde de ses sujets, la clé-
mence de ses successeurs et le bonheur de la France.
Vous auriez dû, Messieurs, me soumettre à cette règle, et me donner pour toute tâche de relire cette œuvre évangélique. Une telle lecture eût mieux valu que
tout ce que je pourrai dire. Tout paraît froid et forcé devant ce dernier adieu d'une âme si chrétienne, si royale
et si française, au moment où elle prenait son vol vers
l'éternité.

Comment était-on venu à ce point? Après un siècle qui
s'était enorgueilli de son humanité et de la douceur de ses
mœurs, chez une nation dont le caractère n'eut jamais rien
de rude, et qui passait pour aimer ses rois, comment un
roi put-il être conduit du trône à l'échafaud? Le peuple
avait-il été soumis à une domination pesante? le monarque
avait-il repoussé les justes plaintes de ses sujets? avait-il
fermé l'oreille à leurs vœux? en avait-il appelé à la force
et soutenu la guerre civile pour maintenir une autorité
absolue? Au contraire : du jour où il était monté sur le
trône, il n'avait pas eu une autre pensée que le bonheur
de la France. Son avénement avait paru l'aurore d'un
temps meilleur et plus honorable. Cette honteuse insouciance, cette immorale frivolité, qui avaient valu à la
France tant d'affronts nouveaux pour elle, faisaient place
à l'amour du bien public.

« Heureux le monarque destiné à donner des lois à une
» nation chez qui tous les préjugés contraires au bonheur
» des hommes commencent à s'évanouir, et dans un mo-

» ment où le patriotisme et la bienfaisance sont les vertus
» que le public aime à encen er ! »

Ainsi parlait M. de Malesherbes, lorsque, peu de mois
après l'avénement de Louis XVI, il était admis dans le sein
de l'Académie française. Nul pressentiment ne troublait
ses espérances ; rien ne l'avertissait d'un funeste avenir.

L'âme du jeune roi s'était aussi ouverte à toutes les idées
de morale et de bonheur public. Mais que d'obstacles s'opposaient à ses vertueux projets de réforme ! Où le monarque pouvait-il prendre sa force et son point d'appui ? Aucune institution ne lui prêtait secours pour vaincre les ré-
sistances. Entouré de l'égoïsme aveugle d'une cour, il n'a-
vait pas un moyen légal de communiquer avec son peuple.
Qu'opposer aux intrigues, aux obsessions, aux petites cla-
meurs du palais, lorsque rien dans le pays n'avait une vie
publique ? « Il n'y a que M. Turgot et moi qui aimions le
peuple, » disait Louis XVI, et il renvoyait M. Turgot.

Ainsi s'écoulait son règne : les intentions royales et les
projets des ministres sages ne pouvaient recevoir d'exécution. M. Necker y échouait après M. Turgot. C'était comme
un cercle vicieux dont on ne pouvait sortir, encore que
chacun le souhaitât. Les améliorations qui sont tentées aujourd'hui, les lois de justice, les règlements d'humanité,
les encouragements à l'industrie, la bonne administration,
tout ce qui semble maintenant en voie de s'accomplir, fut
aussi demandé et commencé sous Louis XVI. C'était là son
ambition, comme à présent celle de son noble frère; mais
les temps n'étaient pas les mêmes. Alors le roi absolu ne
pouvait faire sa volonté; aujourd'hui le roi de la Charte
est tout-puissant pour faire le bien de son peuple.

Toutefois l'abolition de la torture et des derniers restes
de la servitude personnelle, l'état civil rendu aux protes-

tants, la publicité des comptes de finances, l'établissement des assemblées provinciales, furent des témoignages
éclatants des intentions de Louis XVI.

Enfin le moment arriva où, tout devenant chaque jour
plus difficile, chacun, depuis le trône jusqu'au dernier
rang de l'Etat, sentit le besoin de connaître son droit et
sa règle. On ne pouvait rien demander au passé : il n'offrait que diversité et confusion; pour parler le langage
parlementaire, les précédents manquaient. On s'adressa
aux principes généraux, aux théories, aux opinions; et
bientôt il sembla qu'une antique nation, après avoir traversé les siècles, se trouvait reportée à l'origine des sociétés, et qu'elle avait à conclure la chimère d'un contrat
social. Il devint manifeste que ce n'était pas une réforme
du gouvernement, mais une révolution de la société qui
était imminente.

Cependant les souvenirs, les habitudes, les droits privés, luttaient contre de si grandes nouveautés : elles
avaient de quoi offenser les hommes les plus désintéressés,
de quoi effrayer les esprits les plus sages. Les intentions
du roi, quelque populaire qu'il fût, ne pouvaient aller
jusque-là. Les devoirs de prudence et de conservation inhérents à la couronne retenaient le monarque en arrière
de l'élan général. De tels changements passent la portée
des déterminations humaines; il faut que la destinée y
mette la main.

Alors commença une lutte où intervint la violence, où
la justice disparut devant la force, où se mêlèrent les passions, où bouillonnèrent les vices; le lien social se brisa,
et le droit de la guerre sembla régner entre les citoyens
d'une même patrie. L'âme douce et bienveillante du roi
ne pouvait accepter une pareille situation. D'une voix pa

ternelle, il essaya de calmer une tempête dont les flots ne connaissaient aucun respect. Se méfiant avec raison de tous les partis, qui ne peuvent jamais répondre d'eux-mêmes, et qui par leur nature manquent de foi, ce fut lui qui inspira la méfiance. Vainement il semblait se résigner ; le consentement de la veille ne pouvait suffire au lendemain : temps déplorable, où les âmes sincères ne trouvent rien de fixe pour asseoir leurs promesses.

Broyé entre le choc des partis, le trône s'écroula, et le roi tomba aux mains des factions populaires, restées seules maîtresses du terrain. Il faut songer à ce qu'était ce terrible moment : à ce palais des rois canonné comme une citadelle et pris d'assaut au milieu de l'incendie ; à ses défenseurs égorgés ; aux massacres de septembre ; à cette funeste habitude du sang, qui enivre l'homme et le rend insensé, quand il n'émeut plus sa pitié ; à cet effroi de l'invasion étrangère ; à ce langage déclamatoire qui avait comme effacé la vérité et la raison ; à ce cynisme qui, sans conviction aucune, avait pris cependant un caractère fanatique ; à ce calcul féroce de quelques hommes qui voulaient rendre impossible à la nation, comme à eux, de revenir en arrière. En lisant les récits et surtout les discours de ce temps-là, en recueillant ses propres souvenirs, il semble qu'on traverse, avec le Dante, un des cercles de l'enfer, où ce n'est plus avec la nature humaine qu'on est mêlé, mais avec ses vices revêtus de formes bizarres et colossales.

Et pourtant, Messieurs, au milieu de ce bouleversement des sentiments moraux, de cette perversion des consciences, il ne faut pas croire que la double sainteté de l'innocence et de la royauté soit restée sans force et sans pouvoir. Dans les opinions les plus sanguinaires pronon-

cées à ce tribunal, où les juges avaient commencé par demander la tête de l'accusé, on peut reconnaître quelque
chose d'inquiet et de troublé, un besoin anticipé d'étourdir
les remords par une exaltation bruyante et factice.

« La hache tremble dans nos mains. Tout le monde est
» rempli de faiblesse. On se regarde avant de frapper. »
Tel était le langage de Saint-Just, de cet orateur dont
la cruauté systématique et passionnée est demeurée célèbre.

Un autre disait par une sorte d'aveu naïf (1) : « Si le
» sceptre eût été aux mains d'un Titus ou d'un Marc-Au-
» rèle, Titus ou Marc-Aurèle devraient porter leur tête
» sur un échafaud. »

Autour de cette assemblée rugissaient les hordes à qui
l'on avait fait massacrer les prisonniers ; elles remplissaient
les tribunes publiques et les abords de la salle. « La pos-
» térité ne concevra jamais, disait Vergniaud, l'ignomi-
» nieux asservissement de Paris à une poignée de brigands,
» rebut de l'espèce humaine, qui s'agitent dans son sein
» et le déchirent par les mouvements convulsifs de leur
» ambition et de leur fureur. »

C'est dans un tel moment, pour défendre un tel accusé,
devant un pareil tribunal, sous les yeux d'une audience
ainsi composée, que M. de Sèze fut choisi. Déjà, trois années auparavant, il avait arraché M. de Besenval aux premières fureurs populaires. Peut-être aussi son nom était-il
dans la mémoire de M. de Malesherbes, pour avoir plaidé,
en 1784, une cause relative à l'état civil des protestants,
et avoir défendu avec le plus grand éclat les principes de
raison et de justice qu'un peu plus tard M. de Males-

(1) Opinion de Genevois.

herbes avait fait consacrer par la législation. Il n'hésita
point à s'associer au vénérable magistrat qui l'avait désigné au roi, et à M. Tronchet, que Louis XVI avait choisi.
Ainsi fut honoré, dans leurs personnes, ce barreau français, dont le courage à défendre les accusés fut toujours
une des libertés et des gloires du pays.

Dès le moment même, si le danger de ce choix fut
compris, l'honneur ne le fut pas moins. Beaucoup de défenseurs de tout rang et de toute situation se présentèrent
à l'envi pour remplir ce périlleux devoir. Je vois assis
parmi vous un noble orateur qui demanda à revenir de
l'exil pour défendre son roi, avec cette chaleur et cette
religion qu'il avait mises à venger la mémoire de son
père (1). Celui même qui n'avait pas cru pouvoir se char-
ger de ce glorieux emploi éprouva le besoin d'échapper à
une fâcheuse apparence (2). Il écrivit une défense du roi,
la fit imprimer et distribuer aux juges. Honorable témoignage de cette conscience publique, dont la voix s'élevait
plus haut que les menaces de la terreur. Je veux citer un
autre indice de cette disposition générale à honorer les
défenseurs de Louis XVI, à sympathiser avec leur dévouement. L'homme qui avait dit qu'on n'avait point de pro-
cès à faire; que Louis était, non pas un accusé, mais un
condamné; que s'il était reconnu innocent, ceux qui l'a-
vaient détrôné et emprisonné étaient coupables; cet homme,
s'effrayant que la parole pût être, même pour la forme,
accordée un instant à la justice et à l'humanité, ajouta
avec amertume : « Nous pourrions bien un jour décerner
» des couronnes civiques aux défenseurs de Louis. » Ces

(1) M. le marquis de Lally-Tollendal.
(2) M. Target.

paroles sont de Robespierre, et nous voilà, Messieurs, assemblés ici pour accomplir sa prophétie.

Le plaidoyer de M. de Sèze eut autant de fermeté que sa conduite. « Je ne veux pas les attendrir, » lui avait dit le roi en faisant supprimer une péroraison pathétique qui devait terminer son discours. Louis XVI avait raison ; l'esprit de vertige qui dominait l'assemblée ne laissait point de place à l'attendrissement. C'était une époque de rudesse et sans pitié. Il ne convenait pas que le fils de saint Louis et de Henri IV se montrât en vain suppliant. Il ne fallait altérer en rien la dignité de ce courage si simple devant la mort, qu'un autre attentat a retrouvé depuis dans un autre Bourbon.

Le calme et la majesté que le roi manifesta durant cette agonie juridique se montrent pleinement dans les paroles de M. de Sèze. Nulle intention d'excuse, nulle petitesse de justification, jamais de faiblesse dans l'apologie ; c'est un roi qui veut détromper ses sujets. Ce n'est pas la vie qu'il leur demande, c'est leur reconnaissance et leur amour, parce qu'il a la conscience de les avoir mérités. Le jugement de la postérité le vengera ; il le sait bien et le dit en face de ses juges ; mais, à eux, il veut leur épargner un crime. C'est le seul motif qui puisse le faire consentir à alléguer une autre défense que leur incompétence et son inviolabilité. « Il n'y a rien à prononcer sur Louis, » dit M. de Sèze ; mais je parle au peuple lui-même, et » Louis a trop à cœur de détruire les préventions qu'on » lui a inspirées. »

On ne peut jamais rappeler ce plaidoyer sans citer les courageuses paroles que vous me reprocheriez d'omettre, toutes connues qu'elles sont :

« Citoyens, je vous parlerai avec la franchise d'un

17.

» homme libre. Je cherche parmi vous des juges, et je
» ne vois que des accusateurs. Vous voulez prononcer
» sur le sort de Louis, et c'est vous-mêmes qui l'ac-
» cusez.

» Louis sera donc le seul Français pour lequel il n'exis-
» tera aucune loi, ni aucune forme; il n'aura ni les droits
» de citoyen, ni les prérogatives de roi! »

Il faut encore citer ce noble et courageux mouvement :
« Je vous supplie de ne pas considérer les défenseurs
» de Louis comme des défenseurs. Nous avons notre con-
» science à nous. Nous aussi, nous faisons partie du peu-
» ple; nous sommes citoyens, nous sommes Français.
» Nous avons pleuré, nous pleurons encore sur tout le
» sang qui a coulé dans la journée du 10 août; et si nous
» avions cru Louis coupable des inconcevables événements
» qui l'ont fait répandre, vous ne nous verriez pas au-
» jourd'hui, avec lui, à votre barre, lui prêter, oserai-je
» le dire? l'appui de notre courageuse véracité. »

C'était aux auteurs eux-mêmes des complots du 10 août
qu'il parlait, leur renvoyant le cri du sang qu'ils avaient
versé; c'était devant eux qu'il se présentait vaillamment,
non plus comme avocat, mais comme Français; non plus
remplissant un office, mais professant un sentiment personnel. Personne n'ignore que M. de Sèze termina par ces
mots énergiques : « Je m'arrête devant l'histoire; songez
» qu'elle jugera votre jugement, et que le sien sera celui
» des siècles. »

La voix des défenseurs de Louis XVI ne s'éleva pas
seule dans l'enceinte de la Convention. De vertueux efforts furent tentés par l'assemblée elle-même. Rien ne
donne mieux l'idée de la terreur et du désordre des esprits que les discours et les votes des membres de la Con-

vention qui voulaient sauver le roi. Pour pouvoir les risquer, pour ne pas nuire à la cause qu'ils voulaient servir,
que de concessions dans le langage! quelle apparente faiblesse dans les actes de courage! Certes, il y avait là beaucoup d'hommes qui savaient faire le sacrifice de leur propre tête; mais la crainte d'aggraver les chances qui mena-
çaient la tête royale rendaient leurs paroles timides. Enfin,
il ne s'en fallut que de cinq voix, et encore toutes les règles pour compter les votes furent-elles indignement violées. Mais ce n'est pas là encore ce qui lave le mieux la
France de cet acte sanglant : elle peut produire, en témoignage de ce qu'elle était, l'obstination avec laquelle on
s'opposa à l'appel au peuple. Il est visible qu'on tenait
pour assuré que l'auguste accusé serait acquitté au tribunal
de la nation. Elle peut s'enorgueillir de la confiance touchante avec laquelle son roi prononça ces paroles : « J'in-
» terjette appel à la nation elle-même du jugement de ses
» représentants. »

Sans respect pour le testament de Louis XVI et pour la
loi qui nous régit, on peut fouiller de tristes archives et en
tirer des noms propres. Il y a quelque chose de plus utile
et de plus moral que cette érudition implacable. Dans de
telles tempêtes, dans ces épidémies du crime qui saisissent
parfois les réunions d'hommes, le nom des individus n'importe guère : ce sont les symptômes généraux du mal qu'il
faut signaler; ce sont les principes et les idées qu'il convient de flétrir dans le passé, pour essayer d'en préserver
l'avenir. La condamnation de Louis XVI ne fut motivée
par aucun de ses prétendus juges, ni sur les principes de
la justice, ni sur les règles légales. On tira de la souveraineté du peuple, et de la suprême loi du salut de l'Etat,
une dérogation avouée aux lois d'éternelle justice. On pro-

clama qu'il y avait deux justices : une pour les simples citoyens, une autre pour le peuple souverain; que sa volonté ne comportait nulle contradiction, et que tout était juste pour son salut. Des hommes qui n'avaient pas voulu reconnaître la souveraineté absolue d'un roi crurent qu'en la déplaçant elle cesserait d'être abusive et tyrannique; ils ne virent pas que la tyrannie consiste à ce qu'une souveraineté quelconque soit absolue. Dès qu'une volonté peut prévaloir contre la justice, il y a despotisme; absence de justice, c'est absence de liberté. Rois, sénats, assemblées, peuples, tous sont coupables d'usurpation, dès qu'ils se prétendent supérieurs à la justice, dès qu'ils peuvent à leur gré ériger en crime ce qui ne l'est pas, dès qu'ils offensent la règle divine de justice et de raison qui fut déposée dans le cœur de chaque homme, comme la vraie loi souveraine. L'intérêt général, pas plus que la volonté souveraine, ne peut prescrire contre le bon droit; car ce n'est pas à la source de l'intérêt qu'est puisée l'idée de justice. S'il en était ainsi, elle n'aurait aucune autorité de conviction sur les âmes; elle serait aussi incertaine qu'ignoble. L'Etat, pas plus que l'homme puissant, n'a droit de faire périr l'innocent pour assurer son avantage ou même son salut. Ils sont douteux, ces calculs, ces projets, ces opinions, qui prétendent sauver l'Etat en péril! Le sentiment de la justice est certain; la conscience crie plus haut que l'intérêt, et ne laisse aucune excuse à celui qui condamne contre sa conviction. « Il est avantageux qu'un homme meure pour le peuple (1); » telle est la maxime impie qui envoya le Christ sur la croix et Louis XVI à l'échafaud.

(1) *Expedit vobis ut unus homo moriatur pro populo.* Saint Jean, chap. XI.

Quand fut prononcée la funeste sentence, les défenseurs redoublèrent leurs efforts; chacun d'eux, plus par affection que par espérance, essaya de fléchir le tribunal d'iniquité. On ne saurait se figurer aujourd'hui que des cœurs d'hommes aient pu ne pas être attendris par le vénérable Malesherbes, ce vieil ami de son roi et de son pays, étouffant dans les sanglots, balbutiant des paroles sans suite, cherchant avec désespoir à rassembler ses idées, et implorant un dernier délai. J'ai ouï dire que l'assemblée ne resta pas entièrement insensible Je lis dans le procès-verbal que le président invita les trois défenseurs de Louis aux honneurs de la séance, et que Robespierre, prenant aussitôt la parole, leur dit : « Je pardonne aux défenseurs de » Louis les réflexions qu'ils se sont permises; je leur par- » donne les sentiments d'affection qui les unissent à celui » dont ils ont embrassé la cause. »

Ce pardon promis ne fut pas observé. M. de Malesherbes ne fut pas sacré pour eux; il monta sur l'échafaud dont il n'avait pu sauver son roi. M. Tronchet se déroba au mandat lancé contre lui; M. de Sèze fut mis en prison. Ainsi ils étaient réservés au même sort. S'ils avaient eu le bonheur d'arracher Louis XVI au supplice, ce n'est pas une seule vie qu'ils auraient préservée. Une telle victime ne pouvait être immolée seule; sa mort jetait la France dans une situation où de toute nécessité beaucoup de sang devait couler. Un roi est le symbole sacré de tout l'ordre social. Le jour où l'on a pu y attenter, c'est qu'une sorte de délire a comme dissous la société, et aucune vie n'a plus la sauvegarde de la justice et de l'humanité. De là vient qu'au souvenir de Louis XVI se réunit et se confond le souvenir de cette foule de victimes sacrifiées par la Ré- volution. Leur mort se rattache à la sienne, et il se pré-

sente à notre imagination comme le chef de cette légion de
martyrs qui ont péri dans les mauvais jours. Le culte rendu
à sa mémoire embrasse et consacre le culte que tant de fa-
milles doivent aux parents que l'échafaud leur a ravis.
C'est un deuil à la fois national et domestique.

Ces sentiments de vénération ne tardèrent pas à se manifester. Dès que le glaive de la terreur fut brisé, dès qu'on
put se reconnaître et se parler, il y eut un accord unanime
sur cette fatale journée. La mort du roi était une parole
qu'on ne prononçait qu'avec tristesse et respect. Son image,
son testament, se voyaient jusque dans la demeure du pauvre. Une fois, on se crut plus libre, et une bannière fut
trouvée flottant au-dessus de sa sépulture. La terre où il
avait été jeté était pour tous un lieu consacré ; le mot d'expiation fut même prononcé officiellement avant la Restauration.

Aussi M. de Sèze se trouva bientôt récompensé par les
hommages de l'opinion. Le jour où il vint ici prendre
séance, M. de Fontanes lui disait : « Presque dans les
» cieux, Louis vous a légué sa bénédiction et sa recon-
» naissance. Plus auguste en ce moment que sur le trône,
» il vous communiqua je ne sais quoi de sacré. » Les
mêmes paroles auraient pu lui être adressées vingt ans
plus tôt, sans être démenties par une seule voix. Les
opinions les plus diverses se réunissaient sur ce qui touchait la mémoire de Louis XVI. Dès lors, les souvenirs
de sa mort jetaient dans toutes les âmes une impression
religieuse.

M. de Sèze parut sentir fortement ce que valait une si
noble situation. Il pensa que l'honneur qu'il avait mérité
et obtenu lui imposait un devoir, et que sa vie entière devait être en harmonie avec l'action qui perpétuerait à ja-

mais son nom. Dans un temps où toutes les illustrations
étaient un titre assuré pour parvenir à une situation élevée, il voulut rester le défenseur du roi, et rien de plus.
Parmi toute cette gloire de la France, il avait la sienne, qu'il
devait à un autre genre de courage, et qu'il avait gagnée à
travers d'autres périls, moins faciles à braver peut-être. Il
vivait retiré, ainsi qu'un homme déplacé au milieu d'une
époque qui n'est pas la sienne ; mais son nom était historique, et ne se prononçait qu'avec respect. Les étrangers
voulaient l'avoir vu, les jeunes gens se le faisaient montrer. Il restait étranger à tous les mouvements d'un temps
plein de variété et d'agitation. Seulement, en 1813, quand
s'écroulait le trône impérial, quand naissait l'espoir de relever à la fois nos libertés abattues et le trône de nos rois,
le nom de M. de Sèze se trouva associé au nom de ce
généreux orateur (1) qui, le premier, fit entendre une
voix courageuse pour réclamer les droits publics de la
France.

La Restauration arriva : elle ne pouvait augmenter l'estime nationale qui avait environné M. de Sèze dans sa retraite ; mais elle rendit éclatant et public un hommage
qui, pour avoir été vingt ans silencieux, n'était pas moins
honorable. La reconnaissance royale se déploya sur lui.
Aucune des distinctions qui l'élevèrent aux premiers rangs
de l'Etat n'étonna personne. Entre nos princes et lui, le
mot faveur ne pouvait trouver place. Le défenseur de
Louis XVI, celui dont le nom était inscrit dans le testament, était un homme à part pour Louis XVIII et pour
Charles X. Ce n'est pas tant les titres et les honneurs qui
furent sa récompense que cette bienveillance affectueuse,

(1) M. Lainé.

cette continuelle bonté dont il fut comblé jusqu'à son dernier jour.

Il était heureux de sa situation. Qui ne l'eût pas été de
l'avoir si bien méritée? Son commerce était facile, sa conversation animée. On aimait à voir ce contentement d'un
vieillard et ce rare exemple d'un acte de courage et de
vertu, qui, accompli sans nul espoir de récompense, avait
fini par la recevoir éclatante et complète. Ses opinions pouvaient se ressentir du souvenir qui le préoccupait; il pouvait craindre avant tout, et plus que tout, la moindre
atteinte portée au pouvoir ; il lui était permis d'être
partial pour l'autorité royale, après l'avoir défendue devant la Convention et en face de l'échafaud. Il y avait
un jour dans sa vie où il avait fait ses preuves contre la tyrannie.

Ainsi disparaissent rapidement les acteurs et les témoins
de ce grand drame, dont nous espérons avoir atteint le
dénoûment. Ce qu'ont désiré tant de généreux esprits,
tant d'hommes éclairés, ce que souhaita Louis XVI, semble prêt à s'accomplir. La volonté première de la France,
celle qui l'avait émue aux premiers jours de la Révolution,
ramenée aujourd'hui à sa pureté, guérie de son imprudence inexpérimentée, dégagée des souillures de nos troubles civils, est devenue la loi commune. Les discordes s'a-
paisent; les ressentiments s'effacent; les méfiances disparaissent. Un calme heureux règne sur la patrie; un sentiment mutuel de confiance et d'affection l'unit de plus en
plus à son roi. Il a voulu savoir la vérité; il a écarté les
obstacles qui l'empêchaient d'arriver jusqu'à lui; il a voulu
connaître la pensée de son peuple, et cette pensée lui a été
douce; car il a vu combien le goût d'une sage liberté était
mêlé et confondu avec le respect et l'amour du prince qui

maintient l'ordre et la justice ; il a vu combien ont profité
les leçons du passé.

Ce n'est pas au milieu des convulsions populaires et
lorsque domine la violence ; ce n'est pas lorsque la guerre
exige une autorité forte et prompte ; lorsque la fièvre de la
gloire et de l'ambition enivre les esprits , ce n'est pas alors
que peuvent s'établir et se consolider les libertés publiques. Au contraire, durant la paix, lorsque rien n'appelle
et ne justifie l'abus du pouvoir, quand le souverain et son
peuple ne se craignent pas l'un l'autre, les institutions se
perfectionnent et jettent de profondes racines dans l'opinion et dans les mœurs. Au sein du repos, les lumières se
répandent , les esprits se dégagent des préjugés de parti, et
recouvrent l'indépendance de leur raison. La morale publique s'épure ; les lettres, les sciences, les arts , adoucis-
sent les âmes, et contribuent pour leur part à cette salutaire harmonie d'un gouvernement bien réglé.

Où serait-il permis plus que parmi vous, Messieurs, de
se féliciter d'un si heureux état de choses ? Qui pourrait
en sentir les bienfaits mieux que vous, dont la vie et les
travaux sont consacrés aux paciques mais glorieuses conquêtes de la pensée? Organes de l'opinion, car les lettres
sont aussi la voix du peuple, votre joie et votre reconnaissance ne sont-elles pas d'autant plus vives que quelque
tristesse et quelque crainte avaient pu auparavant se laisser entrevoir à travers votre respectueuse réserve? Combien vous avez à vous applaudir aujourd'hui d'avoir ainsi
conservé à vos justes louanges tout le prix qu'elles acquièrent d'une noble sincérité!

18

RÉPONSE

DE

M. LE BARON DE BARANTE,

DIRECTEUR DE L'ACADÉMIE FRANÇAISE,

AU DISCOURS

M. DE BALLANCHE,

PRONONCÉ DANS LA SÉANCE DU 28 AVRIL 1842.

RÉPONSE

DE

M. LE BARON DE BARANTE

DIRECTEUR DE L'ACADÉMIE FRANÇAISE,

AU DISCOURS

DE M. BALLANCHE,

PRONONCÉ DANS LA SÉANCE DU 28 AVRIL 1842.

MONSIEUR,

Ainsi que vous l'avez remarqué, cette solennité littéraire, cette séance où vous venez publiquement prendre place parmi nous, est peu conforme à vos habitudes, et vous devez en éprouver quelque étonnement. Vos ouvrages sont connus et admirés du public; mais vous avez vécu loin de ses applaudissements; vous avez fui la foule et le bruit. Vous ne vous êtes point mêlé aux passions des hommes ni aux mouvements des affaires. C'est du sein d'une retraite contemplative que vous avez observé, je devrais

18.

dire que vous avez deviné les choses humaines; car votre esprit a surtout un don de divination. Vous pénétrez dans le passé, et vous jugez le présent par une imagination philosophique plutôt que par de laborieuses recherches ou par l'étude pratique de la société actuelle.

Tel n'était pas votre prédécesseur. Si parfois l'Académie a recherché dans ses choix quelque analogie entre le littérateur qu'elle a perdu et celui qu'elle appelle à le remplacer, assurément il n'en a pas été ainsi cette fois.

L'auteur dramatique n'observe point la nature humaine dans son essence et ses généralités; il lui faut des individus; il doit les créer, les douer de la vie, les produire sur une scène réelle. Sans doute Molière avait un génie philosophique, et ses amis le nommaient, à juste titre, le contemplateur; mais les types immortels qu'il a placés sur le théâtre, et à qui il a donné une âme prise dans la connaissance profonde de l'homme, sont des êtres de chair et d'os, non pas les symboles inanimés d'une vertu ou d'un vice.

Le théâtre s'est abaissé loin au-dessous des sommets de la haute observation. Avec la sagacité qui vous est propre et que vous avez appliquée à un sujet si nouveau pour vous, vous avez caractérisé les phases diverses de notre art dramatique. Depuis l'époque déjà éloignée où votre prédécesseur recevait les premiers applaudissements, notre état social et la disposition des esprits ont de plus en plus exercé leur influence. Ce n'est plus un plaisir littéraire qu'on va chercher au théâtre; livré à des préoccupations vives et intéressées, le public se compose de gens affairés ou ennuyés, qui viennent prendre un passe-temps et non une jouissance de l'esprit. Le développement des

caractères ou des passions leur paraîtrait une lenteur et
fatiguerait leur attention. La vraisemblance, loin d'être
un besoin de leur raison, leur déplaît, et les distrait moins
de la vie commune que les fantaisies de l'imagination,
les mouvements de l'intrigue, l'intérêt de la curiosité; ils
aiment mieux la parodie des mœurs que leur peinture;
les traits brillants de la plaisanterie épigrammatique les
divertissent plus que la révélation naïve des caractères.
Ils ont préféré les convulsions de la passion physique aux
agitations de l'âme, et le cynisme du criminel aux combats intimes qui se passent au fond du cœur.

C'est ainsi que nous avons vu s'éclipser la tragédie,
cette belle tragédie française, d'ont l'unité s'élargit toujours au gré du génie; étroite seulement pour ceux qui
cherchent les effets dans la forme, non dans la pensée.
Aujourd'hui, lorsque le théâtre nous donne quelque émotion, il est impossible de dire, avec Voltaire,

> Le plaisir d'admirer,
> Autant que la pitié me forçait à pleurer.

La haute comédie a disparu de même; nous avons renoncé à la peinture noble et poétique des vices de la nature humaine, à cette vérité qui, toute empreinte qu'elle
doit être de la couleur des temps et des lieux, porte un
caractère profond et général. La société ne nous présente
plus ces différences tranchées entre les classes diverses.
Elle est devenue si mobile et si dispersée qu'il faut se con-
tenter de peindre la superficie, pour ne point se donner
la tâche trop sérieuse d'apprécier le fond.

Lorsque commença M. Duval, la littérature dramatique
n'en était point là, et ce n'est pas ainsi qu'il la compre-

nait. *Le Tyran domestique* et la *Fille d'honneur* sont
des protestations tentées contre cette décadence de l'art.
Il s'en est fort affligé dans ses derniers jours. S'il attri-
buait une importance exagérée à ce qu'on a nommé la
querelle du romantique et du classique ; s'il s'est irrité
de la corruption du goût dans les auteurs, c'est qu'il
vivait dans une sphère toute littéraire ; autrement il aurait vu que la société, que les spectateurs étaient changés ; il aurait plaint les hommes de tant d'esprit, doués
d'une si riche imagination, si habiles aux combinaisons
dramatiques, d'être assujettis à ce besoin de plaire au
public, de surexciter son goût blasé, de sympathiser avec
lui ; ce qui est pourtant la première condition du génie
théâtral. Viennent de plus nobles exigences, ce n'est pas
le talent qui manquera.

M. Duval lui-même avait éminemment ce genre de mérite qui va au succès. Il s'entendait très bien à ces drames
où une situation habilement préparée et amenée s'empare
de l'intérêt du spectateur, pour lui donner amusement
ou émotion. Il a fait une foule de petites pièces et d'o-
péras-comiques qui ont régné longtemps sur le théâtre,
qu'on a traduits dans toutes les langues de l'Europe, et
qui partout ont également réussi. C'est là ce qui prouve
un vrai talent, et l'intelligence qui sait s'emparer de l'attention des spectateurs rassemblés. Honorons à jamais le
génie dont les œuvres élèvent notre âme ou remplissent
notre pensée ; accordons applaudissements et reconnaissance aux hommes d'esprit qui ont amusé et intéressé
toute une génération.

Nous voilà bien loin de vous, Monsieur ; absorbé, comme
vous l'avez toujours été, dans les plus hautes méditations,
peut-être éprouvez-vous un étonnement de plus en nous

voyant occupés de ce qui doit vous sembler frivole. L'Académie, en vous appelant dans son sein, s'est cependant
reconnu des droits sur vous; elle a pensé que vous appar-
teniez aux lettres plus encore qu'à la philosophie. Vos pensées ne se produisent jamais, je dirai plus, elle ne vous
apparaissent que sous une forme poétique. Les fables, les
traditions, la partie mystérieuse de l'histoire, tels sont les
objets de vos études. Avant de vous préoccuper uniquement
de l'histoire morale de l'humanité, qui est devenue pour
ainsi dire l'affaire de votre vie, votre premier ouvrage,
cette *Antigone*, où vous avez parlé le beau langage de *Télémaque* et des *Martyrs*, où l'harmonie des paroles est in-
spirée par l'élévation des pensées, avait déjà signalé votre
penchant à interpréter ou à créer des symboles, à représenter des idées morales par des images poétiques. Ce combat d'OEdipe avec le Sphinx, que vous avez raconté d'une
manière si fantastique, n'était-il pas déjà une indication de
la tâche que vous alliez vous donner? N'est-ce pas l'énigme
du destin de la race humaine que vous travailliez à deviner? Ces mythologies antiques, à qui l'on a fait signifier
tant de sens différents; ces fables, qui ont été prises pour
symboles de tant de diverses idées, vous y avez vu les éléments de la société des hommes, les phases successives de
son progrès, ou plutôt vous en avez fait les emblèmes de
vos pensées.

Sous cette forme, vous avez composé une histoire théorique de l'humanité; mais avec un soin religieux vous vous
êtes gardé de l'assujettir à une nécessité fatale; vous avez
respecté le libre arbitre de l'homme; vous avez même,
ainsi qu'il est juste, laissé une responsabilité aux nations;
vous avez reconnu que, si elles n'ont point une volonté
comme l'individu, elles peuvent mériter ou démériter se-

lon leur caractère moral. Vous n'avez point enchaîné les
événements dans une inévitable série; vous avez tracé la
route, sans prétendre que la main de fer du destin gouverne tous les pas que l'homme fait dans cette voie. Vous
comparez la philosophie de l'histoire à la prescience divine,
qui, dans sa toute certitude, laisse un libre jeu à la volonté
de l'homme.

Le titre d'un ouvrage que vous avez annoncé, mais pas
encore publié, aurait pu donner quelque inquiétude aux
amis de la liberté humaine et de la moralité historique.
*Formule générale de l'histoire de tous les peuples appli-
quée à l'histoire du peuple romain*; ainsi sera intitulé votre livre. Pourtant les fragments que vous avez bien voulu
me faire lire m'ont appris que, selon votre méthode, c'é-
tait un récit allégorique de l'affranchissement des classes
inférieures, conséquence indispensable de la civilisation
croissante.

Plus que personne, Monsieur, vous avez remarqué que
chaque époque refait l'histoire du passé, en la regardant
du point de vue qui lui est propre. Elle y cherche et elle y
découvre ce qui lui est analogue. C'est en ce sens que vous
avez raconté une histoire romaine qui n'est point dans
Tite-Live, et que, pour manifester votre idée, vous avez
pris la forme d'une fiction historique. N'est-ce point là ce
que vous appelez ingénieusement se faire le prophète du
passé?

C'est à cet ordre d'idées que vous vous êtes laissé char-
mer : vous vous êtes créé un monde où vous vivez avec les
principes et les origines des choses humaines, revêtues de
formes mystiques, flottant entre les convictions de la raison
et les prestiges de l'imagination. Vous empruntant une expression heureuse, je dirai que c'est la poésie de la pensée.

Quelquefois, en contemplant les objets de la nature, en laissant nos yeux se fixer sur une pittoresque perspective, nous nous sentons dériver à une douce rêverie; les contours s'effacent; les plans se confondent; il semble que ce ne soit plus un paysage réel, mais une sorte de vision fantastique. Vous, Monsieur, ce qui vous fait rêver, ce qui berce votre imagination, ce qui amène des apparitions devant vos regards, c'est la méditation sur la destinée sociale; c'est l'aspect moral de la terre et du ciel.

Mais dans votre poétique philosophie se trouve un plan arrêté, un système complet, une histoire abstraite de la civilisation. La forme que vous lui donnez n'est point un jeu de l'esprit, un artifice de composition. Vous parlez une langue qui est naturellement la vôtre, la langue du poëte et de l'artiste. Vos travaux n'en sont pas moins sincères et sérieux; vos convictions n'en sont pas moins entières, me permettrez-vous de dire naïves?

Vous nous avez refusé, Monsieur, le plaisir que nous attendions. L'Académie espérait que vous prendriez pour sujet l'exposition de vos nobles doctrines. Vous n'avez pas accepté cette tâche. Il me faut donc essayer de vous suppléer: j'aurai besoin de votre indulgence et de celle du public.

L'homme, sorti des mains de Dieu, est, dès le moment de sa création, un être essentiellement social. Vous ne comprenez point l'intelligence sans la parole, ni l'homme sans la société. L'hypothèse de l'homme isolé et brut vous semble inadmissible. Vous ne croyez point possible qu'en cette condition la raison, loi de l'intelligence, et la conscience, loi de la morale, aient pu subsister et se développer.

Dans la lutte qui s'établit, dès les premiers jours de

l'homme sur la terre, entre les instincts physiques de son corps et les instincts moraux de son âme, vous reconnaissez le signe d'une déchéance, la nécessité d'une réhabilitation. Il a gardé en lui un type idéal de sa vraie et primitive nature ; il s'efforce à la reconquérir ; mais ses propres forces n'y suffisent point.

Dans les anciens âges du monde, la société est constituée de sorte qu'un petit nombre d'hommes, dépositaires, par révélation ou par instinct, de la pensée religieuse, encore aveugle et confuse dans la multitude, exercent une souveraine autorité. De là une inégalité immense qui s'établit, d'abord en fait, puis en tradition et en principe ; si bien qu'après avoir obéi au pouvoir religieux, les hommes sont soumis au droit de la force. C'est le régime des tribus et des castes.

Cependant l'homme a pris possession du sol ; il se l'est approprié par le travail. Il livre, pour sa propre conservation, des combats continuels contre les forces de la nature ; il les craint ; même il les adore.

Le travail et le développement de l'intelligence diminuent l'inégalité parmi les hommes. Alors commence cette guerre intestine, et toujours subsistante dans les sociétés, entre les classes supérieures et les classes assujeties : l'orgueil, le bien-être, le sentiment de la possession d'une part ; de l'autre part l'envie, la souffrance et le sentiment de la justice.

Toute émancipation, pour être raisonnable et juste, suppose que l'affranchi a conquis les lumières suffisantes et les habitudes morales qui le rendent capable d'entrer dans la société libre. Il faut, pour franchir chaque degré de la hiérarchie sociale, initiation ou épreuve.

Lorsque l'initiateur ne procède point avec prudence et

mesure ; lorsque , par des vues intéressées et personnelles , il appelle prématurément les inférieurs à une condition supérieure : il en est la première victime. C'est la fable d'Orphée ou de Prométhée.

Lorsque, par obstination aveugle du patricien, le plébéien conquiert par la force une plus grande part de puissance sociale que ne le mérite sa capacité morale et intellectuelle, l'épreuve continue après l'événement ; la société reste agitée et convulsive, jusqu'à ce que les vainqueurs et les vaincus aient appris les devoirs de leur position nouvelle.

En un mot, le droit ne commence que lorsqu'il y a capacité de le bien exercer.

A de certaines époques, soit que les émancipations aient été déraisonnablement refusées ou retardées, soit que les progrès aient été rapides, la société semble, non plus s'amender et se perfectionner, mais elle est dissoute, pour se renouveler et s'établir sur des bases qui ne reposent plus uniquement dans le passé.

La plus grande de ces palingénésies, car Dieu y mit la main, c'est la prédication de l'Evangile.

De ce jour, l'esclave, le faible, le pauvre, l'étranger, devinrent les égaux et les frères du maître, du puissant, du riche, du citoyen. Il y eut une seconde création morale de l'humanité. La conscience humaine reçut, comme incontestables axiomes , des lois et des devoirs que depuis tant de siècles elle n'avait pas su trouver en elle-même.

Ce n'est pas à dire pour cela que l'application de ces lois ait pu être soudaine et facile. L'Évangile n'a point fondé une société, n'a point donné un code. Il s'est adressé à l'homme, à l'homme laissé dans tout son libre

19

arbitre. La lumière que chacun apporte en naissant est devenue plus éclatante et plus divine; mais elle est, elle sera toujours plus ou moins obscurcie par l'ignorance, plus ou moins voilée par les passions et les intérêts. La fraternité et la charité ne peuvent devenir la loi de l'État: elles cesseraient d'être des vertus. Notre tâche est de les faire prévaloir sur nos mauvais penchants.

Une différence complète distingua toutefois le monde chrétien du monde qui l'avait précédé. Dans l'antiquité païenne, le maître pouvait, sans trouble intérieur, posséder son esclave; le prince était de race divine, le patricien se sentait d'autre origine que le plébéien. Il y avait tranquillité de conscience dans la conservation de cet état de la société; il y avait révolte plutôt que réclamation dans la plainte ou dans le soulèvement.

Il n'en fut plus ainsi dans la religion chrétienne. Sans doute il y eut, il y a encore des esclaves. Sans doute le pouvoir fut souvent rude et tyrannique, l'inégalité onéreuse ou choquante; mais dans l'oppresseur, tout comme dans l'opprimé, une voix intérieure protesta toujours que ce pouvait être le fait, non pas le droit, qu'il y avait fraternité devant Dieu, et que la justice était pour tous.

Et ce ne fut pas seulement le sentiment intime et comprimé des inférieurs qui conserva en dépôt cette vérité : la religion, à toute époque, ne cessa point de la proclamer. Il y eut toujours des papes, des évêques, des moines, des prédicateurs pour faire retentir l'égalité chrétienne aux oreilles des puissants.

Malgré cet ennoblissement, disons mieux, cette sanctification de la conscience humaine, la marche des sociétés reste soumise aux mêmes règles. Les émancipations successives doivent être précédées d'un développement suffi-

sant de l'intelligence, d'un perfectionnement du sentiment moral. La raison ne cesse point d'exiger que les droits
soient proportionnés au mérite de qui les obtient. La liberté est une conquête funeste à qui n'est point digne de
la recevoir.

Cette règle de la destinée sociale ne reçoit pas toujours
une application uniforme. Les opinions, les mœurs, les
lois suivent quelquefois, du même pas, la route de la civilisation. Elles se développent et s'améliorent dans la même
proportion ; l'équilibre n'est point troublé ; la société voit
croître, sans convulsions, le bien-être et la dignité morale
de ses classes diverses.

D'autres fois, les gouvernements ne s'aperçoivent pas
que les opinions commencent à demander ce que les lois
leur refusent ; ils s'assoupissent dans la jouissance du pouvoir. Comme vous le dites : « Ils aiment à se réveiller le
» lendemain avec les idées et les habitudes de la veille ;
» ils aiment à s'endormir paisibles, dans la pensée que le
» lendemain n'amènera aucune mutation. »

Et alors arrive l'époque où les changements doivent être
si graves et si profonds, que nul ne saurait risquer une
détermination si hardie : il faut qu'elle soit livrée aux ha-
sards des révolutions.

Mais les révolutions peuvent être, comme les conquérants, excessives dans leur ambition, emportées trop loin
dans leurs invasions. Les opinions, nées sans que la pratique et l'expérience aient pu les modérer, excitées par
l'ardeur de la lutte, peuvent aller au delà des mœurs et
tenter l'établissement de formes et de lois qui ne sont
point en harmonie avec le véritable état de la société,
avec ses habitudes, avec ses souvenirs. Alors agitation et
souffrance, jusqu'à ce que l'équilibre s'établisse entre les

opinions, les mœurs et les lois. Pour parler votre langage, « la loi des développements successifs veut que
» l'homme se rachète d'un degré franchi sans l'épreuve
» préparatoire. »

J'ai cherché, Monsieur, à résumer votre morale sociale,
en éprouvant le regret de la dépouiller de son auréole de
poésie et d'éloquence. Ce qui a pendant tant d'années occupé entièrement l'intelligence d'un homme tel que vous,
je me suis condamné à en faire un mince abrégé, à en
donner une incomplète idée.

Toutefois il n'est personne sans doute qui ne se soit
aperçu que, sous le voile d'une théorie générale, que sous
l'apparence de symboles empruntés aux plus antiques fables, c'est la pensée du présent qui s'est emparée de nos
méditations. On la retrouve à chaque parole de vos doctrines. L'histoire, avec quelque impartialité qu'elle soit
écrite, la philosophie, tout abstrait ou grave que soit son
enseignement, s'animent toujours d'une inspiration actuelle. L'allusion y règne sans cesse; autrement elles ne
seraient point vivantes.

Vous n'avez point à vous défendre de cette préoccupation. L'observation du présent interprète le passé et
l'empêche d'être une lettre morte; d'ailleurs, ce n'est
point un sentiment de blâme et d'amertume qui vous
inspire; vous aimez, avec cette tendresse qui respire
dans vos écrits, et votre pays et votre temps. Votre âme,
si elle déplore les malheurs et les crimes, s'ouvre facilement aux plus belles espérances. Vous rêvez un avenir doré pour la France et l'humanité. Vous voyez venir des époques de bonheur, méritées par la raison et la
morale.

Deux de vos ouvrages, et les plus remarquables peut-être, sont un examen de l'état actuel de la société politique en France, sans emblèmes et sans théorie. L'*Essai sur les Institutions sociales*; le *Vieillard et le Jeune Homme* ont paru il y a plus de vingt ans. Il est curieux de les relire aujourd'hui, et d'y reconnaître cette impartiale sagacité d'un solitaire. « Jamais écrivain, disiez-vous, ne » fut placé dans une situation plus heureuse. Je ne tiens » mes opinions ni des hommes ni des choses, ni d'un sen- » timent personnel et intéressé, qui me fasse aimer ou » craindre les circonstances actuelles, chérir ou redouter » les souvenirs anciens. »

Comme tant de gens de bien, je pourrais dire, comme la France dans sa bonne foi, vous aviez eu confiance en la Restauration. Elle vous semblait favorable à cette initiation graduelle qui promet le perfectionnement paisible de la société. En outre, la foi dans l'avenir et le respect du passé ne forment en vous qu'un même sentiment, une même conviction. Tout ainsi que, dans l'intelligence humaine, la mémoire est le seul témoin qui atteste que l'homme du lendemain est le même être que l'homme de la veille, tout ainsi c'est le souvenir du passé qui constitue la nationalité. Un peuple qui voudrait abolir son passé et répudier son histoire ne pourrait voir devant lui qu'un avenir sombre et confus ; il perdrait la trace de sa route.

Mais vos espérances n'étaient point aveugles, vos affections n'étaient point complaisantes ; vos pages sont pleines de conseils sévères, de prédictions sinistres. Vous avez eu ce don de prophétie que votre imagination a si souvent mis en scène dans vos écrits des temps antiques.

« Les dynasties sont tenues de représenter les nations » qu'elles ont à gouverner. »

« La participation du peuple au pouvoir ne suffit pas en-
» core dans l'état actuel des idées et des opinions; il faut
» que le pouvoir sorte du peuple même. »

Voilà ce que vous écriviez en 1827. Et lorsqu'en 1830
ce que vous aviez annoncé allait manifestement s'accomplir, vous adjuriez ce gouvernement, dont vous aviez tant
espéré, de ne point rompre le pacte qu'il avait juré; vous
lui disiez que « la légitimité était réciproque. »

Maintenant, Monsieur, votre esprit ne semble plus rien
apercevoir de distinct dans l'avenir. Malgré votre perspicacité, malgré votre penchant à l'espérance, vous ne dé-
mêlez rien dans les jours où vivront nos enfants. « C'est
» une démolition qui s'achève, » dites-vous; « le présent
» n'est pas encore gros de l'avenir. »

Et tout à l'heure, vous, le spectateur assidu d'un
monde idéal, vous, le philosophe de la solitude, c'est de
l'industrie, de la vapeur et des chemins de fer que vous
venez de nous entretenir. Le moment présent n'offre que
cela à votre attention. Moins que personne, vous êtes disposé à accepter le règne des intérêts matériels : ce n'est
pas vous qui êtes porté à croire que l'homme vit seulement
de pain. Vous savez que les idées morales et intellectuelles
mènent la société plus qu'elle-même ne le croit, et qu'il ne
dépend point d'elle d'abdiquer la noblesse de la destinée
humaine pour descendre à l'existence de la monarchie des
abeilles ou de la république des fourmis.

Peut-être entre-t-il dans les décrets de la Providence,
comme cela fut remarqué il y a plus d'un siècle en Angleterre, d'éteindre et d'abolir les passions politiques et les
rancunes des révolutions par une certaine ardeur du lucre,
par une préoccupation générale des choses du commerce
et de l'industrie. Lorsque la chaleur des factions n'est plus

qu'un souvenir attiédi, une habitude plus qu'une conviction, un reste d'exaltation sans dévouement, elles se trans-
forment facilement en un mouvement universel des intérêts privés. Puis, quand cette tâche est accomplie, quand,
grâce à la sagesse du souverain, à la constance de son
gouvernement, la société a fini ses jours d'épreuve, quand
elle a pris son assiette, alors l'esprit recouvre ses droits;
il recommence ses efforts et sa marche vers le beau et le
vrai; il suit la vocation qui lui est imposée, et reprend
son empire sur l'attention publique.

N'en apercevez-vous pas déjà, Messieurs, quelques signes précurseurs? L'empressement industriel suffit-il donc
à toutes les âmes? Est-il dans ses attributions de combler
le vide des cœurs désabusés et incertains, de distraire l'ennui d'un scepticisme qui a le dégoût de lui-même, de donner aliment à l'activité morale? Lorsque le mal est si profondément ressenti, c'est peut-être que le remède appro-
che; c'est que les sentiments religieux et moraux, c'est
que les travaux intellectuels vont se remettre en honneur,
c'est que le goût des lettres va revenir embellir les loisirs
d'une société apaisée.

Si je ne craignais de me livrer malgré moi à une vanité
académique, je remarquerais, parmi de plus grands et de
plus heureux symptômes, l'intérêt que le public montre à
nos travaux et à nos choix, la curiosité qui l'appelle à nos
séances. Il se pressait l'autre jour pour entendre le noble et
grave entretien de deux hommes distingués que l'expérience du passé et l'étude du présent ont amenés plutôt à
une différence de point de vue qu'à un dissentiment d'opinions. Aujourd'hui, Monsieur, il remplit cette enceinte,
attiré par le désir de voir et d'applaudir un écrivain modeste, dont une âme élevée et pure, un esprit à la fois

animé et pénétrant ont inspiré tous les écrits. Il vient approuver notre élection et y joindre son suffrage, que vous aviez déjà acquis depuis longtemps.

DISCOURS

PRONONCÉS DANS LA SÉANCE PUBLIQUE

TENUE

PAR L'ACADÉMIE FRANÇAISE

POUR LA RÉCEPTION

DE M. PATIN,

LE 5 JANVIER 1843.

DISCOURS DE RÉCEPTION

A L'ACADÉMIE FRANÇAISE

PAR M. PATIN,

LE 5 JANVIER 1843.

———

M. Patin, ayant été élu par l'Académie française à la place vacante par la mort de M. Roger, y est venu prendre séance le 5 janvier 1843, et a prononcé le discours qui suit :

MESSIEURS,

On ne vient point sans trouble prendre place dans ce corps illustre, où, depuis deux siècles, se résume, se personnifie l'histoire des lettres françaises. S'il en en est ainsi, même pour les écrivains créateurs qui vous apportent le génie et la gloire, pourrait-il en être autrement pour ceux qui, comme moi, renfermés dans les travaux de la critique, n'ont d'autres titres à votre adoption qu'un amour sincère du vrai et du beau, une application constante à pénétrer le secret de leur nature immuable, à les suivre à travers leurs transformations diverses, à exprimer des monuments de l'art par lesquels ils se manifestent de fidèles images? Tel a été, en effet, l'objet utile, je le crois, mais modeste de mes efforts, du jour où vos premiers encouragements m'ont comme introduit dans la carrière que vous couronnez aujourd'hui du prix le plus éclatant. Ces philosophes, ces historiens, ces orateurs, ces poëtes, qui brillent dans vos rangs, ces dépositaires reconnus des grandes traditions littéraires du temps passé, dont les exemples contemporains m'aidaient à comprendre et à expliquer leurs devanciers, vous m'appelez à les voir de plus près, à vivre dans leur compagnie : honneur singulier, dont je suis heureux et fier, mais qui ne laisserait pas d'intimider ma faiblesse, si, par une heureuse fortune, je ne retrouvais parmi eux des maîtres révérés et chéris, des condisciples, des amis.

Ce dernier nom, j'avais le droit de le donner à l'homme de bien, à l'écrivain distingué dont vous m'avez, dans votre indulgence, accordé l'héritage et confié la mémoire. En retraçant, bien imparfaitement sans doute, ce qui vous l'avait rendu précieux et cher, ce qui vous le rendra toujours regrettable, ces agréments de l'esprit et du talent, qui s'unissaient chez lui au caractère le plus digne d'estime et d'affection, je ferai plus que payer au nom de tous un tribut prescrit par l'usage, j'acquitterai une dette personnelle.

Le jour des hommages funèbres est venu vite pour M. Roger, né seulement en 1776. Il était de Langres, où son père occupait une charge de finance dont il devait naturellement hériter. La vivacité précoce de son intelligence, ses succès marqués au collége, firent penser pour lui à une succession plus relevée, celle de son oncle, M. Jolly, l'un des meilleurs avocats du Parlement de Paris. Il se préparait avec ardeur et confiance à un avenir dont se sentait flattée son ambition naissante, quand les malheurs des temps, qui atteignirent sa famille entière, sans l'épargner lui-même, tout adolescent qu'il était, interrompirent le cours de ses études judiciaires. Ce ne fut qu'après vingt mois, passés sous les verrous de la Terreur, qu'il put les reprendre, et à Paris, dans le cabinet enfin rouvert de son oncle, aux audiences des nouveaux corps de législature institués par le gouvernement républicain. Vers 1798, âgé de vingt-deux ans, il se trouva prêt à plaider, sous les plus favorables auspices, sa première cause. Il ne la plaida point; cette fatalité de la vocation poétique, qui avait fait tort au Palais de tant d'hommes de talent, lui ravit encore M. Roger, mais ce ne fut pas sans compensation. Il était écrit dans le livre des destinées littéraires que le jeune clerc n'augmenterait pas le nombre, suffisant peut-être, des avocats instruits et diserts, mais qu'un jour, et ce jour n'était pas éloigné, dans une comédie industrieusement dérobée à l'Italie, ingénieuse, élégante, il exprimerait avec noblesse et intérêt le caractère idéal de l'avocat. Cette fortune valait l'autre, et l'on ne voit pas que M. Roger ait jamais réclamé contre l'arbitraire du sort qui avait ainsi dérangé le cours de sa vie.

De fort bonne heure il avait été touché de l'amour des lettres, et, dans cette prison qui le reçut au sortir des écoles, elles occupèrent agréablement, utilement, les longs et tristes loisirs que lui faisait la tyrannie populaire. Il eut tout le temps d'y lire, d'y relire les grands maîtres, an-

20

ciens et modernes, et de se former, dans leur commerce, à cette justesse de pensée, à cet heureux goût d'expression qui ont depuis marqué ses ouvrages. Là aussi il fut initié, par un de ses compagnons de captivité, à la connaissance d'une littérature qui ne devait pas être sans influence sur le développement de son talent poétique. On remarquera que, parmi les écrivains de l'Italie, ceux qui surtout attirèrent son attention, captivèrent son intérêt, ce furent les comiques. Goldoni, entre autres, récemment conquis à la France, et même au théâtre français, Goldoni, qui, dépouillé par la Révolution des bienfaits que tenait sa vieillesse de la munificence royale, se mourait, en attendant un décret réparateur, qui vint trop tard, et de maladie et de misère, au moment même où l'étudiait curieusement dans une prison son futur imitateur.

Les exemples de Molière avaient autrefois provoqué ce peintre, ami du vrai et d'un génie inventif, à la réforme du comique de convention, de tradition, depuis longtemps établi sur la scène italienne. En retour, il prêtait maintenant à l'épuisement de la nôtre le secours quelquefois heureux de combinaisons nouvelles. Dans le même temps, un de ses compatriotes, élève, plus qu'il ne le disait, plus qu'il ne le croyait, de Corneille, de Racine, de Voltaire, Alfieri, par des créations originales, agissait fortement sur l'imagination de nos poëtes tragiques. Ce commerce perpétuel, nécessaire, légitime, par lequel passe et revient d'une nation à une autre l'inspiration, devait nous donner, à quelques années de distance, deux beaux ouvrages, dont les auteurs, trop tôt enlevés aux lettres et à cette compagnie, se sont suivis de près dans la tombe, je veux dire la tragédie d'*Agamemnon* ; et, dans un genre moins sévère, dans un ordre moins élevé, la comédie de l'*Avocat*.

Mais j'anticipe sur la suite d'une histoire à peine commencée. Lorsque M. Roger, bien jeune encore, amusait sa captivité par la lecture de Goldoni, il ne se doutait pas qu'il dût bientôt lui-même écrire des comédies. Il ne s'en doutait guère davantage lorsque, échappé aux prisons de Langres et fixé à Paris, il allait le soir se délasser des graves travaux de la journée par les représentations du triple Théâtre-Français, ouvert alors à l'empressement d'un public avide, après une affreuse contrainte morale, des libres délassements de l'esprit, à l'émulation de toute une jeune et ardente génération de talents dramatiques. Là se disputaient la palme de la comédie, non plus déjà l'énergique et rude auteur du *Philinte de Molière*, tout à l'heure enlevé par la tempête furieuse qu'il avait lui-même contribué à déchaîner, mais de plus purs adorateurs de la muse, Collin et Andrieux, Picard et Duval; j'aime à vous redire leurs noms, glorieusement consacrés dans les annales du théâtre et dans les vôtres, leurs noms qui ont récemment retenti avec éclat dans cette enceinte. En mêlant ses applaudissements à ceux de la foule, M. Roger ne savait pas qu'il allait être un des leurs, leur élève, leur rival, leur ami. Et cependant, je l'imagine, dans ces heures de studieuse solitude, où il feuilletait ses livres de jurisprudence, où il parcourait ses dossiers, plus d'une fois il se surprit rêvant à leurs œuvres, à leurs succès, à leur réputation; plus d'une fois, venant à penser que tous, ou presque tous, avaient passé du Palais au théâtre, il dut se dire : « Et moi aussi, ne serais-je pas poëte comique? »

Quand on s'adresse de telles questions, on est bientôt

amené par quelque circonstance imprévue à y répondre.
Il arriva que M. Roger tomba dangereusement malade,
et que, son médecin lui ayant interdit non seulement le
travail, mais même la lecture, il crut se conformer à l'or-
donnance en composant des vers, des vers comiques; je
n'oserais dire, l'auteur ne l'a dit lui-même qu'au premier
moment, une comédie. C'était *l'Épreuve délicate*, qui ouvre son recueil, et dont il a, avec tant d'agrément, raconté l'histoire.

Sa pièce faite, cachée parmi des papiers d'affaires, cor-
rigée furtivement, avouée enfin, non sans peine, à son
oncle, qui l'approuva comme un délassement spirituel,
mais du reste sans conséquence, le jeune auteur, que ne
découragea point l'indulgente sévérité de ce jugement, ne
songea plus, cela était naturel, qu'à la faire représenter.
Un beau jour, disant aller au tribunal, il se rendit, en
grand secret, à un comité de lecture que présidait une célèbre actrice tragique. Il y lut son ouvrage qui fut très
favorablement écouté, et à la fin pourtant refusé. Il apprit
la chose au moment même, dans la rue où il attendait,
de celui de ses juges dont l'avis avait amené la fâcheuse
conclusion, et qui vint s'en vanter à lui. C'était un homme
de petite taille, au large front, à l'œil vif et pénétrant, à
la bouche souriante et maligne, dont la physionomie ouverte exprimait à la fois une bonhomie naïve et une gaîté
satirique. « Oui, dit-il à l'auteur consterné, j'ai fait refu-
ser votre pièce; je vous devais ce service; vous méritiez
d'être arrêté dès le premier pas dans une fausse route.
Vous avez déjà le style de la comédie; mais la comédie,
il faut la chercher, jeune homme, loin des personnages,
des situations de fantaisie, dans la vérité, la réalité. Les
vices, les ridicules, étaient, disait-on, chose épuisée; et

voilà qu'un grand mouvement social, qui a tout déplacé, tout mêlé, qui de la confusion de prétentions de toute date fait sortir cent composés bizarres, renouvelle sous nos yeux la matière comique. Observez, saisissez au passage ces rapides produits de nos mœurs changeantes; nous vivons sous un gouvernement ami de la liberté qui ne vous les défendra pas tous. » Tel est à peu près le sens du discours que tint à M. Roger ce franc et judicieux conseiller, qu'il ne connaissait pas, mais qu'il eût pu reconnaître avant d'avoir appris de lui son nom : il n'était autre que Picard. M. Roger le remercia de l'avis, promit d'en profiter, et puis, le cœur gros de sa mésaventure, s'en alla chercher des consolations chez un auteur dramatique qui ne ressemblait guère à Picard, le très aimable, très spirituel, mais très affecté Demoustier.

Nul poëte n'a jamais pu se vanter d'être de meilleure maison littéraire; il remontait par son père à Racine, et par sa mère à La Fontaine : malheureusement son goût le rattachait à Dorat, pour la mémoire duquel il professait une sorte de culte, dont il occupait même le logement, et qu'il continuait au théâtre avec un succès dont on peut s'étonner aujourd'hui, et qui pourtant s'explique. Oui, lorsque finissait à peine cette ignoble tragédie qui, suivant l'énergique expression d'un tragique du temps, courait les rues, le public, par une sorte de retour violent vers les goûts, les habitudes, les amusements d'une société élégante, se plaisait aux raffinements de la plus prétentieuse comédie qui fut jamais. Demoustier trouva l'E-preuve délicate ce qu'elle était en effet, un badinage charmant; il promit de la venger des Français de Louvois en la faisant recevoir par les Français de Feydeau; il y réussit dès le lendemain. La pièce, rapidement apprise, et

20.

donnée au commencement de l'année 1798, fut applaudie comme les comédies de Demoustier, comme *le Concilia- teur* et *les Femmes*.

M. Roger eut le bon esprit de ne pas en croire son suc- cès, mais plutôt les sévères conseils qui avaient dû le lui sauver, et que lui répéta, sans les affaiblir, en fort jolis vers, le plus intime de ses amis, aujourd'hui si affligé de lui survivre, si inconsolable de sa perte, M. Campenon. Après un petit acte en prose, franchement et gaîment imité de Goldoni, et mêlé de couplets pour l'Opéra-Comi- que, *le Valet de deux Maîtres*, après une seconde pièce en vers, faite également d'après Goldoni, et donnée dans la même année, en 1799, *la Dupe de soi-même*, pièce de caractère indécis, où Demoustier eût trouvé encore trop à louer, où trop de redites, de lieux communs dramatiques trahissaient l'inexpérience de l'auteur, mais qui, par d'heu- reux traits de dialogue, un art remarquable de conduite, et même des intentions comiques, attestait ses progrès, M. Roger ayant pour ainsi dire achevé en bien peu de temps l'apprentissage de son art, arriva à la bonne co- médie.

Ce n'était pas celle que Picard lui avait conseillée, et dont il multipliait les exemples, chronique quotidienne et familière des travers du jour, que défrayaient à l'envi la mobilité des mœurs, la verve facile de leur joyeux histo- rien. La comédie à laquelle atteignit et s'arrêta M. Roger, de date moins précise, d'effet moins vif, mais peut-être d'un attrait plus durable, ne peignait pas tant l'état actuel de la société que les traits permanents de la nature hu- maine, et, dans le nombre bien réduit de ceux qui pou- vaient encore s'offrir à l'imitation, de préférence certaines faiblesses aimables, certaines préoccupations innocentes,

propres à égayer doucement et tout ensemble à toucher le
spectateur. Elle ne se rattachait pas, j'ai hâte de le dire,
aux variétés du drame qu'avait produites, dans le cours
du dix-huitième siècle, le rapprochement forcé des deux
genres primitifs, fondamentaux, mais, par malheur, en
grande partie épuisés, du théâtre, et qu'on avait caracté-
risées et décriées par les dénominations moqueuses de tragédie bourgeoise et de comédie larmoyante. Elle pouvait
plutôt sembler la descendance lointaine de ces images de
la vie, discrètement mêlées de gaîté et d'intérêt, qu'avait
à demi empruntées Térence au génie plus complet de Mé-
nandre, et qui faisaient sourire ou rêver mélancoliquement,
qui attachaient et remuaient les Lélius et les Scipion. Il
faut à de telles compositions, qui ne prétendent qu'à une
sorte d'émotion intermédiaire et indécise, entre les éclats
de la douleur et ceux de la joie, entre le rire et les larmes,
pour remplacer la franchise d'intention et d'effet qu'elles
n'ont point, une parfaite élégance de formes, une exquise
vérité d'expression. Ces mérites de Térence manquèrent
trop, dans des scènes quelquefois animées de son esprit, à
la négligence de La Chaussée et même au naturel parfois
prosaïque de Sedaine. On ne les retrouva pas assez, par
le vice d'une versification pénible, dans le *Dupuis et Des-
ronais* de Collé. La gloire, je ne dirai pas d'y atteindre,
mais de s'en rapprocher, était réservée à l'auteur de *l'In-
constant*, de *l'Optimiste*, des *Châteaux en Espagne*, du
Vieux Célibataire, à l'auteur des *Étourdis*; j'ajouterai à
l'écrivain, d'un esprit si fin et si délicat, d'un tour si
agréable et si élégant, qui, dans *Caroline ou le Tableau*,
dans *l'Avocat*, sembla les accepter pour maîtres.

Nous sommes loin de ces ouvrages, représentés en 1800,
en 1806; plus loin encore des dispositions qu'on apportait

alors aux représentations théâtrales et qui en aidaient le
succès. Les imaginations, moins blasées qu'elles ne l'ont
été depuis, n'éprouvaient pas autant le besoin d'être arra-
chées par la complication de l'intrigue, par la singularité
des événements et des personnages, des sentiments et du
langage même, au cours ordinaire des choses; elles n'a-
vaient pas, à un égal degré, l'impatience, quelque peu bru-
tale, qui fait rejeter, comme des longueurs importunes,
les développements de caractères et les peintures de mœurs;
il leur restait du loisir pour apercevoir, sans perdre de vue
l'ensemble, les ornements de détail, les beautés particulières de pensée et de style, pour goûter le charme des
vers, devenus aujourd'hui une superfluité, presque un
embarras, mais sans lesquels on ne concevait guère la
haute comédie. L'écrivain n'était pas tenu, pour constater son originalité, à étonner, à violenter les esprits par
l'audace de ses conceptions. Avec une fable simple, prise
dans les rapports communs du monde, mue par des ressorts naturels, pourvu qu'elle ne manquât d'ailleurs ni
d'intérêt ni d'art, il avait chance d'être écouté, d'attacher
et de plaire. Il est vrai que si, d'une part, la facilité plus
grande d'amuser des spectateurs encore amusables semblait
le mettre plus à l'aise, il était d'ailleurs strictement soumis, pour ce qui regardait les vraisemblances dramatiques, les convenances morales, à des conditions dont la
sévérité s'est bien relâchée. Les âges littéraires se suivent
sans se ressembler; chacun a ses avantages qu'il serait injuste de méconnaître; nous l'emportons probablement sur
nos devanciers pour l'invention, la nouveauté, la hardiesse; probablement aussi ils nous surpassaient par le
naturel, l'exactitude et le goût. Où est la supériorité?
Je ne le recherche point : et si j'ai abordé ces rapproche-

ments, toujours délicats, ce n'était point dans l'intention
de sacrifier un présent, dont j'apprécie autant que personne les mérites, à un passé qu'on ne traite pas toujours,
je le crois, avec assez de bienveillance et de justice ; je ne
voulais qu'expliquer, ce que beaucoup pourraient ne pas
comprendre, comment suffirent à la belle réputation qu'obtint tout d'abord dans les lettres M. Roger, deux comédies
de médiocre étendue, dont le sujet, bien qu'un peu romanesque, n'avait rien d'extraordinaire, mais qui étaient, ce
qu'alors on prisait beaucoup, habilement construites, écrites en vers élégants et spirituels, enfin, c'est là une qualité à laquelle on tient également dans tous les temps, intéressantes.

Tout devient drame entre les mains des auteurs dramatiques. Un respectable archevêque d'Auch, M. d'Apchon,
ne pouvant vaincre les refus d'un galant homme dans le
besoin, qu'il veut obliger, imagine de lui acheter pour
une assez forte somme, par l'entremise d'un prétendu
amateur de tableaux, une vieille toile sans valeur. Quelques années s'écoulent, et cette ruse de la charité chrétienne, transportée par l'aimable et ingénieux Marsollier,
et au même moment, chose singulière ! par M. Roger, à
d'autres personnages, dans un autre ordre de relations,
enrichit en l'espace de quelques jours la scène de l'Opéra-
Comique et celle du Théâtre-Français de deux ouvrages
justement applaudis, *une Matinée de Catinat, Caroline
ou le Tableau.* On n'a pas tardé à oublier le premier ; mais
on a gardé le souvenir du second, l'une des petites comédies les plus artistement composées, les plus agréables
qu'on eût vues depuis longtemps. Le sentiment y dominait, non sans laisser une place à la gaîté, et même à ce
qui manque dans tant de comédies, au comique. Dans ce

mélange on pouvait distinguer la trace des influences diverses sous lesquelles s'était formé le talent du jeune poëte. Le souvenir de Collin l'avait inspiré quand il avait peint, en traits aimables et gracieux, sans manière, sans fadeur, une passion honnête, discrète, délicate; et, luttant avec non moins de bonheur contre ses autres conseillers habituels, il avait égalé la franchise familière, l'enjouement satirique de Picard, le dialogue précis, vif, piquant d'Andrieux, dans les excellentes scènes qu'animait la présence de son acheteur de tableaux. Cet acheteur, c'était un valet jouant par ordre de son maître, et jouant au naturel, avec une vérité très-divertissante, le rôle d'un de ces nouveaux riches que font partout et toujours éclore, du sein des misères publiques, les révolutions, et qui, nombreux à cette époque, dans les dernières années du Directoire, au début du Consulat, indignaient les honnêtes gens par l'insolence de leur luxe et le cynisme de leurs dérèglements, en même temps qu'ils les amusaient de leur épaisse fatuité et de leur confiante ignorance. Ce personnage avait dans les belles loges bien des modèles vers lesquels se retournait le parterre, applaudissant des passages qui, par un habile artifice, donnaient tout à coup à une composition de proportions, d'intentions modestes, une portée inattendue. Elle ne s'était annoncée que comme un petit drame, attachant, amusant, selon la situation; elle devenait par moments une comédie de mœurs d'un intérêt présent; disons aussi d'un intérêt général et durable; car tous les temps ont leurs parvenus, et tous les parvenus ont, à peu de chose près, les mêmes ridicules.

Dans l'*Avocat*, pièce de dimensions plus considérables, où le talent de l'auteur atteignit à tout son développement, qu'on a regardée comme son chef-d'œuvre, manque peut-

être cette sorte de comique, mais non pas là gaîté produite par l'introduction de quelques personnages secon-
daires particulièrement chargés de l'exciter, et, ce qui
vaut mieux, par l'habile opposition des caractères, le jeu
piquant des situations. Cette gaîté, adroitement distri-
buée, maintient constamment dans les limites de la comédie, et empêche, toujours à temps, de tourner au drame un
ouvrage qui est surtout, comme le précédent, intéressant
et romanesque. J'appelle comédie romanesque celle dans
laquelle est représenté non pas le faux, le faux ne peut
constituer un genre, mais cette vérité d'exception qui
charme les rêves des hommes de bien, et qu'il n'est pas
impossible de rencontrer ailleurs. Or, la comédie de M. Roger donne précisément aux spectateurs honnêtes le plaisir
d'une de ces rencontres, plus faciles, il est vrai, et plus
fréquentes au théâtre que dans le monde.

On y voit une orpheline obligée de réclamer devant les
tribunaux la fortune et le nom de son père qu'on lui conteste, offrant, pour obtenir l'un, de renoncer à l'autre ;
s'abstenant généreusement de produire une lettre propre à
établir ses droits, parce que cette pièce compromettrait la
sûreté du parent abusé qui la méconnaît.

On y voit, d'autre part, un jeune homme, espoir, orgueil du barreau, par l'éclat de son talent, par sa probité
et son courage, engagé à plaider contre une femme dans
laquelle il reconnaît bientôt avec une douloureuse surprise précisément la femme qu'il aime et dont il est aimé ;
persistant toutefois, après cette découverte, par un sentiment exalté de devoir et d'honneur, pour rester digne, devant le public et à ses propres yeux, de sa noble profession, à retenir une cause que maintenant il déteste ; et
quand son client (c'est le personnage le plus vrai de la

pièce, le plus directement emprunté aux mœurs réelles de la société), quand, dis-je, son client, vieillard qu'une longue expérience a rendu soupçonneux, qui respecte la probité, mais connaît la faiblesse humaine, qui n'a pas grande confiance dans les juges et se défie même des avocats, veut lui reprendre une affaire, remise, pense-t-il non sans vraisemblance, entre des mains peu sûres, la réclamant avec chaleur, se la faisant restituer, s'engageant à en poursuivre, à en assurer le succès, tenant héroïquement parole, puis enfin, vainqueur et désespéré de sa victoire, venant offrir à celle qu'il a ruinée par vertu sa main, que par vertu aussi elle refuse, jusqu'à la péripétie heureuse et prévue qui rend à l'infortunée une famille, et lui permet d'accepter un époux.

Ces situations, d'un effet théâtral, se trouvaient déjà, en partie du moins, chez Goldoni. Elles sont devenues, à juste titre, la propriété de M. Roger, qui les a dégagées des longueurs, des accessoires parasites au milieu desquels elles se perdaient, mises en relief, complétées, enfin accommodées aux habitudes de notre scène, aux mœurs de notre société. Il les a surtout marquées de son empreinte par une exécution libre, où disparaît l'imitation, où le naturel un peu prosaïque de l'original revêt avec aisance les formes d'une poésie à la fois élégante et simple. Le personnage principal a reçu de lui, sans que la vraisemblance en souffrît, une élévation plus idéale : si l'on n'assiste point à sa plaidoirie, comme dans la pièce italienne, on n'en croit peut-être pas moins aux effets de son éloquence, suffisamment attestés par la chaleur habituelle de ses sentiments et de ses discours. Seize ans auparavant, dans une grande et belle comédie que je rappelais tout à l'heure, avait paru, à côté d'un Alceste hardiment renouvelé de Molière, le noble personnage d'un avocat, dont l'incorruptible honnêteté défend, contre les entreprises frauduleuses de son propre client, la fortune d'un inconnu. L'avocat de M. Roger, aussi probe, mais plus brillant, plus aimable, offrit comme le pendant de ce rôle austère. Tous deux, à une époque où l'intervention du barreau français dans la politique avait accru son importance, le vengèrent des malices du vieux trouvère, traduit en langage moderne par Brueys, de celles que l'auteur des *Plaideurs* avait ajoutées à Aristophane. Il faut dire en son honneur que M. Roger ne fut point soupçonné, comme auparavant et bien à tort le bon Goldoni, d'avoir voulu, par la représentation d'une vertu chimérique, faire la satire indirecte de la réalité. Il avait près de lui un modèle très-réel et très-accompli de ce qu'il avait peint, et quand la pièce parut imprimée, avec une dédicace à son oncle, le respectable M. Jolly, un des organes les moins indulgents de la critique l'appela un portrait de famille.

Il y a un art de descendre sans s'abaisser qu'a mis en pratique l'auteur de l'*Avocat* dans quelques légers ouvrages écrits de temps à autre pour une scène secondaire, avec de spirituels amis. La plus habituelle et la plus heureuse de ces associations, celle qui l'a réuni, dans la composition de deux opéras-comiques fort jolis et fort goûtés, le *Billet de Loterie*, le *Magicien sans Magie*, avec un homme d'un talent facile et gracieux, dont la carrière a été aussi trop tôt terminée, M. Creuzé de Lesser, le ramena en 1809, pour la dernière fois, on doit le regretter vivement, à la comédie. Cette fois, ce fut au genre dans lequel excellait Duval, cet habile constructeur de tant d'ouvrages vivement intrigués, franchement dialogués, ce fut même à un de ses sujets que s'attaqua, sans préméditation, il est

21

vrai, M. Roger. Les *Projets de Mariage* et la *Revanche*, pièces que sépare un intervalle de onze ans, ont en effet une analogie sensible et cependant accidentelle, car la donnée de son ouvrage, M. Roger ne l'a pas empruntée à Duval, si voisin de lui cependant, mais, de son aveu, à un autre de ses contemporains, mort assez récemment, l'Italien Federici. Dans les *Projets de Mariage*, on s'en souvient, un jeune officier se trouve prévenu près d'une femme qu'on lui a destinée pour épouse par son colonel, qui, étourdiment et sans façon, a pris son nom et joue son personnage. A son tour, il se donne, il y est forcé, pour le colonel, et fait en cette qualité à son rival, fort librement, profitant de la supériorité que lui donne passagèrement la subordination militaire, une guerre où la victoire lui reste. Dans la *Revanche*, c'est entre un roi et un des seigneurs de sa cour qu'a lieu cet échange de rôles, cette lutte animée. De là, chez les deux auteurs, des méprises, des embarras de même nature, sans être les mêmes, et d'un effet également divertissant. Le jeu artistement concerté des situations, la vivacité élégante du dialogue, beaucoup de traits fins et délicats, méritèrent à la *Revanche* un brillant succès : elle eut l'avantage de divertir, au retour de la guerre, le vainqueur de Wagram, qui lui donna son approbation par une raison toute monarchique, où avait cependant sa part le sentiment littéraire. Il y loua l'adresse réservée avec laquelle on y avait placé, dans une position très-délicate, sans qu'elle en fût jamais compromise, l'autorité royale. Ce jugement est bien d'un temps peu favorable assurément aux libertés de la comédie, où, selon la piquante expression d'un homme de beaucoup d'esprit, M. le comte Beugnot, dans une lettre écrite précisément à l'occasion de la *Revanche*, Picard, si observateur, ne peignait guère que le second étage, attendu que la clef du premier restait dans la poche du ministre de la police, de laquelle il n'était pas facile de la faire sortir : il est du temps où cette précieuse clef des ridicules en crédit, dont on n'usait guère que par surprise, allait être si brusquement retirée à l'auteur des *Deux Gendres.*

Les succès dramatiques de M. Roger, toujours avoués par la morale comme par le goût, et du nombre de ceux qui renouaient la chaîne interrompue des saines traditions, lui avaient, dès ses débuts, concilié l'intérêt et l'appui de personnages puissants, noblement portés à tirer parti d'une haute position pour l'encouragement, pour l'avancement des lettres. Sa reconnaissance s'est plu à nommer surtout M. Maret, M. François de Neufchâteau, M. Français de Nantes, parmi les bienveillants Mécènes qui, le prévenant avec un empressement flatteur, lui avaient d'eux-mêmes ouvert la voie aux fonctions administratives et à la vie publique. Il comptait bien peu d'années, mais était déjà recommandé non-seulement par de bons ouvrages, mais par d'utiles services dans plus d'un ministère, quand ses concitoyens du département de la Haute-Marne l'envoyèrent siéger au Corps-Législatif, et quand, bientôt après, l'illustre président de cette assemblée, qui ne l'avait pu connaître sans apprécier la distinction de son esprit et de son caractère, sans l'estimer et l'aimer, le mit au nombre des collaborateurs qu'il s'associa dans la direction suprême de l'instruction publique. On me permettra, c'est une partie de mon sujet dont je dois être naturellement préoccupé, de rappeler avec quelque détail quels titres particuliers s'était fait M. Roger à l'honneur d'un tel choix, et comment il y répondit.

Lorsque le gouvernement consulaire, achevant de reconquérir sur l'industrie, sur la spéculation privée le droit,
usurpé par elles dans un temps d'anarchie, d'élever seules
la jeunesse française, reconstitua, d'après des idées plus
justes, plus pratiques, sous le nom de lycées, les écoles
centrales de la Convention et du Directoire, M. Roger fut
appelé à s'occuper, dans les bureaux de l'intérieur, de
cette importante réorganisation. Plus tard, une commis-
mission, en tête de laquelle figurait Fontanes, ayant été
chargée de présider au choix, à la réimpression, et, quand
il en serait besoin, à la composition des ouvrages nécessaires pour les études, M. Roger ne tarda point à lui être ad-
joint. Il doit partager avec ses membres l'honneur qui
leur revient pour avoir su concilier, dans l'accomplissement de leur délicate mission, avec un sage retour aux
traditions de l'expérience, l'intelligence des besoins nouveaux de la société. Son zèle le porta même à éditer mo-
destement des livres de la nature la plus élémentaire, destinés aux plus humbles usages de l'enseignement. On doit
rappeler à part, comme moins étranger aux habitudes,
aux préférences de sa pensée et de son talent, un *Théâtre
classique*, qu'il publia, en 1807, avec des notes où brillaient discrètement, dans de fines remarques sur des beautés de composition et de style, dans de judicieux rappro-
chements, le savoir et le goût d'un littérateur consommé.
Il citait quelquefois, pour servir de commentaire à des
passages d'*Esther* et d'*Athalie*, une traduction commencée
des belles leçons latines du docteur Lowth sur la poésie des
Hébreux, dont s'était récemment inspiré La Harpe dans le
discours préliminaire de son *Psautier français*. Cette traduction, librement fidèle, d'une simplicité élégante, à
laquelle plus de diligence eût assuré l'avantage qu'une

autre lui contesta, de la priorité, ne parut qu'en 1813. A
cette époque, depuis quelques années déjà, les divers éta-
blissements d'instruction publique, successivement et assez confusément relevés sur les ruines des anciennes cor-
porations enseignantes, constituaient par leur réunion,
leur coordination, un corps unique appelé à exercer sur la
conduite générale de l'éducation la part de légitime autorité qui appartient à l'Etat, l'Université. L'ancien collègue
de M. Roger à la commission des livres classiques en était
le grand maître; et, dans son conseil, où se rencontraient,
par une sage et heureuse combinaison, auprès de vénéra-
bles représentants de la culture intellectuelle et morale
d'un autre âge, des savants, des écrivains d'une illustration nouvelle et pure, il avait trouvé lui-même la place
pour laquelle le désignaient la part active prise par lui au
rétablissement des études, le caractère irréprochable de ses
travaux, même les moins sérieux, la pureté reconnue de
ses principes littéraires.

A l'exercice régulier de ses fonctions comme conseiller
ordinaire de l'Université, fonctions qu'il échangea plus
tard contre celles d'inspecteur général des études, M. Roger joignit l'usage d'une influence que ressentirent heureusement nombre de personnes dignes d'intérêt, et avec
elles l'Université : car c'est surtout par le choix éclairé,
par le bon emploi des hommes, que se fondent les institutions naissantes. On a loué dans cette enceinte, avec l'ac-
cent d'une reconnaissance éloquente, le goût de M. de
Fontanes pour les jeunes talents, son empressement à les
reconnaître et à les produire. M. Roger fut le ministre dé-
voué de ce fécond patronage, qui devait donner à l'Université des professeurs habiles, quelquefois des professeurs
illustres, et préparer, pour un avenir plus lointain, au

21.

grand maître lui-même de dignes successeurs. Il est honorable pour M. Roger que le souvenir de son nom se trouve
ainsi étroitement lié à l'histoire d'un corps qui, depuis
trente-cinq ans, à travers toutes les difficultés des temps,
avec un zèle souvent et diversement méconnu, mais jamais
découragé, a gardé fidèlement le dépôt précieux que lui a
remis la confiance du pays, et qu'elle ne lui retirera pas.
Appartenant moi-même à ce corps, qui m'a reçu dans ses
rangs presque au sortir de l'enfance, et m'a fait le peu
que je suis, j'éprouve une véritable joie de pouvoir confondre l'hommage filial que je lui dois avec celui que je
rends à mon prédécesseur.

Il ne m'appartient guère de suivre M. Roger dans la
carrière plus exclusivement administrative et politique où
l'engagèrent les grands changements de 1814 et de 1815 ;
je dirai seulement qu'attaché pendant quinze ans, sous le
titre de secrétaire général, à la direction des postes, il
porta dans son nouvel emploi sa grande expérience des affaires, l'activité de son esprit, et, ce qui était le trait
le plus distinctif de son caractère, cette obligeance universelle, infatigable, à laquelle il donnait sans regret
un temps que d'autres auraient cru perdre. Je dirai que,
choisi une seconde fois, en 1824, pour représenter son département, il retrouva dans la Chambre des députés la
considération dont il avait joui au Corps-Législatif. Il y
agit plus qu'il n'y parla ; car, si je ne me trompe, il ne
se montra qu'une seule fois à la tribune et comme organe
d'une commission. Chargé de repousser en son nom la pro-
position d'un article réglementaire par lequel aurait été
interdit l'usage des discours écrits, il trouva, pour les défendre contre l'intolérance de l'improvisation, des raisons
qui ne perdaient rien à être écrites. Le spirituel rapporteur

leur avait donné, par le travail du style, un tour piquant, un agrément qui semblaient un argument indirect, et qu'autorisait d'ailleurs la nature presque littéraire de la question.

Ces mérites sont ceux de deux discours, encore présents à vos souvenirs, que prononça M. Roger ici même lorsqu'il y succéda à M. Suard, lorsqu'il y reçut le successeur de M. de Fontanes. De tels sujets, qui intéressaient au plus haut degré ses plus chers sentiments, répondaient encore, par une rencontre favorable, aux qualités de son esprit. Nul ne pouvait plus convenablement louer l'exquise politesse, les grâces nobles et délicates de la pensée et du langage, la perfection du goût.

En relisant aujourd'hui ces deux morceaux, on peut trouver que trop de place y a été donnée à la passion politique. Mais alors, en 1817, en 1821, cette passion était partout dans la société, et, l'agitant de mouvements contraires, elle se mêlait nécessairement à tous les actes, à tous les discours. Quelque chaleur de zèle ne pouvait étonner chez M. Roger, lorsque se relevait cette monarchie, objet de ses affections premières, pour laquelle il avait souffert dès ses plus tendres années. Il était même naturel que, dans son vif attachement pour elle, il allât quelquefois jusqu'à confondre, avec ce qui l'avait renversée, ces formes nouvelles de gouvernement, devenues l'indispensable condition de son existence et le gage de sa durée. Quelque jugement que doive porter la politique sur ses opinions, la morale ne peut qu'en approuver la sincérité, la constance. Elles étaient contemporaines de sa jeunesse, et jusqu'à ses derniers jours, malgré la différence des temps et des idées, il les professa avec un courage devenu le plus rare de tous en cet âge de liberté, celui qui consiste à nous montrer aux autres précisément ce que nous sommes. Honneur aux hommes qui savent rester fidèles, quoi qu'il arrive, aux engagements de leur vie! Mais aussi, honneur aux institutions, aux gouvernements que cette vertu n'inquiète point, et en présence desquels elle peut être ouvertement pratiquée et célébrée! Jamais, on doit le dire, et on vous l'a dit récemment avec éloquence et autorité, le respect pour les droits de la conscience ne fut plus entier que de nos jours dans notre patrie; il est dans ses mœurs, dans ses lois; il est surtout dans l'esprit du prince qui préside avec une si haute raison, avec tant de courage et de dévouement, sans être distrait de sa royale tâche, même par d'accablantes douleurs, à ses nouvelles destinées.

La révolution de 1830 ne se montra point hostile à M. Roger; elle apporta toutefois à sa situation, cela était inévitable, un changement grave, qu'il soutint avec patience et dignité. Les lettres sont comme ces amis sûrs qu'on ne perd pas pour les avoir un peu négligés; M. Roger, que les affaires en avaient trop souvent distrait à son gré, les retrouva quand il fut rendu à lui-même : il leur dut les consolations qu'elles ne refusent jamais à ceux qui les aiment, et même, on peut le redire après lui, des ressources devenues nécessaires à l'état présent de sa fortune. Les amis de la bonne littérature accueillirent très-favorablement, en 1835, deux volumes où reparaissaient ses principales compositions, précédées de notices qui en augmentaient beaucoup le prix. On y trouvait, sous des formes aimables et spirituelles, l'histoire des ouvrages, la biographie de l'écrivain, le tout encadré dans des tableaux de mœurs d'une vérité piquante, testament pour ainsi dire du poëte comique. Il s'y jugeait lui-même avec cette impartialité des bons esprits qui font volontiers, à l'égard de leurs œuvres, l'office du public. C'était une conformité de plus qui le rapprochait, à la fin de sa carrière, de ceux auprès desquels il s'était placé en la commençant, d'Andrieux, de Picard, de Duval.

A ce recueil manque la dernière production de M. Roger, le discours qu'il dut prononcer, en votre nom, l'année dernière, lorsque M. de Sainte-Aulaire vint occuper parmi vous la place laissée vacante par M. de Pastoret. Une nouvelle occasion s'offrait à l'orateur d'exprimer des sentiments qui lui étaient chers : il en usa avec mesure. Il avait encore à célébrer des dons de l'esprit que personne mieux que lui ne pouvait apprécier ; on s'en aperçut à la délicatesse de ses louanges. Un applaudissement général suivit ce discours, auquel lui-même, fort souffrant, n'avait fait qu'assister, qu'avait lu en sa place, le commentant en quelque sorte par un débit animé et spirituel, l'un de ses plus brillants, de ses plus féconds successeurs dans l'art de la comédie.

M. Roger ne devait point reparaître dans ces solennités académiques. Il fut, au bout de quelques mois, attaqué d'un mal cruel, contre lequel les efforts de l'art restèrent impuissants. Les tendres soins de trois fils, dignes de lui, qui, dans diverses carrières, soutiennent l'honneur de son nom, tempérèrent l'amertume de ses derniers moments. Quelque douceur y fut aussi mêlée par les témoignages d'affection de ses nombreux amis. Mais ce qui surtout le fortifia contre les atteintes de la souffrance et les approches de la mort, ce qui rendit sa fin calme et sereine, ce furent les sentiments chrétiens, de bonne heure déposés dans son âme, et qui, depuis quelques années, la remplissaient tout entière.

Vous avez eu part, Messieurs, à ses pensées suprêmes.

Il s'était toujours très préoccupé de vos élections : la nouvelle d'un choix qu'il souhait vivement , avec vous-mêmes et le public , a été la dernière joie de sa vie. Il est mort votre zélé confrère ; il ne s'est séparé qu'à l'extrémité des relations étroites qui l'attachaient à vous. Vous ne vous séparerez point de son souvenir ; toujours il vous représentera cette droiture de caractère, cette aménité de mœurs , cette élévation de goût, qui doivent , autant que le talent , recommander l'homme de lettres.

REPONSE

DE

M. LE BARON DE BARANTE,

DIRECTEUR DE L'ACADÉMIE FRANÇAISE,

AU DISCOURS

DE M. PATIN,

PRONONCÉ DANS LA SÉANCE DU 5 JANVIER 1843.

RÉPONSE

DE

M. LE BARON DE BARANTE,

DIRECTEUR DE L'ACADÉMIE FRANÇAISE,

AU DISCOURS

DE M. PATIN,

PRONONCÉ DANS LA SÉANCE DU 5 JANVIER 1843.

———

MONSIEUR,

Le jour où les suffrages de l'Académie vous ont appelé parmi nous, elle a fait acte de justice, elle a accompli un devoir. Si, pour entrer ici, la gloire, le génie ou le don de création étaient exigés, les places resteraient souvent vacantes; beaucoup d'entre nous ont dû, plus encore que vous, se montrer reconnaissants. Heureuse l'Académie, quand, de loin en loin, elle peut maintenir son illustration par des choix éclatants, dont le reflet conserve à nos élections la valeur d'une honorable récompense littéraire!

22

A qui pourrait-elle être mieux due qu'à l'écrivain modeste dont la vie entière fut consacrée au culte assidu des lettres, qui en a expliqué les beautés, qui en a répandu le goût parmi la jeunesse, qui, par le bienfait de son enseignement, a maintenu les traditions dont les siècles et les peuples se sont transmis l'héritage; ces traditions du beau, du vrai, du simple, ces traditions où se concilient l'imagination et la raison?

Une telle recommandation devait être d'autant mieux écoutée par l'Académie, que vous n'en avez jamais cherché aucune autre. Vous vous êtes renfermé et comme enveloppé d'un amour complétement désintéressé pour les lettres et pour l'enseignement. Vos désirs, vos regards même n'ont point semblé se porter au delà de l'horizon où vous avez placé les limites de votre vocation. Les opinions et les intérêts politiques, qui se mêlent à tout, qui envahissent tous les succès, qui s'emparent de toutes les capacités, sont restés ignorés de vous. Vous n'avez appartenu à aucune de ces coteries si secourables aux renommées qu'elles adoptent. Vous n'avez pas été non plus un homme du monde. L'étude et le devoir vous ont composé une solitude honorable et douce; mais les amis des lettres, mais l'Académie française ne pouvaient vous oublier. Le succès de vos leçons, les discours d'ouverture de vos cours, les éloges que nous avons couronnés, ont constamment attiré l'attention des hommes sérieux.

A une époque où le mérite tranquille et modeste restait caché, où le savoir était dédaigné, Voltaire, en grand seigneur de la littérature, avait pu accorder avec une bienveillance hautaine une place dans le *Temple du Goût* à Rollin, à ce patron des écoles, dont vous avez raconté la vie avec un sympathique intérêt.

Non loin de là, Rollin dictait
Quelques leçons à la jeunesse ;
Et quoiqu'en robe, on l'écoutait :
Chose assez rare à son espèce.

Nos professeurs ne portent plus la robe ; il n'est point rare qu'on les écoute ; ce n'est pas seulement à la jeunesse qu'ils dictent des leçons. Nous avons vu la foule se presser dans les salles de nos écoles. Des hommes de tout âge, de toute nation, se sont faits les élèves de nos professeurs. Tantôt ils ont été attirés par la clarté et la méthode qui règnent dans l'exposition des sciences exactes et naturelles ; tantôt ils ont voulu assister à un spirituel entretien sur les diverses époques de la littérature, sur le caractère des grands écrivains ; ils se sont éclairés de ces considérations hautes et générales qui enchaînent les événements de la vie des peuples ; ils ont admiré cette philosophie qui, échappant aux froides subtilités de la scolastique et à l'étroite enceinte des métaphysiciens du dernier siècle, a su donner à son langage le charme puissant de l'imagination. L'enseignement est devenu l'une des gloires de notre époque et de notre pays, un des intérêts qui s'emparent de l'attention du public et préoccupent les esprits. Il a signalé de grands talents que la tribune a enviés à la chaire, et qu'elle a revendiqués pour le gouvernement de l'État. Comment donc l'Académie serait-elle restée indifférente à un tel ordre de services et de succès ? comment ne les réclamerait-elle point pour elle ? C'est son bien, qui lui appartient plus spécialement qu'aux assemblées politiques. Peut-être, en considérant la destination pratique de l'Académie plus que sa destination honorifique, devrions-nous dire que la critique littéraire est ici dans son domaine.

N'est-elle pas, en effet, inséparable des lettres? n'en fait-elle pas une partie essentielle? Non-seulement elle examine les œuvres de l'esprit, elle essaie d'en déduire des règles et d'éclairer ainsi les routes de l'avenir; non-seulement elle cherche dans la comparaison des productions de l'art, dans leur conformité aux lois de la raison et de la sensibilité, une autorité pour les jugements qu'elle prononce; mais la critique a une vie qui lui est propre; elle n'est pas seulement un travail, elle est un sentiment. De même que nous admirons les objets de la nature; de même que nous sommes émus des affections humaines, de même la création du poëte ou de l'artiste nous fait éprouver une impression vive; elle nous associe à ce qu'il a senti; elle nous fait participer à son inspiration; de telle sorte que les plaisirs de l'esprit, le mouvement de l'imagination, bienfait des lettres et des arts, tiennent une grande place dans la vie de l'âme et contribuent à notre satisfaction, je dirais presque à notre bonheur.

Le critique est celui qui nous parle de ces nobles jouissances, qui nous raconte éloquemment ce qu'il a senti, qui nous appelle à admirer ce qui a excité son admiration, qui nous communique ses émotions et se rencontre avec nos sympathies : il est autre chose qu'un examinateur et un juge. Le peintre s'est inspiré de la nature; le critique s'est inspiré du tableau. L'une de ces inspirations est plus primitive; mais toutes les deux sont réelles et humaines.

Bien plus : l'art est devenu, ainsi que la nature elle-même, une source abondante où viennent puiser ceux qui sont doués du don d'invention et de production. Avant que l'art eût reçu ses développements, aux époques où il ne faisait que de naître, il était plus naïf, car il était plus simple; il était plus grand, car sa forme n'était pas déter-

minée ; mais l'habileté lui manquait ; il se trouvait incomplet ; il savait indiquer, mais non point dire ce qu'il
sentait. Lorsqu'il a été instruit par l'expérience de ses premiers pas ; lorsqu'il a eu des modèles, son admiration pour
eux l'a guidé. Il a été alors doublement inspiré et par la
nature et par ceux qu'elle avait émus auparavant. La critique s'est ainsi mêlée et confondue avec le sentiment de
création, souvent même à son insu, le laissant tout aussi
naturel, mais le rendant plus habile.

C'est cette marche, ce progrès, que vous avez si bien
expliqués dans vos *Études sur les tragiques grecs*. Vous
avez montré le développement successif de l'art dramatique. Admirant la beauté et la grandeur de sa première
époque, vous avez ensuite reconnu qu'en perfectionnant sa
forme, il avait acquis une action plus pathétique; mais
vous n'avez point blâmé doctoralement Eschyle au nom de
Sophocle. Vous plaçant toujours au point de vue du poëte,
au milieu des circonstances qui l'entouraient et qui l'inspiraient, vous vous faites spectateur contemporain, vous
nous exposez le dessein de l'auteur, l'esprit de son œuvre,
l'ensemble de sa composition, les effets qu'il devait produire. Ce qui, à la première impression, pouvait être obscur et confus pour nous, vous le faites apparaître sous
son vrai jour; où la frivole ignorance ne savait trouver
que barbarie ou confusion, vous restituez un chef-d'œuvre. Lorsqu'on veut sentir et connaître les productions du
génie, il faut comprendre sa pensée avant de juger la forme
dont il l'a revêtue.

C'est qu'il y a deux manières d'étudier les lettres, deux
manières de les enseigner. Prendre l'art comme un fait
existant, le décrire dans son apparence extérieure, le décomposer en parties distinctes, séparer dans ses produc-

22.

tions diverses la matière, la forme et le mode, chercher les procédés qu'il emploie : c'est ce que fit Aristote et tant d'autres après lui. Ils en déduisirent des règles utiles, que la raison et le goût indiquent parfois et n'imposent jamais. Ces règles, relatives à la forme, ont dû facilement devenir minutieuses et techniques. De là un enseignement sans charme pour la jeunesse, sans intérêt pour le public, brisant le lien qui unit la littérature à l'ensemble des connaissances humaines, en faisant un métier spécial, au lieu d'y voir le talent d'expression appliqué à toutes les pensées, à tous les sentiments de l'humanité.

Vous avez choisi une autre voie, Monsieur ; vous conformant à d'illustres exemples, à la direction actuelle des esprits, vos études et vos leçons ont pris ce caractère d'impartialité historique propre à notre époque. Les lettres sont pour vous le plus vivant témoignage où doit se lire l'histoire de l'esprit humain, ses phases, ses progrès, ses éclipses ; l'influence des religions, des gouvernements et des mœurs ; le caractère des races diverses, la connaissance du passé, l'espoir de l'avenir. Aux circonstances générales qui déterminent la couleur de l'œuvre du poëte ou de l'écrivain, vous savez rattacher ce qui lui vient de son propre caractère, de sa vie, des situations où il fut placé. On se complaît à retrouver son empreinte personnelle dans ce qu'il légua à la postérité. On aime à converser avec lui, d'homme à homme, à travers les siècles. Cela importe tout autrement que d'examiner s'il a tort ou raison de s'exprimer de telle ou telle sorte, s'il a manqué à tel ou tel dogme d'une critique formaliste. Ce n'est pas l'auteur qu'on cherche, c'est l'homme, ainsi que disait Pascal.

Le critique a d'autant plus été conduit à se transformer en historien des lettres, que leurs époques diverses et suc-

cessives s'enchaînent les unes aux autres par un lien d'imitation, ou, pour parler plus exactement, d'inspiration.
Les Etats se sont réunis ou dispersés; les empires se sont
formés et brisés; les peuples ont été conquérants ou conquis; la religion chrétienne est venue accomplir une révolution dans l'âme humaine; l'Europe a admis les barbares
dans la civilisation romaine, dont elle a vu s'obscurcir et
presque s'éteindre la lumière; et l'esprit humain n'a point
cessé de placer l'antique racine de sa généalogie dans ce sol
de la Grèce, d'où la poésie, l'éloquence et la philosophie naquirent comme des plantes naturelles. Sous cet heureux ciel, dans cette atmosphère transparente, sur les ri-
vages de cette mer si riante, tout fut natif, rien emprunté,
rien imité. Plus tard, et partout ailleurs, il y eut des poëtes, parce qu'il y avait des statues et des tableaux; le génie même fut procréé par les œuvres du génie : sans Homère, point de Virgile; sans Démosthènes, point de Ci-
céron. A Athènes, les lettres et les arts étaient des éléments
de la vie commune, des jouissances populaires. Il fallait
aux sens et à l'esprit de cette race privilégiée de nobles
émotions; le goût du beau était pour elle un premier besoin : l'expression, la forme, l'harmonie étaient indispensables pour lui plaire. Ce qui est devenu règle et critique
pour les autres nations, était, chez les Grecs, un instinct
de délicatesse, dont les progrès furent d'autant plus rapides, qu'il ne cherchait qu'en lui-même sa propre perfection.

Voilà, Monsieur, ce que vous avez si bien senti et développé. L'Académie, et vous, m'excuserez de résumer et
de restreindre ainsi ce qu'on apprend à vous entendre et
à vous lire.

L'Europe, et surtout les nations méridionales, latines

par la langue et les traditions, reçurent à travers la trans-
mission romaine l'esprit et les modèles de la Grèce. La
religion y imprima un nouveau caractère moral. Elle apporta avec elle d'autres modèles, une autre poésie aux
formes non moins grandes, mais moins dessinées, native
aussi, mais d'une autre région, d'une autre antiquité. Les
conquérants germaniques arrivèrent avec leurs traditions
et leurs mœurs qui, chez nous, ont laissé peu de traces.
La civilisation fut plutôt abolie que dénaturée. Le moyen-
âge, dans sa portion inculte et populaire, donna ou plutôt tenta de donner naissance à une littérature nationale,
sortie de nos mœurs et du caractère de notre race. Un
grand charme de naïveté, cet attrait que le vrai exerce
toujours lorsqu'il ignore l'art de s'exprimer, lorsque l'inspiration balbutie encore comme l'enfant, s'attachent aux
œuvres que nous a léguées la vieille France. Pourtant,
nous avons en grande partie renié ce paternel héritage.
La Grèce et Rome sont revenues, non pas nous conquérir,
mais nous conseiller. Les lettres religieuses, philosophiques et juridiques n'avaient jamais cessé de les reconnaître pour la mère-patrie.

Quand l'esprit humain se réveilla tout à fait, au seizième
siècle, les modèles de l'antiquité prirent un empire absolu.
Ils devinrent objets d'enthousiasme et de culte. Ce langage
aux formes précises, ce vocabulaire dont la signification
était à la fois si nuancée et si définie, cet enchaînement des
pensées, ces sentiments vrais et universels, apparurent
comme un phare au milieu d'une civilisation imparfaite,
de ses développements encore confus, de sa langue encore incertaine. Alors commença une sorte de lutte entre
le génie national et les traditions renouvelées. D'une part,
une imitation pédantesque, un mélange tenté sans discer-

nement; d'autre part, une inspiration facile et familière,
mais qui restait impuissante à s'élever dans les hautes régions de l'art.

Après un siècle de tentatives et d'efforts, la langue et
les lettres françaises se trouvèrent enfin dans un état d'a-
chèvement. Ce qu'elles avaient acquis, dans leur commerce
avec l'antiquité, n'était plus un emprunt, une imitation,
c'était la substance même du génie français, tel qu'il s'é-
tait composé et développé, conforme au goût et aux mœurs
de la nation; il ne s'agissait plus d'encadrer forcément
l'esprit de la race française dans des paroles grecques ou
romaines : la fusion s'était opérée; il n'y avait plus copie,
mais inspiration. Un ensemble doué d'unité et d'harmonie caractérisa le beau siècle de Louis XIV, quand il arriva à ce moment précis où apparaissent les grandes époques littéraires, alors que les esprits, après un temps d'essais et d'oscillations, semblent, d'un commun accord, entrer dans une même voie; lorsque, par un travail intérieur, la langue est devenue suffisante pour les sentiments
et les idées; lorsque le besoin de l'ordre soumet le génie à
l'autorité du goût.

C'est encore à vous, Monsieur, que j'emprunte ces remarques présentées ici sans développement. C'est dans
deux de vos discours qu'il faut aller les rechercher. Vous
y avez traité, avec ce mélange de savoir et de sagacité qui
vous caractérise, de l'*influence de l'imitation* sur le développement des littératures et en particulier de la nôtre; ce
qui vous a conduit à une *Introduction à l'Histoire littéraire du siècle de Louis XIV*.

À cette époque, dont vous avez si bien expliqué les
circonstances, où les lettres croissaient et florissaient, fé-
condées par la connaissance de l'antiquité, la critique

n'eut pas une influence directe. Elle fut utile par son savoir plus que par ses conseils. C'est ce dont il faut nous féliciter. Elle était alors superstitieuse et dogmatique ; elle blâmait tout ce qui ne s'alignait pas aux règles qu'elle avait cru découvrir dans les modèles antiques. Elle admirait, non point les sentiments vrais et exquis, mais une certaine pompe factice dont elle voulait qu'ils fussent revêtus ; elle ignorait les mœurs de l'antiquité, et les traduisait avec les circonstances des mœurs contemporaines. La société grecque se montrait à elle sous l'aspect de la société française. Chose bizarre ! le génie lui-même s'efforçait scrupuleusement à s'enchaîner aux prescriptions minutieuses, s'excusant humblement d'y manquer : c'était pour ainsi dire sans le savoir qu'il obéissait à sa propre inspiration. Son originalité était d'autant plus vraie, d'autant plus forte, qu'il l'ignorait. A lire maintenant la fameuse querelle des anciens et des modernes, on ne sait pas si les motifs des uns pour admirer étaient meilleurs que les motifs des autres pour dédaigner. Cependant l'admiration était réelle, cependant elle portait les plus beaux fruits, peut-être précisément parce qu'elle était naïve et ne savait point se bien analyser. Toutefois mettons à part cette charmante lettre de Fénelon à l'Académie, où règne un sentiment si fin et si vrai de l'antiquité, le sentiment qui fit *Télémaque*.

La langue était fixée ; les genres étaient circonscrits et limités ; les modèles étaient maintenant non plus donnés par l'antiquité, mais nés sur notre sol. Les lettres pouvaient désormais suivre un cours plus facile ; elles étaient plus accessibles à tous, et s'adressaient à un public de jour en jour plus nombreux ; ainsi elles devaient subir l'influence de l'opinion générale et des mœurs du temps. Emancipées

de l'Ecole, elles relevaient la société ; moindre était le travail, moindre la consciencieuse méditation, moindre aussi
le soin de l'expression et de la forme ; la pensée avait des
ailes en naissant et s'envolait d'un libre essor. Parmi le
mouvement littéraire du dernier siècle, lorsque de si grands
écrivains obtenaient non plus seulement un succès d'applaudissements, mais une souveraineté sur l'opinion, la
critique devait se modifier. Elle ne s'occupa plus d'appliquer des règles étroites ; elle ne parla plus au nom de l'é-
rudition ; elle aussi entra dans l'analyse philosophique ; elle
examina les pensées et les opinions ; elle fut l'arme qu'employèrent les factions littéraires pour se combattre.

En même temps elle s'anima d'un sentiment plus vif,
d'une admiration plus intime pour les beautés de la poésie et de l'éloquence. Les impressions produites par le génie ou le talent étaient devenues universelles : la critique
en fut l'écho et l'expression. Voltaire donna surtout l'exemple de cette appréciation animée qui participait de la sensation plus que du jugement. Ses disciples, La Harpe plus
qu'aucun autre, prêtaient à la critique un langage presque
passionné.

Cependant les règles adoptées, le code du goût consacré
par l'habitude continuaient à être respectés. C'était en reconnaissant, en invoquant leur autorité qu'on accordait
l'admiration ou qu'on décernait le blâme. Un des caractères distinctifs du dix-huitième siècle fut une présomption
dédaigneuse, une conviction que tout devait être jugé de
son propre point de vue, un aveuglement sur les circonstances qui avaient dû, selon les époques, agir nécessairement sur les peuples, les hommes, les mœurs, les lois
et les œuvres de l'esprit. Reconnaissant avec orgueil la
marche progressive de la civilisation, il appliqua à tout

cette loi de perfectionnement. Chaque année, chaque pas avait dû, selon lui, amener une supériorité du lendemain sur la veille non-seulement dans les sciences, qui recueillent des faits pour en expliquer la cause, mais aussi dans la poésie, les beaux-arts et le langage, c'est-à-dire dans la région du sentiment et de l'imagination. La Harpe, examinant le théâtre grec, sans faire nulle acception des mœurs et de la religion d'Athènes, sans se transporter par l'imagination au milieu des circonstances locales, compare Euripide à Racine, Sophocle à Voltaire, et prononce gravement que l'art a fait des progrès. Il y a loin de là à vos études sur les tragiques grecs.

Toutefois l'opinion, qui avait si librement procédé à l'examen de toute autorité, de toute législation, ne pouvait rester longtemps soumise aux lois et aux coutumes littéraires. Déjà, dans le dernier siècle, la critique avait offert les premiers symptômes d'une révolution; mais ce commencement d'attaque eut quelque chose de frivole et de paradoxal : d'ailleurs la littérature ne règne point par la force; ses lois ne sont abolies que par un changement dans le goût du public : il ne s'agit point de le dompter, mais de le persuader. Pour cela il y a deux moyens : ou des chefs-d'œuvre apparaissant comme des modèles nouveaux, ou l'ennui et la lassitude de la médiocrité se traînant sans autre soutien que l'imitation.

En outre, selon les temps, selon le cours des idées, il est nécessaire que les lettres changent de caractère et de route. Les esprits ont une autre direction, d'autres pensées : pour leur être conforme, pour leur plaire, il faut leur dire autre chose. L'ordre social avait été bouleversé et renouvelé, les gouvernements détruits, de sanglantes tyrannies avaient régné au nom de la liberté; la gloire nous avait d'abord enivrés, puis perdus ; les opinions avaient été dépouillées de leur présomptueuse certitude ; une foule d'illusions avaient été dissipées par l'enseignement sévère de l'expérience ; la philosophie avait confessé ses erreurs et vu le doute se retourner contre elle. D'un tel état normal devait naître une littérature renouvelée par ses inspirations.

D'éloquents et de spirituels orateurs vous racontaient l'autre jour quel succès, quelle gloire furent réservés au génie quand il révéla à une génération nouvelle les pensées qui fermentaient en elle, attendant un organe pour les exprimer. La poésie marcha sur cette première trace et prêta son lyrique langage à des sentiments plus vrais et plus intimes, à de mélancoliques méditations, à de tristes incertitudes, à de pieuses invocations. Elle s'affligea sur l'époque contemporaine, où l'esprit humain flotte désemparé comme le vaisseau après la tempête.

L'histoire rechercha dans le passé ce qui pouvait intéresser le présent ; car chaque génération veut y retrouver ce que son expérience lui a appris à comprendre. Partout l'esprit d'examen et la philosophie se montrèrent avec un caractère de pénétration et d'impartialité, ne prononçant plus approbation ni blâme, et se complaisant à expliquer comment ce qui avait été avait dû être. La tribune politique s'empara d'une grande place non-seulement dans la vie réelle, où est son domaine, mais dans la région de l'art et du talent. En somme, il n'y eut point décadence dans les lettres, il n'y eut point inertie, mais ce malaise qui afflige les âmes quand elles manquent de direction, quand elles n'ont point le calme que donne la conviction, quand un sol mis en poussière se dérobe sous nos pas.

Si l'esprit qui animait la littérature avait changé à un tel point, les règles qu'elle avait suivies ne pouvaient guère rester les mêmes. La critique, avec plus de savoir et de perspicacité, recommença l'examen des modèles antiques, en fit mieux comprendre la vraie beauté, et, en les admirant davantage, les présenta comme imitables. Les littératures étrangères furent explorées, traduites, vengées de l'ignorance frivole qui les avait dédaignées. L'affranchissement fut complet.

Il le fut trop peut-être. Que le talent, que la véritable originalité ne sentent point peser sur leur essor un joug qui les arrête ; cela est souhaitable. Encore pourrait-on dire que bien faible est l'inspiration qui se laisse entraver par de si minces liens.

La littérature dramatique était surtout assujettie à des formes déterminées, à une certaine marche de l'action, à des conditions de vraisemblance, à l'unité de couleur et de langage. Mais le public commençait à désirer dans le drame un nouveau genre d'intérêt ; au développement des passions il voulait que vînt s'ajouter la peinture des caractères ; à l'effet profond d'une situation unique il demandait que fût parfois substitué le mouvement successif du récit ; il exigeait la peinture des mœurs d'un peuple, de l'aspect d'une époque. Dans la comédie, il fallait introduire les changements correspondants aux changements survenus dans la société elle-même. De là plus de largeur dans l'unité de la composition, plus de variété dans le langage.

Mais la révolution du théâtre ne se borna point à permettre que la forme du drame se modifiât selon la nature du sujet, selon l'inspiration involontaire de l'auteur. On imputa aux règles la stérilité de l'invention ; on renia la tradition des chefs-d'œuvre, les rendant responsables de la médiocrité des imitateurs; on chercha la nouveauté comme remède à la lassitude du public; on inventa des combinai- sons pour produire de l'effet ; on crut échapper à la servi- lité de l'imitation, en prenant les modèles hors de notre goût national. Si bien qu'on se trouva plus loin de cette vérité, au nom de laquelle on s'était soulevé, qu'on ne l'é- tait auparavant. Vraisemblance dans les événements, con- séquence dans les caractères, fidélité à la couleur des temps et des lieux, conformité à l'histoire, et, ce qui doit passer avant tout, vérité dans les sentiments et le lan- gage : tout cela, qu'on nous avait tant promis, fut perdu de vue comme si on y avait complétement renoncé. C'est qu'il y a plus de naturel à suivre une route accoutumée qu'à en chercher de nouvelles; à se guider librement par le fil de la tradition, sans tourmenter son imagination pour inventer des formes, tandis que la pensée les produit d'elle-même lorsqu'elle en a besoin. Comme, dans sa naï- veté, l'exprimait notre vieille langue française par les mots de *troubadour* ou *trouvère*, le poëte, ce n'est pas celui qui cherche, c'est celui qui trouve. Les créations imaginaires, les combinaisons habiles, quelque riches ou poétiques qu'elles puissent être, ne sont point dans la région drama- tique tant qu'elles portent exclusivement l'empreinte per- sonnelle de l'auteur. La vérité et la vie dans la représen- tation de la nature humaine, c'est la règle qui ne doit ja- mais être violée : il faut qu'elle se trouve observée dans les inventions les plus ingénieuses.

Voilà ce que vous enseignez, Monsieur ; vous encoura- gez et vous guidez ce mouvement des esprits, qui semblent revenir au vrai et renouer ce lien entre le présent et le passé, aussi nécessaire à une littérature qu'à une nation. Dans l'ordre social, tous les principes ont été reniés, rejetés avec audace et dédain, laissant table rase aux nouveautés et aux illusions ; puis, soumis maintenant à un examen plus calme, mis en face d'un doute moins hostile, éprouvés par l'expérience, on les voit reparaître et reprendre une autorité mieux assise peut-être qu'au moment où s'écroulèrent les préjugés et les habitudes qui la soutenaient. De même ce sera par un libre choix, par goût, non par routine, qu'après avoir donné carrière à toutes les attaques, à toutes les présomptions, à toutes les tentatives, nous retrouverons, sans servitude de la forme, le véritable esprit de notre littérature, l'admiration intelligente de nos modèles et le caractère de notre langue.

C'est pour aider l'Académie dans cette œuvre nationale qu'elle a surtout désiré vous avoir dans son sein. Ses travaux ne présentent point, comme ceux des autres Académies, des résultats positifs qui puissent constater aux yeux du public notre utilité directe. Si nous voulions exercer officiellement une autorité critique, elle soulèverait de justes mécontentements et n'aurait aucune sanction. Le public, vrai et souverain juge, ne reconnaîtrait point nos arrêts. Nous sommes loin de prétendre à une telle attribution. Nous avons pourtant des devoirs à accomplir, et, en nous en acquittant, nous croyons ne pas être inutiles. Les nombreux concours où l'Académie est chargée de prononcer, le prix à décerner aux ouvrages utiles aux mœurs, qui apporte annuellement sous nos yeux les livres les plus graves, donnent lieu, pendant plusieurs mois, à un examen consciencieux, à de sérieuses discussions. Toutes les questions importantes de littérature, de critique, d'histoire littéraire, y trouvent leur place naturelle. La diversité des opinions s'y produit avec un calme imposé par les égards mutuels. Ainsi elles ne s'exaspèrent point, et restent dans une juste mesure. Plus la controverse est modérée, moins il est difficile de se persuader les uns les autres. N'est-ce rien que cette occupation d'hommes assidus, qui tiennent tous quelque place dans les lettres ou dans la société? N'en résulte-t-il pas une sorte d'influence sur le goût de cette portion distinguée du public, qui finit toujours par former l'opinion générale?

L'Académie a espéré de vous une utile coopération à son travail le plus habituel, au dictionnaire historique de la langue française. Après avoir constaté le vocabulaire de la langue usuelle, en cherchant à lui donner régularité et correction, nous nous sommes choisi une tâche d'un plus grand intérêt. En indiquant l'origine de chaque mot et ses variations successives d'orthographe et d'acception, en montrant quelle signification lui ont donnée les écrivains de chaque époque, nous maintiendrons, nous rappellerons la langue à son vrai caractère, nous nous opposerons aux tentatives qui la dénaturent. On verra par les exemples empruntés aux grands maîtres comment ils ont su l'empreindre de leur propre génie, en lui laissant la couleur nationale. C'est moins les langues qui s'usent et se flétrissent que les esprits. Qu'ils soient substantiels et sincères, qu'ils repoussent au loin la déclamation et l'affectation, l'instrument ne leur manquera pas. Ce n'est point par les mots qu'on rajeunit une langue, c'est par les idées.

Nous avons déjà à vous remercier, Monsieur; vous venez de vous acquitter d'un devoir qui était à la fois le vôtre et celui de l'Académie. Vous avez rendu à la mémoire de votre prédécesseur un hommage où se montrent à la fois et le sentiment de l'ami et le bon goût du critique. Vous avez raconté avec simplicité cette vie d'un homme de bien, sincère, bienveillant, actif dans son dévouement

23.

d'amitié ou d'obligeance , fidèle à ses affections. Selon votre habitude, vous avez montré le rapport qui unit les œuvres de l'auteur avec les circonstances de sa vie ; vous avez expliqué comment, sous leur influence, son talent avait pris naissance et reçu sa direction. L'esprit et le goût du temps, les préférences du public sont venus figurer dans ce portrait et lui donner un caractère historique. C'est ainsi que toujours nous devrions louer ceux que nous regrettons.

M. Roger surtout était un de ces hommes qu'on fait aimer par le récit plus qu'on ne les fait admirer par l'éloge. Une vie privée , honorablement mêlée dans les événements politiques, qui n'ont laissé personne hors de leur atteinte ; les lettres et le théâtre servant plutôt de récréation à son esprit que de carrière à son activité ; des relations faciles ; point d'ennemis ; de la modération dans la prospérité , du calme dans la mauvaise fortune, une fin pieuse : tel est le tableau que vous nous avez présenté.

Il y a peu de jours que, pour une pareille solennité, cette même enceinte ne suffisait point à contenir une foule nombreuse. A un illustre et respectable prélat dont le nom rappelle la restauration religieuse de la France, et qui eut une si grande part aux affaires et aux événements de son temps, venait succéder le premier magistrat du royaume, moins honoré encore par cette dignité que par les souvenirs d'une vie si pleine, si utile à son pays, si honorable par le talent et la sagesse. Un écrivain éloquent et spirituel lui répondait, digne historien d'une telle époque et de si importants personnages. Aujourd'hui l'Académie ne présente pas un si grand aspect, elle n'est que littéraire ; et cependant le public est venu vous entendre avec une bienveillance que vous connaissez déjà , qui vous a encou-

ragé dans votre enseignement et vous a désigné à notre
choix. Cette diversité successive dans nos élections, cet
appel au talent, quelle que soit la route qu'il a suivie,
quelles que soient les récompenses qu'il a obtenues et sa
position sociale, cette égalité académique, appartiennent
au principe de notre institution : tel il fut toujours conservé; il est conforme à l'esprit national, qui distribue la
renommée avec munificence à tous ceux qui honorent ou
éclairent leur pays, et qui ne veut pas qu'aucun soit oublié.

DISCOURS EN VERS

SUR

L'EMPLOI DE LA MYTHOLOGIE,

LU A LA SÉANCE PUBLIQUE DE L'ACADÉMIE FRANÇAISE,

Le 5 janvier 1843,

PAR M. CH. DE LACRETELLE.

DISCOURS EN VERS

SUR

L'EMPLOI DE LA MYTHOLOGIE,

PRONONCÉ A LA SÉANCE PUBLIQUE DE L'ACADÉMIE FRANÇAISE,

Le 5 janvier 1843,

PAR M. CH. DE LACRETELLE.

———

En vieillard obstiné, je viens sans sacrilége
Rendre un souffle de vie à nos dieux de collége,
Et bravant les brocards du critique malin,
Plaider pour Calypso, comme feu Patelin.
Poëtes, d'où vous vient ce zèle iconoclaste?
La foi de Polyeucte a pour vous trop de faste;
Sur nous la tolérance a lui de toutes parts,
Doit-on la repousser du domaine des arts?
On dirait qu'arrêtant la douce fantaisie,
Le dur Jansénius bride la poésie.
Je conviens qu'en dépit du siècle industriel,
Elle a su de nos jours reconquérir le ciel;

Qu'ardente à triompher du rire de Voltaire,
Elle a de pleurs pieux arrosé le Calvaire;
Qu'à d'austères leçons mêlant sa noble voix,
A l'esprit immortel elle a rendu ses droits.
Oui, sur d'affreux forfaits et sur la foi trahie
Elle a fait éclater les foudres d'Isaïe;
Ses hymnes inspirés me font entendre encor
La harpe de David qui, sur le mont Thabor,
Exhale un cri d'amour que répètent les anges,
Et qui vient se mêler aux célestes louanges;
Sa voix, plaignant les maux de ce siècle agité,
Invoque en soupirant le dieu de charité;
Elle rejette alors la fiction profane.
Quand la foi se tairait, le bon goût la condamne.
Mais son temple est-il donc fermé pour tous les jeux?
Marche-t-elle toujours sous un ciel orageux?
Avec d'illustres Grecs dont elle est noble fille,
Doit-elle renoncer à tout air de famille?
De leurs chantres divins, ces dieux ont hérité:
Homère leur donna son immortalité,
Et même malgré vous leur souffle vous inspire;
En tuant Apollon, vous lui volez sa lyre.

En vers plus qu'aux autels la foi va s'étalant.
Tel jeune homme, en qui luit le feu du vrai talent,
Sur ce point seulement scrupuleux par système,
Contre de pauvres dieux fulmine l'anathème :
Si j'ai nommé Vénus, me déclare païen,
Et puis à certain bal il vole en bon chrétien.
La mode ainsi le veut; elle excelle à détruire,
A briser ses autels, sauf à les reconstruire.
Tandis que de nos vers elle bannit l'amour,

La fantasque revient aux modes Pompadour.
A ces tableaux fardés où les amours fourmillent,
Où, sous un lourd panier, les trois Grâces sautillent,
Je lui trouve souvent qu'un vulgaire odorat;
Bientôt vous la verrez imiter de Dorat
Les airs avantageux et les fades délices,
Et de fraîches Hébé repeupler les coulisses.

Aujourd'hui nos amants, dans leur dévot jargon,
Au lieu du bon Mercure invoquent leur patron.
Le fard a bien vieilli la reine de Cythère.
Mais pourquoi chargez-vous d'un galant ministère
Une vierge, sublime au milieu des douleurs,
Dont le charme divin resplendit sous les pleurs?
De brillantes couleurs, au vieux temps ignorées,
Vous redorez encor les légendes dorées.
C'est jouer sur la foi plutôt que la servir.
Aux superstitions voulez-vous l'asservir?
Dans de vains ornements votre style s'engage;
A miracles niais il faut niais langage.
Puis on veut inventer, et c'est là votre écueil!
La foi ne souffre pas qu'on ébranle son seuil.
Lorsque d'atours nouveaux votre verve l'habille,
L'hérésie en vos vers innocemment babille.
S'ils sont, malgré vos soins, plus rêveurs que dévots,
L'ennui les punit mieux qu'autrefois les fagots.
C'est pour les éviter que, dans la renaissance,
Les poëtes légers de notre vieille France,
Pleins de l'esprit galant plus que du feu divin,
Préférèrent la fable aux erreurs de Calvin.
Des maîtresses du roi flattant le goût profane,
Ils savaient adoucir la peu chaste Diane;

24

Si vers l'idolâtrie ils semblaient trébucher,
Une galante cour les sauvait du bûcher.
Les dames à l'envi protégent qui les aime;
Souvent un madrigal détourna l'anathème.
Marot, qui présidait leur constellation,
Fit un saut maladroit de Cythère à Sion;
Scandaleux à Genève, à Paris hérétique,
Il pouvait en l'aimant rester bon catholique.
De ces dieux complaisants sans doute on fit abus;
Il ne faut pas toujours s'inspirer de Phébus;
Ce champ abandonné ne veut plus de culture,
Mais on peut y cueillir une fraîche verdure.

Au pied de l'Éternel renversez Jupiter,
Et de son aigre épouse affranchissez l'Éther:
De Neptune brisez le trident tyrannique;
Heureux si vous brisiez le trident britannique;
Surtout faites main basse au séjour de Pluton.
Avec ses noires sœurs écrasez Alecton,
Et poursuivant Cerbère avec mainte risée,
Effondrez le Tartare en sauvant l'Élysée.
Mais sachez vous garder d'un zèle trop cruel,
Que tout aimable dieu reste encore immortel.

Quoi! vous abolissez les déités du Pinde,
Pour aller déterrer, dans le Nord ou dans l'Inde,
Une Babel de dieux, un monstrueux troupeau
Devant qui Phidias briserait son ciseau!
Fuyez, Grâces, fuyez, ainsi que votre mère,
Et Cérès et Bacchus, et vous tous, dieux d'Homère,
Devant des dieux tortus, accroupis, grimaçants,
Dont les yeux secs et froids sont toujours menaçants,

Bien pourvus de laideur par les hiéroglyphes,
Et dont je vois partout les cornes et les griffes;
Panthéon digne enfin des diables que Callot
Traça grotesquement de son pinceau-fallot.

J'aime mille fois mieux la naïve féerie
De notre simple enfance innocemment chérie;
Le vieux bonhomme y laisse endormir sa raison
Et remonte le cours de sa jeune saison.
Quelque fleur de bon sens dans ses contes se glisse.
Dans le Petit Poucet je retrouve un Ulysse.
De l'Arabe ambulant les merveilleuses nuits
Font toujours bonne guerre au démon des ennuis.
Chez le peintre enchanteur d'Armide et d'Herminie,
Le feu du sentiment alluma le génie.
D'un coup de sa baguette, Arioste, en ses vers,
Parcourt en se jouant et charme l'univers.
Eh bien! ces deux élus du monde poétique
Souvent laissent tomber un grain mythologique.
Au chantre de Roland le pape Léon dix
Accordait en riant sa part de Paradis.
Si vous voulez à neuf reconstruire un Parnasse,
Imitez, surpassez l'Arioste et le Tasse;
Mais de Virgile encor offrez-moi le parfum.
Sagement délivré d'un scrupule importun,
Fénelon, tout rempli de la céleste flamme,
Purifiait la fable au feu de sa belle âme.
Il nous fait mieux sentir tout le charme du vrai.
Eh bien! damnerez-vous le prélat de Cambrai?

Au champ des fictions tout germe, tout varie.
Mais les Grecs sont toujours rois de l'allégorie,

Puisqu'ils savent l'orner de voiles transparents.
Conservons un vieux culte à nos premiers parents.
Partout ailleurs confuse, et contournée, et louche,
Des énigmes du sphinx elle empâte sa bouche.
Pour tout diviniser, dans les prés, dans les cieux,
Il fallait le concours d'un peuple ingénieux;
Chaque bosquet doué d'une faveur secrète,
S'il renfermait un dieu, renfermait un poëte.
Eh bien! dans nos jardins, sous nos ombrages frais,
Aux Faunes, aux Sylvains, permettez quelque accès,
Et peignez devant eux la nymphe fugitive.
La science sévère est moins que vous craintive;
Des astres dont son œil vient d'enrichir nos cieux,
Elle aime à compléter la famille des dieux.
L'aimable botanique, en courant vers l'aurore,
Fait de notre heureux globe un théâtre de Flore,
Et vous la bannissez même de vos chansons.
Tous les arts ont frémi de vos dures leçons.
Contemplez d'Apollon le divin simulacre;
Il a pu triompher du marteau d'Odoacre.
Quand Rome et l'univers rentraient dans le chaos,
Le Tibre l'a mille ans protégé sous ses flots;
Il rayonne toujours de sa splendeur première;
De l'empire du beau c'est toujours la lumière;
Son regard enflammé d'un sublime courroux,
Semble nous dire encor : Profanes, à genoux!

O vous, dont l'amitié me verse l'ambroisie,
Qui rendez mon vieil âge ivre de poésie,
Vous l'avez arrachée à de molles langueurs;
Mais vous n'approuvez point ces fantasques rigueurs.
Avides conquérants, il faut à votre audace

Des champs où vous marquez une première trace
A travers des écueils qu'on frémit d'aborder;
La lueur des éclairs suffit pour vous guider;
Votre génie altier ne veut point de barrière;
Mais laissez suivre au goût sa modeste carrière;
Le vrai, le merveilleux, il peut tout réunir;
S'il ne sait point créer, il sait tout rajeunir.
Sans plier les épis, il court à leur surface;
Il glisse sur les mers sans en porter la trace.
S'il rencontre la grâce en son mol abandon,
Laissez sur lui tomber un auguste pardon.
Du bon sens que jamais son art ne violente,
Il sait marquer l'empreinte en sa rime opulente,
Ou, sans chercher l'éclat du style brillanté,
Se jouer sans effort sous un ciel argenté;
Et si le souffle manque à son roseau fragile,
S'enrichir d'un beau trait d'Horace ou de Virgile.
Contre de tels larcins pourquoi nous mutiner?
Laissez sur toute fleur l'abeille butiner.

TABLE ALPHABÉTIQUE

DES

HOMMES CÉLÈBRES, AUTEURS, SUJETS, OEUVRES, SYSTÈMES OU MAXIMES

CITÉS DANS CE VOLUME.

TABLE ALPHABÉTIQUE.

———

A.

C.

D.

25

F.

G.

H.

M.

N.

O.

P.

R.

T.

V.

FIN DE LA TABLE ALPHABÉTIQUE.

BIBLIOTHÈQUE ROYALE

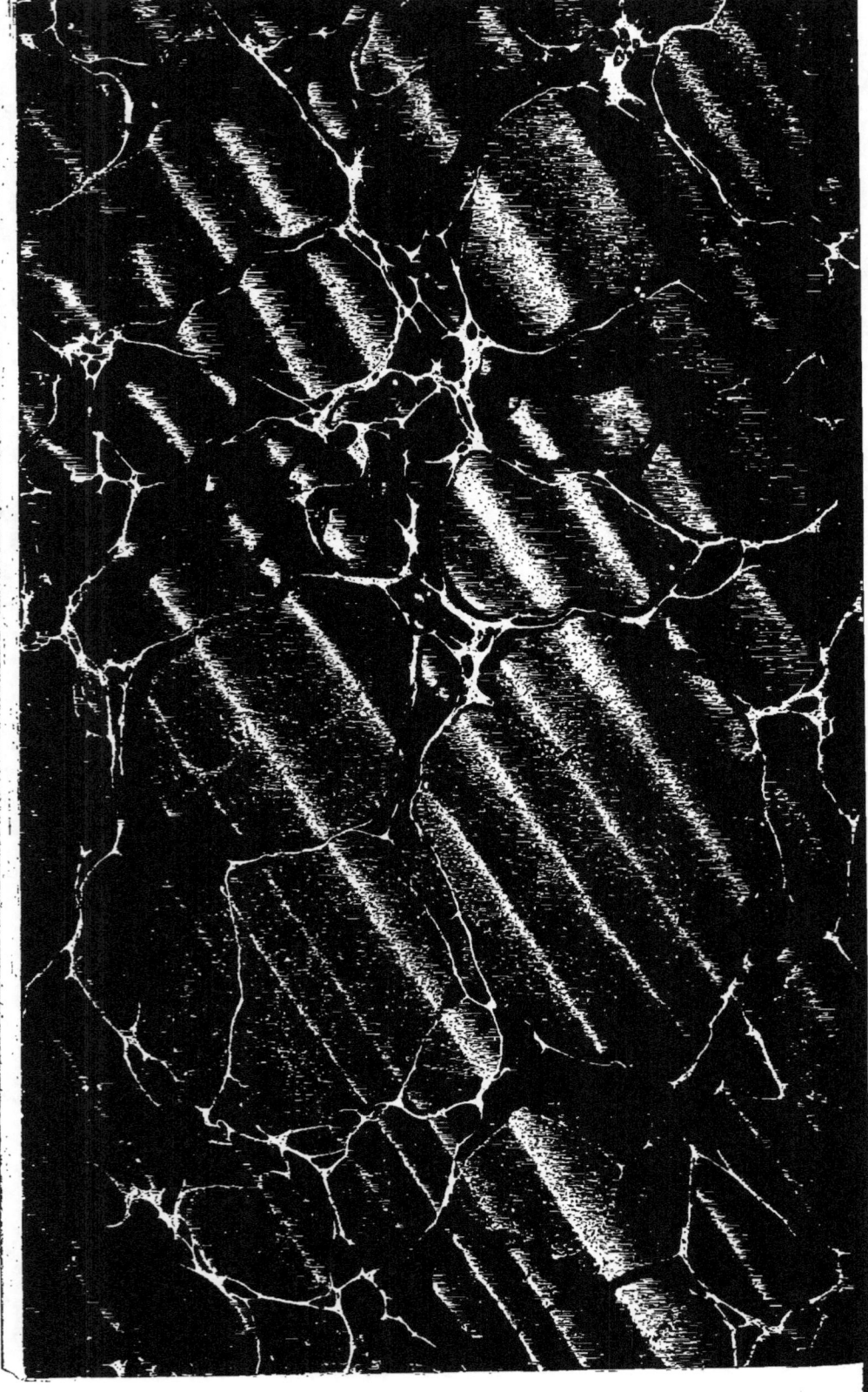

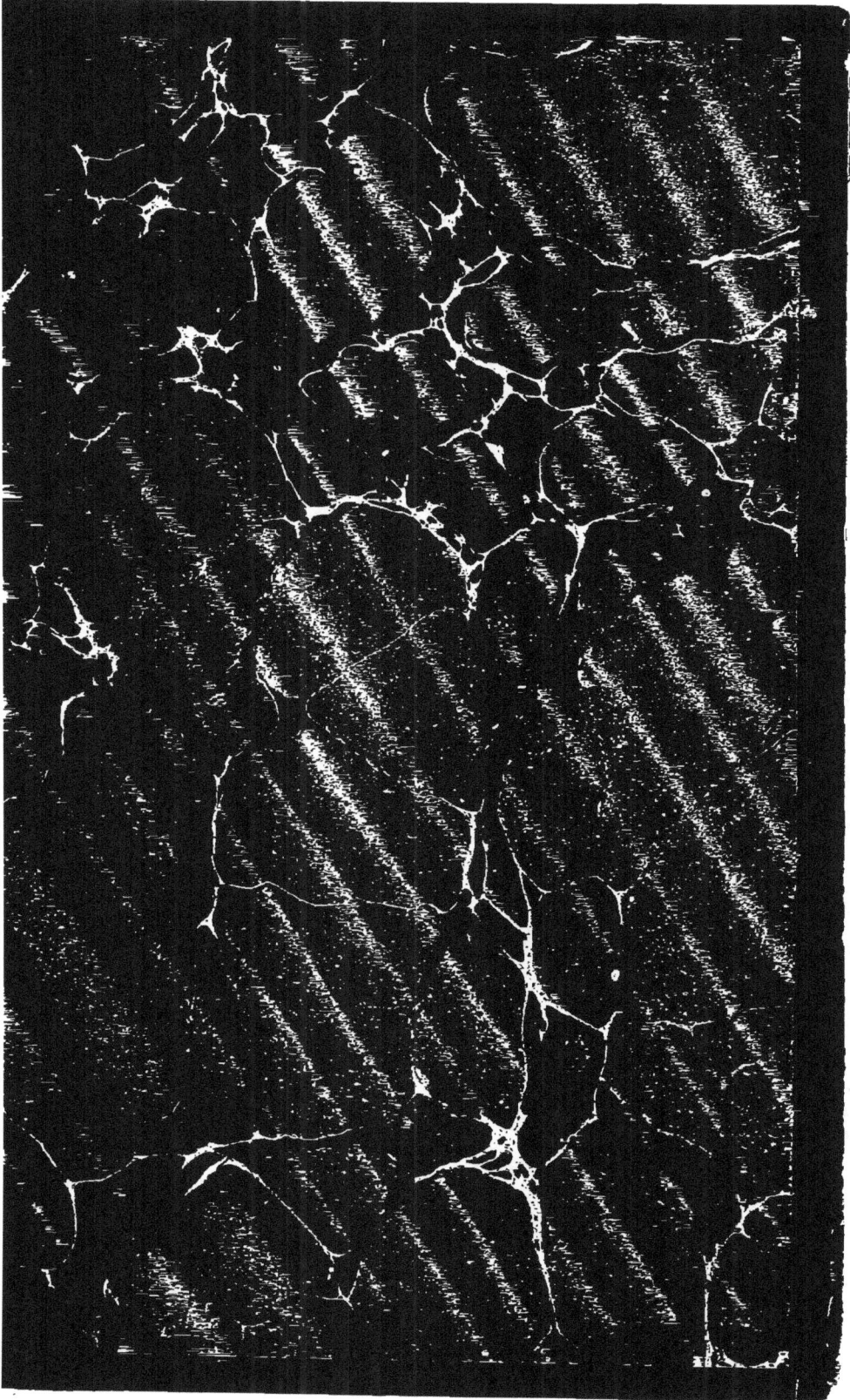

3 7531 0110849 6 0

BIBLIOTHEQUE NATIONALE DE FRANCE